# UNE MINUTE D'ATTRACTION

Carrie Elks

# UNE MINUTE D'ATTRACTION

Roman

*Traduit de l'anglais*
*par Marie Blanque*

PRESSES DE LA CITÉ

Titre original : *Fix You*
L'édition originale de cet ouvrage a paru aux éditions Corvus (un département d'Atlantic Books Ltd), Londres, 2014


ISBN 978-2-258-14447-7
Dépôt légal : février 2018

Presses de la Cité
un département **place des éditeurs**

place des éditeurs

# Prologue

*12 mai 2012*

Richard a encore pris du muscle depuis leur dernière rencontre. Le coton léger de sa chemise fait ressortir ses biceps et son torse sculpté. Ses hanches sont toujours aussi étroites, bien dessinées. Elle ferme les yeux pour tenter d'oublier comment, il y a si longtemps déjà, son bassin ondulait entre ses cuisses quand il la pénétrait en soupirant doucement dans son oreille, alors qu'elle frissonnait, qu'elle gémissait, qu'elle...

Elle secoue la tête. Elle n'est pas là, dans cet imposant bureau aux boiseries de chêne, pour s'offrir un petit voyage dans le passé, si plaisant soit-il. Elle a parcouru plus de six mille kilomètres afin de lui annoncer ce qu'il est en droit de savoir.

D'où sort cette envie d'éclater de rire, tout à coup ? Il est vrai que l'aspect mélodramatique de ce rendez-vous est plutôt comique. D'ailleurs l'adolescente de dix-sept ans qu'elle a été ne manquerait pas de se moquer copieusement de la quasi-trentenaire qu'elle est devenue, en voyant qu'elle s'est débrouillée pour transformer une vie pleine de promesses en feuilleton aux rebondissements invraisemblables.

Elle jette un coup d'œil à son visage, au rictus désapprobateur qui lui tord la bouche – franchement pas de quoi rire. Il fronce les sourcils et plisse le nez rien qu'à la voir. Le mépris irradie de son profil de médaille.

Même si elle se trouve dans son entreprise à lui, au dernier étage de son immeuble à lui, c'est bien sa scène à elle qu'elle est venue jouer. Elle tente d'apaiser les battements de son cœur.

Ça y est. Elle est prête.

S'il la maudit déjà, Dieu seul sait ce qu'il ressentira après avoir entendu la nouvelle. Il a longtemps fait partie intégrante de sa vie – en tant qu'ami, confident et même amant –, mais jamais jusqu'ici il n'a eu le pouvoir de la briser.

— Si charmante que soit ta visite, lance-t-il sur un ton cassant qui dément ses propos, j'ai une réunion dans cinq minutes. Tu veux quoi, au juste ?

Il n'en a aucune idée, et c'est bien le problème. Symptômes de la fébrilité qui s'empare d'elle au moment d'avouer, ses bras pèsent des tonnes, ses doigts tremblent, elle est au bord du vertige. Elle prend une profonde inspiration pour s'exprimer enfin – elle s'est infligé neuf heures d'avion dans cet unique but.

— Richard, commence-t-elle d'une voix assurée.

Elle peut y arriver. Lui dire la vérité et foutre le camp d'ici en vitesse.

Reprendre l'avion.

Rentrer à la maison.

Le retrouver.

— Richard, nous avons un fils.

# 1

*31 décembre 1999*

Son bagage devrait déjà être là. Elle surveille le tapis roulant qui charrie des valises de toutes sortes. Peut-être son vieux barda est-il trop gêné d'apparaître dans ce défilé de Louis Vuitton et autres Longchamp. Hanna connaît bien ce sentiment.

Elle se ronge de nouveau les ongles. Ils sont déjà presque en sang, et le vernis noir qu'elle a posé quelques jours plus tôt est tout écaillé. Olivia, la deuxième épouse de son père, ne comprend pas pourquoi elle n'opte pas pour la *french* manucure – « tellement plus classe, enfin ! » – et ne prend pas régulièrement rendez-vous chez l'esthéticienne.

Hanna repère enfin son bagage sur le tapis. Elle essaie de contourner une mère de famille au bout du rouleau, qui tient un bambin impatient d'une main et de l'autre imprime un mouvement de va-et-vient à la poussette d'un nourrisson hurlant à pleins poumons. Hanna lui adresse un timide « Pardon, désolée… » et se plie en deux pour attraper la poignée de son énorme sac, qu'elle balance sur le sol dallé. Il est lourd, bourré de polaires et de combinaisons de ski. Qui n'ont pas servi.

En fait, elle n'était pas censée voyager aujourd'hui, elle aurait dû rester dans le chalet paternel, avec sa belle-mère et ses demi-sœurs, des jumelles de onze ans. Mais à peine arrivée, elle avait constaté à quel point elle pouvait exaspérer son père. À la seconde où il avait posé les yeux sur elle, il avait eu l'air consterné. La déception se lisait dans son regard.

« Tu as changé de coiffure ? »

Hanna avait ravalé un sourire ; son père avait toujours eu le sens de la litote. Depuis leur dernière rencontre, elle avait fait bien plus que « changer de coiffure », elle avait adopté un look gothique intégral, à savoir teinture corbeau tirant sur le rouge et maquillage à l'avenant – fond de teint ivoire, rouge à lèvres brun –, longue jupe fluide et bustier ajusté, tous deux entièrement noirs.

Elle sourit au souvenir de son expression perplexe alors qu'il tentait de digérer la nouvelle « lubie » de sa fille. Avec effort, elle dépose son sac sur un chariot.

Si Philip avait frisé l'apoplexie, son épouse Olivia, elle, avait décrété que Hanna devait rester confinée au chalet : elle avait trop peur qu'une de ses connaissances ne l'aperçoive au détour d'une piste. Cachée comme un horrible secret de famille, Hanna n'avait fait que bouquiner et s'empiffrer de chocolats. Au bout de deux jours, elle s'ennuyait ferme.

C'est là qu'elle s'était rendu compte que Philip, Olivia et les jumelles étaient invités au réveillon du Nouvel An dans le chalet de leurs amis, non loin de Val-d'Isère. Et qu'elle n'était pas conviée. Avaient suivi une dispute épique et l'exil forcé de l'aînée des Vincent, mise d'office dans le premier avion à destination de Londres – pour un coût exorbitant, mais Philip aurait volontiers payé le triple.

Hanna s'était alors fait une promesse : plus jamais elle ne se soumettrait à la torture d'une semaine de vacances dans les Alpes. Si son père souhaitait passer du temps avec elle – ce qui restait à prouver –, eh bien, il n'aurait qu'à venir à Londres.

Hanna et sa mère sont loin d'être riches. Partout ailleurs en Angleterre, elles pourraient vivre confortablement, dans une grande maison avec jardin et garage. Mais à Londres, les revenus que Diana tire de son petit business de *party planning* ne leur permettent d'habiter qu'un modeste trois-pièces du côté de Putney. Depuis qu'elle a fui son mari et la haute société new-yorkaise, Diana refuse toute pension alimentaire. Son ex-mari peut offrir ce que bon lui semble à leur fille, mais jamais elle n'acceptera le moindre penny.

Hanna arrive chez elle en fin d'après-midi. Il fait déjà nuit. Baignée de la lueur orangée des réverbères, leur rue est une enfilade de maisons mitoyennes en brique, de style victorien, avec ornements architecturaux d'origine, mais aussi murs défraîchis et plâtre fatigué. Qu'importe, elle aime les façades de ces bâtisses au passé prestigieux, aux colonnes peintes en blanc et aux allées pavées, qui contrastent avec la bruyante modernité de la ville.

Elle farfouille dans son sac pour trouver ses clés, Diana étant partie travailler à l'aube – comme tous les ans, celle-ci organise le réveillon des Larsen. Sans les avoir jamais rencontrés, Hanna sait que ce sont des clients très importants et que la Saint-Sylvestre prend toujours un temps fou à préparer. Le fait qu'il s'agisse de la dernière année du millénaire place la barre encore plus haut.

Hanna est dans l'appartement depuis deux petites minutes quand le téléphone se met à sonner. L'affichage électronique indique déjà trois messages ; quelqu'un semble pressé de leur parler. Elle espère de tout son cœur que son père n'a pas l'intention de poursuivre leur dispute par téléphone.

— Allô !

— Hanna ? Dieu merci, tu es rentrée. Ça va ? Le voyage s'est bien passé ?

Sa mère enchaîne sans même reprendre son souffle :

— Ma puce, j'ai trois serveuses qui ont la gastro. Il faut absolument que tu viennes m'aider. Sinon la fête risque de virer au désastre.

Cette dernière phrase a été chuchotée. Hanna se demande qui peut bien se trouver à portée de voix de Diana.

— D'accord, donne-moi l'adresse.

Elle coince le téléphone entre le menton et l'épaule et attrape un bout de papier.

— C'est à Chelsea, au 5, Cheyne Walk. Prends un taxi, je te rembourse. Et au fait..., ajoute Diana un ton plus bas.

— Tu veux que je me calme un peu question look ? la devance Hanna, qui connaît ce genre de sermon par cœur.

Démaquillage, dissolvant, douche. Ses cheveux noirs – aux reflets certes rouges – relevés en un chignon bien sage, elle se contente d'un soupçon de khôl et de gloss, puis enfile la tenue idéale pour faire le service : jupe noire au-dessus du genou et chemisier blanc tout simple.

Le taxi la dépose devant une élégante porte noire dont elle actionne deux fois le heurtoir de cuivre. L'homme en livrée qui l'accueille ne fait pas partie de l'équipe de Diana. Les Larsen doivent être assez riches pour se payer du personnel à plein temps.

Elle a la confirmation de leur opulence dans l'entrée, dont la hauteur sous plafond, qui dévoile les trois niveaux de la maison, avec un escalier de marbre monumental, lui coupe le souffle. Au milieu de la pièce carrelée à l'ancienne se dresse un sapin de Noël gigantesque – cinq ou six mètres, au bas mot. De discrètes guirlandes lumineuses scintillent sur toute sa vertigineuse majesté.

— Ça vous plaît ?

L'accent américain un peu traînant lui donne des frissons dans la nuque. Elle tourne vivement la tête et aperçoit un jeune homme en bas des marches. Il est vêtu d'un jean délavé un brin trop grand qui découvre ses hanches étroites de façon provocante, et un tee-shirt noir portant l'inscription « Columbia » moule parfaitement son torse.

Et son visage ! Mâchoire carrée, lèvres pleines, nez droit, yeux vert émeraude, front dégagé et cheveux châtains coupés à la dernière mode. Il ressemble à tous les garçons de Manhattan qu'elle a eu le malheur de rencontrer – le style fils à papa étudiant en prépa.

Elle le regarde droit dans les yeux.

— Ben... c'est la première fois que je vois un bonsaï décoré pour Noël.

Elle tourne les talons, pressée de rejoindre la cuisine, et entend dans son dos l'éclat de rire du bel Américain. Elle s'efforce de réprimer le sourire qui lui chatouille les lèvres. Cette soirée va peut-être se révéler plus intéressante que prévu...

Sa mère se tient au centre de son domaine, une cuiller en bois dans une main, un talkie-walkie dans l'autre. Dans une demeure aussi imposante, Hanna s'attendait à du granit pour les plans de travail et à des placards en chêne massif, mais c'est l'inox qu'on a privilégié, et surtout un matériel digne d'un chef étoilé. Difficile d'imaginer qu'on puisse se contenter de cuire des œufs sur les dix brûleurs du piano professionnel.

— Ma chérie !

Diana se précipite pour l'étreindre. Hanna ferme les yeux – sa mère lui a tellement manqué ! Elle sent le stress et l'humiliation des derniers jours s'évacuer.

— Je suis si contente de te voir, maman !

— Et moi, j'ai bien envie d'appeler ton père pour lui dire ses quatre vérités. Qu'il ait pu te traiter ainsi, ce pisse-froid, ce père la morale, ce cré...

— T'inquiète, l'interrompt sa fille avec un sourire contrit. Je crois que ma tirade du dernier acte a suffi, pas la peine d'en remettre une couche. J'ai plutôt envie d'oublier tout ça.

— Ma chère Diana, puis-je vous donner un coup de main ? s'enquiert alors une voix douce.

Une femme menue et souriante, au visage en forme de cœur, se tient sur le seuil.

— Tout est sous contrôle, répond Diana, l'air sûre d'elle. Je vous présente ma fille, Hanna.

Claire Larsen s'avance, ouvre grand les bras et l'attire vers elle pour embrasser le vide à quelques millimètres de ses joues.

— Ravie de faire ta connaissance. Ta mère m'a tellement parlé de toi ! Je connais aussi ton père et sa femme, bien sûr...

À leur simple mention, Hanna laisse échapper une grimace, mais se reprend vite.

— Enchantée, moi aussi.

— Quel accent délicieux ! Et j'adore ta coiffure, cette couleur, c'est... très intéressant.

Intéressant ? À chaque fois qu'elle l'entend, cet adjectif ressemble à une insulte à peine voilée – sa belle-mère l'utilise beaucoup. Mais le ton chaleureux de Claire suffit à la convaincre de sa sincérité.

— Merci.

— Il faut absolument que je profite de cette soirée pour te présenter ma famille. Ruby et Richard vont t'adorer. Et mon mari, Steven, tombera certainement sous ton charme. Je crois bien qu'il est secrètement fan de Marilyn Manson.

Hanna, qui n'est pas très habituée à l'exubérance américaine, demeure un brin perplexe.

— Ruby, c'est ma fille, continue Claire sur sa lancée. Elle a dix ans, elle va à Saint Nicholas.

Évidemment. Une des écoles privées les plus ruineuses de Londres. Hanna s'attend à une gamine aussi pourrie gâtée que ses demi-sœurs.

— Et Richard, c'est le fils de Steven. Il est en dernière année à Columbia. Il va atrocement me manquer quand il rentrera à New York, à la fin des vacances.

Son sourire s'évanouit tandis qu'elle ajoute :

— Quant à Nathan, mon fils à moi, il est quelque part dans les Andes pour trouver sa voie.

— Dans un endroit aussi perdu, quelle idée saugrenue ! s'exclame Hanna.

Claire rit de bon cœur.

— Tu ressembles tant à ta mère ! dit-elle en encadrant les joues de Hanna de ses mains, un geste étonnamment intime. Il faut absolument que tu me tiennes compagnie ce soir. Ça me changera de tous ces pingouins !

— Je vous apporterai un friand à la saucisse, promet Hanna avec un clin d'œil, avant de faire face à Diana pour recevoir ses instructions.

Entre la mère charmante, le fils beau comme un dieu et le père fan de rock gothique, les Larsen ont tout pour lui plaire.

Se frayant un chemin parmi la foule des invités, Richard Larsen, en smoking et nœud papillon, accepte la coupe de champagne que lui propose un serveur. Il balaie la salle du regard à la recherche de quelqu'un avec qui discuter sans mourir d'ennui.

Sa tenue – chemise près du corps, pantalon ajusté à sa taille étroite et, sur ses larges épaules, veste au tombé parfait – met en valeur son allure d'athlète.

Depuis qu'il est à Londres, il a pu vivre comme un jeune de vingt ans pour la première fois depuis longtemps sans faire sourciller personne. En jean, tee-shirt et sweat à capuche, il est allé boire moult pintes de bière au pub et a flirté avec de jolies filles – que sa mère jugerait sûrement « bien trop classe moyenne pour toi, mon chéri ». Malheureusement, la réception de ce soir lui rappelle fort les États-Unis, ladite mère et sa cohorte d'amis des quartiers chics.

Il repère Claire et son père au milieu de la foule, et joue des coudes pour les rejoindre. Il saisit au vol des bribes de conversations :

— Bien sûr, John est réquisitionné pour le bug de l'an 2000.

— Un mur de feu sur la Tamise, j'ai trop hâte de voir ça. Bob Geldof, c'est notre Gandalf des temps modernes.

Considérations bien mystérieuses, d'autant qu'il trouve l'accent anglais quasi incompréhensible.

— Richard !

Claire l'a enfin vu. Il s'avance pour l'embrasser, dans des effluves de rose et de lavande. Elle lisse le revers de sa veste.

— Ce smoking te va à la perfection. Ça te donne l'air vraiment adulte.

— Et toi, tu es resplendissante, comme toujours.

— Flatteur, va ! Tel père, tel fils.

Du coin de l'œil, Richard remarque une silhouette vêtue de noir et blanc. Une serveuse, à l'évidence. Quand elle s'approche, il reconnaît la jeune fille de tout à l'heure. Impossible d'oublier le contraste entre ses cheveux noirs et la blancheur de sa peau.

— Puis-je vous proposer un petit délice charcutier en vol-au-vent, sauce miel avec pointe de moutarde ?

— Ça m'a tout l'air d'un brave friand à la saucisse, fait Claire avec un clin d'œil à la jeune fille, une telle complicité provoquant l'étonnement de Richard. Je vous présente Hanna. Hanna, voici mon beau-fils, Richard, et mon mari, Steven.

Ce dernier a l'air ravi.

— Claire ne me parle que de vous depuis le début de la soirée, elle pense que je devrais vous enregistrer une cassette de mes tubes favoris.

Richard fronce les sourcils. Bizarre… Comment ont-ils fait la connaissance de cette fille ? Elle ne ressemble en rien aux gens qu'ils fréquentent. Elle déborde d'énergie et n'a apparemment pas la langue dans sa poche.

— C'est plutôt moi qui devrais vous graver un CD.

— Quelle bonne idée ! Qu'une si jolie lady m'offre ses morceaux préférés, ce serait une première ! répond Steven, tout charme et tout sourire.

Ce compliment fait rougir Hanna. Fasciné, Richard voit le sang monter aux joues de la belle inconnue tandis qu'elle se tourne vers Claire.

— Une jolie lady, moi ? Ce doit être l'effet du champagne…

L'excès de modestie est un défaut tout ce qu'il y a de britannique dont elle se trouve forcément affligée. Richard voudrait lui faire piquer un fard à son tour.

— Mademoiselle Hanna, c'est un honneur de vous rencontrer, dit-il en lui faisant le baisemain.

Il s'attend à ce qu'elle frissonne, tout du moins qu'elle émette un léger soupir, un petit quelque chose.

Rien. Elle se contente de le fixer d'un œil facétieux.

— Moi de même, monsieur l'étudiant modèle. Je vous ai à peine reconnu avec votre smoking. Ça vous vieillit à mort.

« Étudiant modèle » ? Son costume le « vieillit à mort » ? Elle se moque carrément de lui ! Comment son père se débrouille-t-il pour obtenir un regard intimidé et des battements de cils ?

— Eh bien, mademoiselle, reprend Richard en exagérant son accent américain jusqu'à la caricature, je vous dois mes plus plââtes excuses si mon accoutrement vous a occasionné la moindre perplexité.

Hanna sourit enfin.

— Ce fut un plaisir de faire votre connaissance, cher ââmi, mais je dois vous quitter instââmment. Il faut que je gave les invités de pâte ruisselante de beurre fourrée aux abats de cochon.

Aussitôt dit, aussitôt partie. Richard la regarde s'éloigner et ne manque pas d'admirer la façon dont sa jupe noire moule ses formes.

Steven observe son fils d'un air entendu. Celui-ci secoue la tête, un large sourire aux lèvres, mais s'abstient de tout commentaire.

À minuit, après que tout le monde a chanté en chœur « Auld Lang Syne » en guise d'adieu à l'année passée, Richard se dirige vers le hall d'entrée avec l'idée d'aller se coucher. C'est alors qu'il remarque Hanna en haut de l'escalier, assise à côté d'une petite silhouette qui ressemble fort à sa sœur.

Il est très proche de Ruby, même s'ils ne vivent pas du même côté de l'Atlantique. Il se fait du souci pour elle. Elle n'a rien d'une gamine de dix ans classique, accro aux fringues et au rose Barbie. Drôle, fantaisiste, lectrice boulimique, elle dessine tout ce qu'elle voit. Trop originale, elle est donc la cible de railleries. Voilà pourquoi elle déteste l'école. Même à Londres, où l'excentricité est une qualité, elle se sent exclue.

Il grimpe les marches sur la pointe des pieds pour surprendre leur conversation. Ruby mène la discussion. Plutôt inhabituel de sa part.

— En fait, j'aimais bien les Spice Girls mais, Britney Spears, elle est naze de chez naze. Et Christina Aguilera, elle craint du boudin. Elles faisaient partie des Mouseketeers, t'imagines ?

— C'est quoi, les Mouseketeers ?

— Ça veut dire qu'elles ont participé au *Mickey Mouse Club* sur Disney Channel : des danses ridicules, des sketchs idiots, tout ça. Tellement débile, cette émission...

Ruby chuchote, elle sait très bien qu'elle devrait être au lit au lieu de bavarder avec une inconnue. Le ton amusé de Hanna reste doux, amical. Encore quelques marches et il verra son visage. Il l'entend s'exclamer :

— Beurk, l'enfer sur terre ! Heureusement que tu as pu fuir les États-Unis à la première occasion.

Ruby a un petit rire aigu.

— Je préfère Nine Inch Nails. Trent Reznor, en voilà un qui assure.

Cette fois, Hanna rit de bon cœur.

— Une gamine de dix ans qui aime Nine Inch Nails, j'y crois pas ! C'est ton père le coupable, il paraît qu'il adore Marilyn Manson.

— Aaaargh ! non, non, pas du tout. Il confond Marilyn Manson et Marilyn Monroe. Il est fan de la bimbo, pas du chanteur. Il nous fait honte, tu peux pas savoir…

À ces mots, Richard ne peut réprimer un grand éclat de rire. Leur père fait son possible pour suivre les dernières tendances. Il ne parvient qu'à se ridiculiser, mais s'en moque parce que c'est le champion de l'autodérision, sa plus grande qualité.

Soudain, la voix de Ruby résonne :

— C'est toi, Richard ? Encore en train d'espionner ?

Il gravit les dernières marches et découvre sa sœur penchée sur l'épaule de sa nouvelle amie. Celle-ci a les genoux relevés contre la poitrine. Difficile de ne pas admirer ses jambes fuselées. Hanna lève la tête.

— Bon, tu nous as surprises en flagrant délit ! Tu vas être un gentil petit garçon et préserver notre secret. Ou alors faut-il qu'on te bâillonne ?

Cette question appelle une réponse un peu salace, mais Richard s'en garde bien – pas devant sa petite sœur.

— Qu'est-ce que tu fais là, Minussette ? Je croyais que tu boycottais la fête ?

S'il avait su que Ruby était prête à se montrer en société, il lui aurait volontiers servi de cavalier.

— Je voulais juste assister aux douze coups de minuit. Si on me demande ce que je faisais pour l'arrivée de l'an 2000, ça la ficherait mal de répondre que je me cachais au fond de mon lit… Un vrai cas social, quoi.

Cette expression fait tiquer Richard. Ruby semble parfois si adulte, si perspicace. Il déteste l'idée même qu'elle puisse se sentir comme une bête de foire.

— Mais en fait, là, j'ai sommeil. Hanna, tu veux bien m'emmener me coucher ? implore-t-elle en tendant les bras comme l'enfant qu'elle est encore.

— Laisse, Hanna, je m'en occupe, dit-il dans un souffle – il se rend compte qu'il aime prononcer ce prénom.

Votre carrosse n'attend que vous, milady, ajoute-t-il à l'adresse de sa sœur.

Il la porte sur son dos le long du couloir tandis qu'elle rit tout bas pour éviter que ses parents ne l'entendent, le visage enfoui dans son cou. Richard est déstabilisé par la proximité de Hanna, qui marche dans son sillage.

— Merci, dit Ruby. T'es génial, comme grand frère.

— Mieux que Nathan ?

— Nathan, c'est qu'une grosse brute. Chaque fois qu'il me voit, il me lance en l'air, et j'ai toujours peur qu'il arrive pas à me rattraper.

Gagnée par le sommeil, elle trébuche sur les mots. Il la couche dans son lit et remonte la couverture sur ses épaules. Hanna les observe depuis la porte. Quand elle lui rend son sourire, il sent son estomac se nouer à la vue de sa bouche sensuelle.

— Moi, je te promets que je serai toujours là pour te rattraper, Minussette, murmure-t-il en déposant un baiser sur le front de Ruby.

À son souffle doux et régulier, il devine qu'elle dort déjà.

— Elle est adorable, dit Hanna quand il la rejoint. Rien à voir avec mes horribles frangines. Tu en as de la chance !

— Tu as combien de sœurs ?

— Deux demi-sœurs – et j'y tiens, à ce « demi » –, deux démons réincarnés en gamines de onze ans. Pour te donner une idée, elles me considèrent déjà comme leur « inférieure ».

— Charmant ! s'exclame-t-il avec son accent américain un peu traînant – il ne peut pas s'en empêcher, mais il perçoit un frémissement dans l'œil de Hanna.

— Tu veux qu'on échange ? propose-t-elle, ce qui le fait sourire – les jumelles ressemblent sûrement aux pimbêches qui martyrisent Ruby à l'école.

— Sans façon. Mais dis-moi, qu'est-ce que tu fais en haut ? Tu n'es pas censée gaver de pauvres innocents avec des tonnes de petits-fours ?

Étonnant comme il se sent mieux avec elle qu'au rez-de-chaussée parmi la foule sur son trente et un.

— Je suis en pause. Il me reste… quinze minutes, répond-elle en regardant sa montre.

— On peut en faire, des choses, en un quart d'heure… Les possibilités sont infinies.

Il sourit et l'effleure de l'épaule en sortant à son tour dans le couloir.

— Tu viendrais dans ma chambre, par exemple ?

— Hein ? Ben ça alors, tu perds pas de temps, toi !

Richard comprend l'indécence de sa question.

— Oh ! merde. Je voulais pas… c'était pas une proposition. En même temps, t'es très mignonne, mais… euh… j'ai un nouveau jeu de skate Tony Hawk, et deux manettes.

Il perd ses moyens, se sent si stupide que la réponse de Hanna le prend par surprise :

— Comment refuser face à un tel argument ? Mais je te préviens, je suis nulle en jeux vidéo.

Pendant qu'il allume sa console, elle examine ses étagères bourrées de CD, comme si elle essayait de jauger ses penchants musicaux. Son froncement de sourcils perplexe amuse Richard. Il a des goûts plutôt éclectiques, sa discothèque va de Puccini à Prodigy.

— Rien que de penser au prix de tous tes CD, je suis verte.

Il réprime un sourire ; il ne lui avouera pas qu'il en a des milliers d'autres à New York.

— On commence ?

Il s'assied par terre, le dos contre le lit, les jambes pliées. Elle prend place un peu plus loin et, d'un mouvement de tête, refuse la manette qu'il lui tend.

— Je préfère regarder d'abord pour comprendre comment ça marche.

Après trois sauts en l'air et deux glissades, la jauge de Richard est au maximum. Il effectue d'autres pirouettes plus osées pour l'impressionner.

— Ça a l'air tellement simple…

— Tout est facile quand on a de l'entraînement. Et insomniaque comme je suis, je pratique un peu trop. Allez, à toi.

Hyper concentrée, Hanna a les yeux rivés sur l'écran. Son skateur roule à deux à l'heure, avant de sortir de la piste. Nouvel essai tout aussi peu réussi.

— Je suis super naze, gémit-elle, le regard toujours braqué sur la télé.

— Viens, je vais t'aider, dit-il en tapotant la moquette à côté de lui.

À la grande surprise de Richard, elle vient s'installer entre ses cuisses et s'adosse à sa poitrine. Il l'entoure de ses bras, pose ses doigts sur les siens et lui montre comment exécuter un *flip*.

Les fesses de Hanna serrées contre son entrejambe, pas étonnant qu'une érection se déclare. Dans sa position, elle ne peut que s'en rendre compte.

Elle se retourne, un sourire en coin, et lève un sourcil narquois.

— Waouh, il te plaît bien, ce jeu !

— Ne le prends pas pour toi, même les documentaires de National Geographic me filent la trique.

Elle éclate de rire. Les mains de Richard reposent toujours sur les siennes. Il lui montre comment combiner un *flip* et un *slide*.

— Super, j'ai des points de bonus ! C'est moi la meilleure ! crie-t-elle en gigotant.

Son déhanchement appuie davantage sur le sexe de Richard. Il tressaille – le plaisir est presque douloureux. En jetant un coup d'œil à sa montre, il est soulagé de constater que c'est la fin du quart d'heure de pause.

# 2

*19 juillet 2000*

Hanna soulève son débardeur, mais le tissu colle un moment à sa peau moite avant de laisser passer un peu d'air. Même pour un mois de juillet, la chaleur est inhabituelle. Les vestes noires et les longues jupes gothiques qu'elle a apportées restent sagement dans sa valise, oubliées comme autant de grand-mères à une rave-party.

Ruby Larsen est à plat ventre dans un hamac juste à côté du sien. Elles lisent à haute voix le tout nouveau *Harry Potter et la Coupe de feu*, qu'elles ont acheté la veille à la librairie du village.

— Tu crois qu'on serait copines, Hermione et moi ? demande Ruby en lui passant le livre.

— Bien sûr qu'elle t'adorerait : t'es maligne, t'es drôle, et en cours de potions tu mettrais une raclée à tous les mecs.

Cela fait une semaine qu'elles se trouvent dans la maison de campagne des Larsen, dans le sud-ouest de l'Angleterre. Claire est partie aux États-Unis s'occuper de sa mère malade et a engagé Hanna comme fille au pair pour toutes les vacances. Celle-ci a accepté sans hésiter. Beaucoup plus agréable que de faire la caissière au supermarché.

— Des fois, j'aimerais aller à Poudlard, ça a l'air tellement plus cool que Saint Nicholas, dit Ruby en tirant sur les paillettes qui ornent son tee-shirt.

— Il y a des méchants partout, tu sais. Drago Malefoy n'est pas spécialement sympa avec Harry, rappelle-toi. Et de toute façon, c'est l'été, on ne pense plus aux cours, aux uniformes ni aux profs. On est là pour s'a-mu-ser.

— Mais toi, l'école, t'es même plus obligée d'y penser du tout. T'as trop de chance, continue Ruby d'un ton plaintif.

Hanna laisse retomber sa tête dans son hamac. Ses derniers jours de lycée lui reviennent en mémoire. Après un printemps interminable à suivre des cours, passer des examens blancs, cauchemarder sur *Jude l'Obscur,* le roman le plus sinistre de Thomas Hardy, elle avait été soulagée, une fois son diplôme en poche, de ne plus avoir à se demander comment elle allait bien pouvoir se débrouiller pour rendre la prochaine dissertation en temps et en heure.

Elle est la baby-sitter attitrée de Ruby depuis le réveillon du Nouvel An. Elle n'a pas l'impression de travailler, parce qu'elles trouvent toujours de quoi se divertir, toutes les deux. Elle apprécie tout autant Claire et Steven ; sept mois après leur première rencontre, les Larsen sont comme une seconde famille pour elle.

— L'école, c'est la meilleure période de la vie, à ce qu'on dit.

— Mais toi et moi, on sait très bien que c'est un énorme mensonge, répond Ruby, qui fait se balancer le hamac de Hanna d'un coup de pied énergique.

Elles entendent claquer une porte-fenêtre. Hanna se redresse et voit approcher une grande silhouette aux cheveux blonds. Abritant ses yeux d'une main, elle distingue Tom McLean, le petit-fils de la femme de ménage ; il agite fièrement un bout de papier. Toute la semaine, il est venu faire de menus travaux dans la maison. Elle soupçonne Ruby d'avoir un faible pour lui.

— Salut ! crie la fillette, qui saute de son hamac et se met à courir vers le jeune homme, le bras en l'air pour lui taper dans la main.

— Salut, mon lapin, ça va ? dit-il en lui faisant un clin d'œil, avant de se tourner vers Hanna avec un sourire nonchalant. Toi, tu m'as l'air installée un peu trop confortablement…

Il la tire par le bras et la rattrape lorsqu'elle bascule de son hamac. Le livre tombe dans la poussière.

— Pose-moi par terre ! crie-t-elle, furieuse. Je te préviens, si le bouquin est foutu, t'es mort !

Elle lui donne une tape au niveau du biceps. Il joue l'indignation :

— Eh ! fais gaffe au bras du guitariste, je n'ai pas encore eu le temps de l'assurer. Je venais seulement inviter les deux plus jolies filles du village à notre concert de ce soir.

Hanna s'empare du *flyer* que Tom lui tend.

— Dans un pub ? Mais je ne peux pas emmener Ruby, ses parents me tueraient.

La petite se met aussitôt à plaider sa cause :

— Allez, dis oui. J'ai jamais vu un groupe en vrai.

Tom prend un air de chien battu.

— Il y aura plein de gamins. Au moins cinq de mes neveux et nièces. Allez, je te paierai un Coca…

— Un Coca ? Quel honneur ! Dans ce cas, je me vois dans l'obligation d'accepter.

Elle se félicite de sa décision en voyant l'expression enchantée de Ruby.

Le pub bondé résonne d'accords endiablés et de voix graves. De la scène, les paupières mi-closes, Tom lui adresse un sourire charmeur. Hanna se mord la lèvre pour garder un air impassible. Depuis leur première rencontre, Tom la drague ouvertement. Elle a encore du mal à déterminer ce que lui fait exactement toute l'attention qu'il lui porte. Quand il lui a confié à quel point il adorait son look, elle s'est contentée de lever les yeux au ciel. Et quand il lui a proposé d'aller boire un verre, Ruby a servi d'excuse pour décliner l'invitation. Aujourd'hui, même parmi une foule de groupies et en présence de deux représentants de maisons de disques à l'affût de nouveaux talents, il n'a d'yeux que pour elle.

— Tu veux un autre Coca ? demande-t-elle à Ruby.

— Oh oui ! Avec une paille, s'il te plaît.

Son accent de la côte Est paraît presque déplacé dans ce pub typiquement anglais.

— Assurément, madame la comtesse, dit Hanna avec une révérence.

À son retour du bar, le groupe entonne une reprise de « Yellow », de Coldplay. Tom joue les premiers accords de l'intro et se penche vers le micro, ses prunelles bleu clair fixées sur elle. Il a la voix profonde, rocailleuse, faite pour cette chanson. Ses cheveux blonds lui tombent dans les yeux, un sourire relève les commissures de sa bouche. Dans la salle, quelques spectateurs suivent la direction de son regard. Certains semblent surpris qu'il se focalise sur cette jeune femme toute menue assise dans son coin avec une gamine.

— Je voudrais dédier notre dernier morceau de la soirée à la jolie fille au sourire ravageur. À Hanna.

Elle sent ses joues devenir brûlantes. Tom lui sourit à nouveau, et lui fait un clin d'œil en constatant qu'elle pique un fard.

Hanna est alors distraite par une voix grave à sa gauche :

— Tu emmènes souvent Ruby au pub ?

Elle est tellement surprise qu'elle avale sa gorgée de cidre de travers. Richard Larsen vient de faire son apparition.

— Qu'est-ce que tu fais là ? s'exclame Ruby, qui saute du banc et, dans sa hâte de l'embrasser, renverse sa bouteille.

Tout en tenant sa sœur contre lui, Richard pose son regard sur Hanna. Celle-ci le jauge de haut en bas, les mains sur les hanches. C'est la première fois qu'elle le voit depuis le réveillon. Il est toujours aussi élégant, en pantalon noir bien coupé, les manches de sa chemise bleu ciel remontées jusqu'aux coudes. Elle s'efforce de ne pas s'attarder trop longtemps sur les muscles de ses avant-bras parsemés de poils bruns.

Il détonne parmi la faune locale habillée en tee-shirt et jean délavé ou treillis. Un peu comme un Renoir accroché sur un mur de graffitis fluo.

— Étant donné que vous n'étiez pas au cottage, j'ai appelé Mary McLean. Elle m'a dit que son petit-fils et toi aviez prévu de sortir ensemble ce soir, explique-t-il en prenant un air dégoûté.

« Sortir ensemble » ? Elle décide d'ignorer l'expression.

— Je ne savais pas que tu étais en Europe.

— Je suis arrivé il y a quelques jours. Je travaille pour mon beau-père tout l'été et il avait des choses à régler à Paris.

Richard se détend enfin. Son sourire engageant rappelle à Hanna à quel point elle l'a trouvé sympa, ce fameux 31 décembre.

— Tu aurais dû nous prévenir. Imagine que nous soyons reparties.

— Je n'étais qu'à trois heures de train, Hanna.

Il a une façon de prononcer son prénom qui lui procure une agréable sensation de chaleur. Elle jette un coup d'œil vers la scène et remarque la mine inquisitrice de Tom.

— Tu m'as apporté un cadeau ?

Ruby est tellement impatiente qu'elle ne peut pas s'empêcher de sautiller sur place. Son enthousiasme fait sourire Hanna.

— Au moins, elle n'est pas vénale, souffle Richard à cette dernière dans un faux aparté, faisant en sorte que sa sœur l'entende. Si elle ne m'aimait que pour mon argent, ça m'ennuierait beaucoup.

Ruby sourit et lui tire la manche de ses doigts poisseux.

— Arrête, tu sais très bien que j't'adooore. Alors ? Tu m'as acheté quoi ?

— Tu verras quand on sera rentrés, Minussette, répond-il avant de se tourner vers Hanna. On y va ?

— Je vais juste prévenir Tom qu'on part.

Sans prêter attention à l'expression perplexe de Richard, elle rejoint le guitariste, dont le visage s'éclaire à son approche.

— Alors, tu as aimé ? demande-t-il en lui entourant la taille d'un geste possessif.

Cette familiarité la met mal à l'aise, d'autant plus qu'elle sent dans son dos deux yeux insistants détailler le moindre de ses mouvements.

— C'était super. Ruby et moi, on a kiffé, répond-elle en s'écartant. Mais là, faut qu'on y aille.

— Tu pars déjà ? Et… c'est qui, ce mec ?

— Le frère de Ruby.

— Ah ! fait Tom, dont le sourire s'évanouit.

— Il est venu voir sa petite sœur.

— Ça veut dire qu'il va pouvoir la garder quand on ira boire un pot en tête à tête ? lance-t-il, son visage s'illuminant à nouveau.

— Je te signale que c'est moi, la baby-sitter, répond-elle d'un ton sec.

— Dommage. Il ne me reste plus qu'à m'installer sous tes fenêtres avec mon répertoire de sérénades.

— Ne te gêne pas, je mets des boules Quies. Mais je suis sûre que les chiens du quartier vont s'abonner à ton fan-club.

— Hanna, tu es prête ?

Ruby et son frère les ont rejoints. Une fois de plus, Hanna sent le rouge lui monter aux joues.

— Richard… alors, ça, c'est Tom McLean, il joue dans le groupe de ce soir.

Seigneur Dieu, est-il possible de s'exprimer de façon plus lamentable ?

— Enchanté, dit Richard, qui serre la main de Tom avec fermeté.

Pour deux garçons du même âge, leurs looks ne pourraient être plus différents. Comparativement au chanteur débraillé, mal coiffé, Richard semble plus mûr, tellement plus classe.

Ruby tire Hanna par la manche.

— On peut y aller, maintenant ?

Elle a vraiment hâte d'arriver à la maison pour ouvrir son cadeau. Son insistance quasi désespérée devient comique.

— C'est bon, c'est bon, on y va, répond Hanna en essayant, en vain, de réprimer un éclat de rire.

À la seconde précise où Tom se penche pour l'embrasser sur la joue, Hanna, qui rigole encore, tourne la tête, si bien que sa bouche grande ouverte s'écrase sur la sienne. Malgré son étonnement, Tom profite de la situation et tente de prolonger le baiser. Elle se dépêche de reculer, l'humiliation la fait bouillir. Elle voit Richard lever les sourcils et serrer les lèvres.

Décidément, quelle soirée réussie !

Pendant cinq jours, Richard ne les quitte pas ; il prend son tour pour lire *Harry Potter* à voix haute, choisit son personnage préféré pour rejouer les meilleurs passages. Sans costume ni cravate, ce n'est plus le même garçon.

Le soir, une fois Ruby couchée, ils s'installent devant *Big Brother* à la télé. C'est une expérience prétendument fondée sur la réalité : dix personnes doivent vivre ensemble, enfermées dans une maison. Hanna est accro à ce programme.

— Pour moi, ça n'a rien à voir avec *1984*, déclare Richard d'un ton docte en lui offrant un cookie du paquet déjà largement entamé. Si le Big Brother du roman était là, il leur ferait promettre servitude et loyauté. Et les candidats se tiendraient à carreau, pas question de flemmarder dans le jardin à discutailler avec les poules.

Pendant la pub, elle part chercher à la cuisine deux bouteilles de bière dans le frigo. De retour au salon, elle remarque que les pupilles de Richard se dilatent très légèrement à la vue de ses jambes nues. L'intensité de ce regard lui bloque un instant la respiration.

Le rituel du coucher de Ruby, l'émission de télé qu'ils suivent ensemble, la bière et les cookies qu'ils partagent… on dirait un couple marié.

Qui fait lit à part.

Pour la dernière soirée de Richard, ils décident de descendre au village s'offrir un *fish and chips*. L'air est doux, ils s'installent dans un parc et dégustent leur poisson emballé dans le traditionnel papier journal. Assise sur une marche du monument aux morts, Ruby lance quelques frites aux pigeons, qui tentent de chaparder son poisson par la même occasion. Tous trois admirent le coucher de soleil, les doigts pleins de gras, de sel et de vinaigre.

Le festin terminé, Hanna a une petite trace de ketchup au coin de la lèvre. Richard se penche pour l'essuyer du doigt. Il est pris d'une envie subite de le plonger dans la bouche moelleuse, juste pour voir. Mais il se retient et lèche la sauce rouge sur son pouce. Hanna le dévisage, les lèvres entrouvertes. Il voit l'ombre de sa langue.

— Tu ne te teins plus les cheveux ?

— J'essaie de me réinventer une personnalité pour la fac. Je vais essayer le look « petite rockeuse ». Le gothique, c'est trop XX^e^ siècle.

Elle croit vraiment qu'on peut se « réinventer » avec une nouvelle couleur de cheveux ? Si seulement c'était si facile…

— Petite rockeuse ? demande-t-il, l'air tout à la fois sceptique et amusé.

— Oui. M'habiller qu'en noir, ça commence à me fatiguer.

— Eh bien, j'ai hâte de rencontrer la nouvelle Hanna Vincent. Tu m'enverras une photo des essayages ?

— Tu peux peut-être aller te faire voir, gros pervers, répond-elle en lui donnant un coup d'épaule.

Quand il lui rend la pareille, elle tombe du banc et atterrit sur l'herbe. Son air scandalisé le fait rire très fort. Et très longtemps.

Le lendemain, Richard quitte la maison dès l'aube afin d'attraper le premier vol pour New York. L'avion est bondé ? Aucun problème : la famille Maxwell voyage toujours en première. Et même si Richard porte le nom de

Larsen, son beau-père ne permettrait pas qu'il dédaigne ses privilèges.

À JFK, une Lincoln noire l'attend. Le chauffeur s'empare de sa valise et le précède pour lui ouvrir la portière arrière. Avec les embouteillages, il leur faut plus de une heure avant de se garer devant l'imposante bâtisse de pierre.

Le voilà « à la maison », même si cette expression lui semble inappropriée. La déco porte l'empreinte de sa mère : trop sobre, trop impeccable, trop épurée. Et pourtant, s'il y a bien un endroit où il devrait se sentir chez lui, c'est ici. Il y a vécu une quinzaine d'années.

Une fois dans l'entrée, il entend Consuela chantonner. Cela fait un bail qu'elle habite ici et qu'elle travaille pour les Maxwell. Elle était là bien avant que Richard et sa mère n'emménagent.

Il la retrouve à la cuisine. Dès qu'elle lève les yeux, son visage s'illumine.

— Ricardo, te voilà enfin ! Viens faire un *beso*.

Il la soulève et l'entraîne dans un tourbillon. Elle rit et se débat à petits coups de poing jusqu'à ce qu'il la relâche.

— Où est tout le monde ?

— Ta maman est au bord de la mer, dans les Hamptons. Daniel travaille avec son père. Il avait pas l'air enchanté, d'ailleurs.

Âgé de dix-sept ans, Daniel est l'unique fils biologique et héritier de Leon Maxwell, à la tête d'un empire économique de plusieurs milliards de dollars, avec des investissements répartis sur toute la surface du globe.

Richard contourne Consuela pour chiper un petit pain sur la grille du four. Elle le réprimande d'une tape sur la main alors qu'il mord dans la mie encore tiède.

— Il y a des invités ce soir ?

— Les Brook, pour le dîner.

— À 8 heures ?

— Oui, monsieur.

Quand elle s'adresse à Richard, ce « monsieur » s'accompagne toujours d'un petit sourire taquin. Jamais lorsqu'elle s'adresse à Leon ou Daniel.

— Dans ce cas, je monte faire la sieste, je suis vanné à cause du décalage horaire.

À l'étage, il n'est pas surpris de constater que sa chambre respire la propreté. Consuela a profité de son absence pour s'en donner à cœur joie. Il balance sa valise dans un coin, fait de même avec ses chaussures et s'affale sur sa couette. Il s'endort au moment précis où sa tête touche l'oreiller.

# 3

*5 octobre 2000*

— Alors, Hanna Vincent, c'est quoi ta GFE ?

Josh Chambers, rédacteur en chef du magazine des étudiants, se carre dans son fauteuil pivotant élimé et attrape le stylo calé derrière son oreille. Il en tapote ses incisives en attendant sa réponse.

Elle fronce les sourcils. C'est quoi, une GFE ? Un terme du jargon qu'elle devrait maîtriser ? Pas question d'admettre qu'elle ne connaît rien au journalisme.

Dès son arrivée à Nottingham la semaine dernière, elle a postulé afin d'écrire pour le magazine du campus. Et voilà qu'à son premier entretien avec le rédacteur en chef super doué elle a l'air ignare…

— Je veux dire : c'est quoi ta grande force exclusive, ton atout que les autres n'ont pas ?

De toute évidence, elle lui fait pitié. On dirait que son regard de lapin apeuré l'attendrit – dommage qu'elle ne puisse pas en jouer aussi facilement sur sa famille.

— Alors, Josh Chambers, commence-t-elle – cette façon de l'appeler « Hanna Vincent », comme s'il découvrait son CV, l'a un peu déstabilisée, elle ne peut s'empêcher de lui rendre la pareille –, je t'explique : j'ai des tas de GFE. Je travaille dur et je ne supporte pas qu'on me dise non. Je suis du genre coriace, quoi.

— Comme tous ceux que j'ai vus aujourd'hui. Tu n'as pas l'air prête du tout… plutôt prête à tout.

Josh secoue la tête avec une mimique méprisante. Il est assez séduisant avec sa tignasse châtain, sa mâchoire carrée et ses joues mal rasées. Il a peaufiné son look « geek chic » à l'aide de lunettes à monture noire – qui n'arrêtent pas de glisser sur son nez. Il n'est qu'en troisième année de journalisme, mais il paraît tellement plus mûr qu'elle.

Du coin de l'œil, elle remarque une affiche annonçant un concert la semaine suivante. Elle avise le chanteur en chemise noire au premier plan, cheveux mi-longs en plein mouvement alors qu'il plaque un accord sur sa guitare.

— Je connais justement Tom McLean des Fatal Limits, dit-elle en désignant l'affiche. Je pourrais lui poser quelques questions…

Josh se penche en avant. Elle a enfin réussi à éveiller sa curiosité.

— Tu te fous de moi ?

— Je n'oserais pas.

Elle ne peut s'empêcher de rire en voyant son expression incrédule.

— Sérieux, j'ai fait sa connaissance cet été. Ils viennent de signer avec un label indé. Si tu veux, je l'appelle tout de suite.

Le stylo entre les dents, Josh la dévisage, soudain intéressé.

— Bon, d'accord. Disons que si tu réussis à interviewer les Fatal Limits et si tu écris un article correct, je te propose une période d'essai de trois mois.

— Merci, oh ! merci !

Elle n'en revient pas, elle n'arrive pas à croire que, parmi la centaine de postulants, c'est elle qui a l'opportunité de faire ses preuves. Si elle osait, elle se lancerait dans une petite danse pour célébrer l'événement.

— Mais attention, je suis un boss exigeant. J'ai la réputation de réécrire les textes au point de faire pleurer des gros durs bien plus expérimentés que toi. Si tu penses t'en tirer les doigts dans le nez, je te conseille de chercher ailleurs...

— Je ne me mets jamais les doigts dans le nez, merci bien, répond-elle d'un ton brusque en lui retournant son coup d'œil acéré. Et des tas de gros durs bien plus musclés que toi ont essayé de me faire pleurer. Ils n'ont jamais réussi.

— Ce sera mon prochain défi, alors.

— Si ça t'amuse.

Une ferme poignée de main scelle leur accord.

— J'ai hâte de travailler avec toi, Hanna Vincent.

— Appelle-moi Hanna, s'il te plaît. Pourquoi tu te sens obligé d'ajouter mon nom de famille ?

— D'accord. Ça me plairait de travailler avec toi, Hanna... pas Vincent.

— T'as pas pu résister, hein ?

— Tu te crois irrésistible ?

— Pas tant que toi.

Josh enlève ses lunettes et les pose sur son bureau. Il passe la main dans ses cheveux et se penche tout près d'elle.

— Hanna Vincent, tu me dragues ou quoi ?

Il est si proche qu'elle peut sentir son souffle sur sa peau.

— Si tu veux vraiment savoir, pas du tout. Si c'était le cas, tu ne poserais pas la question, tu t'en rendrais compte.

— Je crois que je vais vite m'en rendre compte.

— Ne pas confondre vitesse et précipitation.

Elle se lève et récupère son dossier.

— Merci pour la période d'essai. J'ai hâte que tu publies mon premier article.

D'un air très assuré malgré ses jambes en coton, elle le salue d'un simple coup de tête. En refermant la porte, elle pousse un long soupir de soulagement. A-t-elle envie de sortir avec Josh Chambers ou de l'étrangler à mains nues ? Elle hésite.

En rentrant, elle trouve dans sa boîte aux lettres un paquet. Il vient de New York, apparemment, mais l'adresse de l'expéditeur a été effacée par la pluie.

Elle se demande quelle mouche a piqué son père pour qu'il lui envoie un livre. D'un côté elle est impatiente de constater à quel point il est à côté de la plaque, de l'autre elle songe à le congratuler : il s'est souvenu de sa date d'anniversaire. Quel exploit !

Dès qu'elle déchire le papier, elle reste bouche bée. L'ouvrage est loin d'être neuf. Avec sa jaquette d'un vert bouteille un peu passé, il a cette odeur poussiéreuse qui n'appartient qu'aux vieux bouquins, mais il est très bien conservé. Le titre, en typo blanche d'époque, suffit à la convaincre que le cadeau n'a pas été choisi par son père : *1984*, de George Orwell.

Elle ouvre le livre et voit les mots « Première édition » sur la page de garde, et, tandis qu'elle le feuillette, une enveloppe tombe d'entre les pages sur son couvre-lit. Son cœur s'emballe. Elle arrache le rabat avec précipitation, en sort une feuille de papier vergé d'un blanc crémeux.

*Le 27 septembre 2000*

*Chère Hanna,*

*Je voulais te féliciter pour tes débuts dans ta carrière estudiantine, mais, comme l'a dit Thomas Carlyle, « la meilleure université, de nos jours, c'est une collection de livres ». Quand j'ai lu cette phrase, j'ai tout de suite pensé à toi. Je voulais te remercier. Non seulement pour ta gentillesse envers Ruby cet été, mais aussi pour avoir su divertir son « big brother », qui est seul (souvent), et plutôt pénible (à l'occasion).*

*Si la nouvelle Hanna Vincent est – de près ou de loin – aussi intéressante que l'ancienne, j'ai très envie de la revoir au plus vite.*

*Bien à toi,*

*Richard*

Elle contemple la lettre un instant. L'intention la bouleverse. Il lui a acheté un livre – une première édition, qui plus est. Pas le genre d'ouvrage qu'on peut dégoter aux puces ou dans une librairie d'occasion.

En plus, il dit qu'il la trouve « intéressante ». Les Larsen n'arrêtent pas d'utiliser cet adjectif à son sujet. Il lui plaît désormais, elle ne saurait dire exactement pourquoi. Pour la première fois, se sentir « intéressante », différente, lui convient.

Pendant dix minutes, elle se demande comment le remercier, puis se résout à descendre à la salle informatique au sous-sol pour lui envoyer un mail.

De : hmvincent@nottingham.ac.uk
À : rslarsen@columbia.edu
Objet : Big Brother

Cher Richard,

Waouh ! Grand merci pour ce cadeau incroyable. On ne m'avait jamais offert de première édition, du coup, l'idée de commencer une collection m'enthousiasme au plus haut point. Bien sûr, il me reste encore pas mal de chemin avant d'acquérir l'« université de livres » chère à ton philosophe, mais il faut bien commencer quelque part, non ?

Ce qui m'ennuie un peu, en revanche, c'est que tu m'envoies un roman qui me rappelle que « Big Brother me regarde ». Je me sens observée... Faut-il que je m'inquiète ?

Hanna

P-S : Je dors dans la chambre n° 101, comme la salle des tortures dans *1984*, tu te souviens ? Celle où on te met face à ton pire cauchemar pour te faire avouer...

Elle clique sur « Envoyer » et décide de vérifier le prix d'une première édition du roman de George Orwell sur un site spécialisé.

Il vaut davantage que toutes ses affaires réunies. Elle comprend très vite qu'elle ne doit pas garder un tel présent dans sa chambre.

Elle hésite encore sur la décision à prendre quand s'affiche une alerte mail.

De : rslarsen@columbia.edu
À : hmvincent@nottingham.ac.uk
Objet : Surveillée ?

Hanna,

De rien, ça me fait plaisir. Quant à ta question, la réponse ne dépend que de tes actes.

Richard

P-S : Quel est ton pire cauchemar dans la chambre 101 ?

Elle sourit en lisant ces quelques lignes ; elle est si contente qu'il ait répondu du tac au tac. Elle jette un coup d'œil à sa montre : 4 heures de l'après-midi en Grande-Bretagne, donc 11 heures du matin à New York. Il est sans doute à la bibliothèque ou chez lui devant son ordi. Elle se ronge les ongles en réfléchissant à sa réponse.

De : hmvincent@nottingham.ac.uk
À : rslarsen@columbia.edu
Objet : Mon pire cauchemar

Richard,

Tu as lu *Harry Potter*, donc je suppose que tu connais mon pire cauchemar. Mais comme il ne faut pas prononcer son nom, je dirai plutôt que je partage ma chambre avec une Amazonienne francophone d'un mètre quatre-vingt-dix qui fume comme un pompier. Tout personnage dont le nom commence par un V aurait de quoi être terrorisé. Moi, en tout cas, oui.

Hanna V.

De : rslarsen@columbia.edu
À : hmvincent@nottingham.ac.uk
Objet : Un peu gênant...

Hanna,

J'essaie de me faire respecter dans le quartier. Personne ne doit savoir que j'ai lu des livres pour enfants cet été. Est-ce que ça peut rester entre nous ?

Quand sort le prochain tome ? Tu me le prêteras ?

Richard

De : hmvincent@nottingham.ac.uk
À : rslarsen@columbia.edu
Objet : Dans la gêne, toi ??

Richard,

Bizarre qu'un New-Yorkais richissime n'ait pas les moyens de s'offrir un livre. Je vais réfléchir à cette question en dégustant le dîner du resto U. Un vrai festin, ce soir : ragougnasse de thon avec sa cassolette d'épinards trop cuits. Je penserai à toi en mâchant chaque bouchée pendant des heures.

Hanna

P-S : Tu peux aussi chercher ce genre de bâtiment étrange qu'on appelle « bibliothèque ».

De : rslarsen@columbia.edu
À : hmvincent@nottingham.ac.uk
Objet : Je préférerais lire le tien

Sérieux, je préférerais.
Bisous,

Richard

Hanna se déconnecte en pensant à ce « Bisous ». Voilà une journée qui se termine bien. Très bien, même.

Le vendredi suivant, elle arpente les coulisses de la salle de spectacle de l'université. Elle joue des coudes dans les couloirs bondés de musiciens, de comiques et autres chanteurs qui se disputent l'espace exigu afin de changer de tenue.

Stars de la soirée, les Fatal Limits ont leur loge attitrée, loin du menu fretin des amateurs. Hanna se glisse dans la pièce et constate que quelques musiciens profitent déjà à fond du cortège de groupies qui les suit à la trace.

Un murmure dans son oreille la fait frissonner :

— Depuis qu'on a signé avec une maison de disques, mes copains se sont transformés en porcs lubriques.

Elle se retourne et découvre Tom McLean posté juste derrière elle. Il lui adresse un sourire oblique, la prend par la taille et la tient fermement contre lui.

En à peine plus de deux mois, depuis le concert au pub, la vie de Tom a pris un virage à cent quatre-vingts degrés. Fatal Limits a intégré l'écurie d'un label indépendant, qui se démène pour développer la notoriété du groupe. Cette tournée dans les universités anglaises ne constitue qu'une première étape. L'objectif est de séduire les étudiants, d'en faire un noyau dur de fans, qui achèteront leur album dès sa sortie.

— Tom, quelle transformation ! On dirait le chanteur de Coldplay.

Elle lui tire les cheveux, appréciant la coupe parfaite, sûrement hors de prix, ses mèches blondes plus courtes sur le front, plus soignées… comme Chris Martin, justement.

Tom la serre encore plus fort, son visage tout près du sien, et lui chuchote à l'oreille :

— Si tu nous compares à ces frimeurs de Coldplay dans ton article, je ferai une boule de ton journal et je l'enfoncerai bien profond dans ton ravissant décolleté.

— Si tu continues à jouer « Yellow », à qui veux-tu que je vous compare ?

— Si je continue à jouer « Yellow », tu vas fondre à mes pieds, comme la dernière fois.

— Sérieux ? Tu crois vraiment qu'une reprise de Coldplay peut m'impressionner ?

— C'est pas tant ma façon de chanter que mon corps sublime qui te fait saliver.

Elle lui tape sur le bras en rigolant.

— Eh ! Attention au joyau du guitariste !

— Quoi ? Toujours pas assuré ?

Hanna lui tâte le biceps, un peu surprise par sa musculature – il a dû lever de la fonte depuis juillet.

— J'y pense sérieusement. Il paraît que Keith Richards a assuré le sien pour trois millions de dollars.

— Keith Richards est un crétin. Et je suis sûre qu'il a une petite bite.

— Tu seras contente d'apprendre que je n'ai pas ce genre de problème. Je pourrais peut-être te la montrer ?

— Tu pourrais peut-être la laisser là où elle est, ou bien trouve une groupie consentante, rétorque Hanna avant de sortir son calepin. L'interview débute maintenant, alors si tu veux continuer à faire l'andouille, c'est toi qui vois.

Elle lui fait un clin d'œil : elle plaisante, bien sûr. Il drague toutes les filles, de manière automatique, il ne peut pas s'en empêcher. Et ça fait partie de son charme, en fait.

— OK, grande papesse de la presse rock, on s'occupera de coucher ensemble plus tard. Commence l'interrogatoire.

Il a vraiment l'air de s'amuser, il lui offre son fameux sourire nonchalant. Hanna lève les yeux au ciel, tire son stylo de sa poche et tourne les pages de son carnet.

— Tom McLean, chanteur du groupe le plus prometteur du moment, voici ma première question : comment, en si peu de temps, as-tu pu devenir aussi con ?

# 4

*4 décembre 2000*

Hanna n'en revient pas. Malgré le fiasco des fêtes l'année dernière, elle a consenti à passer quelques jours chez son père, à New York. Il l'a appelée début novembre en proposant de changer leurs habitudes : pas de Val-d'Isère à Noël – lui-même n'y tenait pas spécialement. En à peine deux heures, sa secrétaire a tout organisé. Prise dans ce tourbillon de réservations et de confirmations, Hanna n'a pas eu le réflexe d'inventer une excuse valable pour décliner l'invitation. Elle s'est toutefois surprise à rire en imaginant la tête de sa belle-mère quand celle-ci apprendrait sa venue.

C'est l'espoir d'assister à des concerts qui rend le vol long-courrier moins pénible. La scène new-yorkaise bouillonne de nouveaux talents, et Hanna compte bien en profiter. Elle est devenue la critique rock officielle du magazine étudiant. Entre deux articles, elle est parvenue à caser des cours, des TD, des devoirs à rendre. Un trimestre bien chargé, au cours duquel elle a découvert qu'écrire sur la musique était une vraie passion.

Mais là, assise à l'arrière de la voiture venue la prendre à l'aéroport, elle se sent comme une petite écolière terrorisée qu'on traîne chez le proviseur pour mauvaise conduite plutôt que comme une grande journaliste.

— Vous êtes arrivée, mademoiselle Vincent.

La voix du chauffeur la ramène à la réalité. Il vient de se garer devant les bureaux de son père, à deux pas de Wall Street. Curieux, vu qu'elle n'a été admise qu'une seule fois dans les locaux de son entreprise, il y a des années.

— Mon père vous a demandé de me déposer ici ?

— Tout à fait. Je dois emporter vos bagages chez lui. Donnez votre nom à la réception pour qu'ils le préviennent.

Hanna se glisse sur la banquette afin d'ouvrir la portière, pas question que le chauffeur s'en charge.

— Très bien. Merci d'être venu me chercher.

— Je vous en prie, mademoiselle Vincent. Bienvenue à New York.

Bienvenue, vraiment ? À peine met-elle le pied dehors qu'elle est agressée par les bruits ambiants : vrombissement des moteurs, staccato dissonant des Klaxon, sans oublier les mugissements d'un rouleau compresseur qui tasse le goudron un peu plus loin et le flot incessant des conversations d'une foule de piétons grouillant sur le trottoir. En comparaison, le niveau sonore londonien ressemble à un gentil murmure. Et les buildings immenses l'oppressent tant qu'elle a du mal à respirer normalement.

À sa gauche, les gratte-ciel du World Trade Center surplombent le quartier de la finance, comme deux sentinelles surveillant le port de New York. Elle se promet d'aller au cent dixième et dernier étage. La vue sur la baie d'un côté et Manhattan de l'autre doit être hallucinante.

S'arrachant à la contemplation des tours jumelles, elle gagne la compagnie dont son père est copropriétaire. Après avoir décliné son identité au poste de sécurité, elle attend qu'on vienne la chercher. Le hall d'entrée respire le luxe, avec ses meubles design et son sol en marbre rutilant, à croire qu'une armée de petites mains passent leurs journées à polir chaque dalle.

— Hanna ?

À sa grande surprise, c'est son père en personne qui s'est déplacé pour l'accueillir, et non un larbin quelconque comme elle l'avait prévu. Il porte un costume parfaitement coupé et ses cheveux anthracite sont toujours coiffés de manière impeccable.

— Salut, papa, dit-elle en se laissant embrasser.

Dans l'ascenseur, Philip presse le bouton du troisième étage ; la société Vincent-Jones occupe tout le niveau, les plus beaux bureaux évidemment réservés aux heureux propriétaires.

— Le vol s'est bien déroulé ? Et le trajet en voiture, pas trop long ?

— Super. C'est cool de voyager en première, merci pour le billet.

— De rien. Bon, je dois juste passer un ou deux coups de fil, et ensuite on ira manger un morceau.

Il laisse Hanna devant le bureau de sa secrétaire, une jolie blonde qui l'observe avec insistance. Sans doute se demande-t-elle – et c'est une question que Hanna se pose souvent – par quel coup du sort Philip Vincent porte le même patronyme que cette gamine en jean déchiré, tee-shirt publicitaire d'un groupe de rock et veste noire toute froissée.

— Que puis-je vous proposer, mademoiselle Vincent ? Un café ? Quelque chose à grignoter, peut-être ?

— Rien, merci, il n'en a pas pour longtemps.

En effet, dix minutes plus tard, Philip sort de son bureau en enfilant un élégant manteau noir en laine.

— Je ne reviens pas cet après-midi, lance-t-il au passage à son assistante. En cas d'urgence, appelez-moi sur mon portable. De toute façon, je lirai mes mails ce soir.

— Très bien, monsieur Vincent, bonne soirée. Vous aussi, mademoiselle.

Un peu surréaliste, tout ça. Non seulement son père l'invite à New York, ce qu'il n'a pas fait depuis plus de cinq ans, mais en plus il s'absente du bureau avant la nuit tombée – une vraie première, elle en mettrait sa main au feu. Se sentirait-il coupable, par le plus grand des hasards ?

— Je me disais qu'on pourrait dîner tôt et rentrer à la maison pour que tu aies le temps de discuter avec Olivia et tes sœurs.

Ô joie !

Hanna sourit à son père, pour la première fois depuis deux ans.

— Parfait, mais je ne suis pas assez bien habillée pour aller au restaurant.

— Alors un *diner*... tu sais, où on sert des hamburgers.

— Je connais, mais dans ce cas c'est toi qui n'as pas la tenue adéquate.

— T'inquiète pas, la moitié des financiers de Wall Street mangent dans ce genre de bouis-bouis.

— Je vois.

Cette entente cordiale pourrait-elle durer plus de cinq minutes ? Sceptique, elle se refuse néanmoins à gâcher ces instants précieux.

Une fois assis à une table en Formica un peu graisseuse, il commande un sandwich corned-beef-choucroute et Hanna opte pour un hamburger. L'étrangeté de la situation – se retrouver en tête à tête avec lui, parler de choses et d'autres, comme deux adultes normaux – continue de la travailler. Elle brûle de lui demander d'où sort son comportement insolite. Ils sirotent leur boisson tandis qu'elle cherche vainement un sujet de conversation. Par bonheur, il lui simplifie la tâche :

— Cet endroit, c'est mon petit secret. Olivia me tuerait si elle me voyait ici. Elle considère que fast-food est synonyme de cholestérol, dit-il avant d'avaler un gros morceau, qu'il fait passer avec une bonne rasade de bière.

— Dans ce cas, il va falloir un énorme pot-de-vin pour que je garde ton petit secret.

— Va chez Saks sur la Cinquième Avenue et mets tout sur mon compte. C'est le bakchich le plus efficace, enfin pour Olivia et les jumelles.

— Pas la peine. De toute façon, je ne crois pas que je trouverais des tenues à mon goût dans un magasin aussi chic, marmonne-t-elle en tortillant sa serviette en papier sur ses genoux.

Le regard de Philip s'adoucit quand il remarque la mine contrite de sa fille.

— Je n'ai pas eu l'occasion de te dire à quel point j'étais désolé pour l'année dernière. Je suis conscient qu'Olivia et moi on ne t'a pas bien traitée, et aussi qu'il m'arrive de te négliger. Je ne vais pas essayer de t'expliquer pourquoi la vie n'est pas rose pour moi non plus, ni te raconter le cauchemar du divorce avec ta mère. Mais je vais essayer d'être un bon père, d'accord ? Je vais faire mon possible en tout cas.

— D'accord.

Hanna ne parvient pas à le regarder dans les yeux. Elle préfère reporter son attention sur son hamburger, dans lequel elle mord à pleines dents. Quoi qu'il dise, quoi qu'il fasse – ou tente de faire –, une petite part d'elle-même continue de douter de lui.

Dès le lendemain, direction l'université Columbia pour prendre un café avec Richard. Ils échangent régulièrement par mail depuis le mois d'octobre et, lorsqu'elle lui a annoncé sa venue, il a proposé ce rendez-vous.

Malgré un froid mordant, le soleil brille sur le quartier de Morningside Heights, qu'elle décide de traverser à pied pour rejoindre « l'Acropole académique », ainsi qu'on surnomme Columbia. Une fois à destination, elle repère Richard sur les marches, son caban boutonné jusqu'au menton, une écharpe rayée autour du cou. Prise d'une soudaine timidité, elle s'interroge : doit-elle lui sauter dans les bras ou effleurer ses joues pour deux bises rapides ? Ou bien lui donner une simple poignée de main ?

Aussitôt qu'il l'aperçoit, Richard affiche un sourire si radieux que tout sentiment de gêne l'abandonne, et elle se pend à son cou.

— Ah ! Mon Dieu, je suis tellement contente !

— Moi aussi, répond-il en la serrant contre lui.

— Ça fait du bien de voir une tête connue.

— J'allais te proposer de visiter le campus, mais ça caille atrocement. Si on allait boire un café, plutôt ? Il y a une cafétéria à la bibliothèque, mais j'ai pensé à un endroit que tu préféreras sans doute.

— Pourquoi ça ?

— Tu verras.

Alors qu'ils descendent la rue, Richard se met à chantonner, si doucement qu'elle ne distingue pas la mélodie. Mais à l'instant où, tournant le coin de la grande avenue, elle découvre la façade d'un petit restaurant, elle comprend ce qu'il fredonne.

— Hé ! Mais c'est le Tom's Diner de la chanson de Suzanne Vega. J'adore !

Son sourire s'agrandit alors qu'elle contemple le bistrot aux grandes baies vitrées. Richard la prend par la main pour l'emmener à l'intérieur. La chaleur qui règne ici contraste vivement avec l'air glacé du dehors.

— Tu sais, c'est la deuxième fois en deux jours que j'entre dans un *diner*.

— Bienvenue à New York.

— Qu'est-ce que vous désirez ? demande la serveuse en déposant des serviettes en papier sur la table.

— Un café, s'il vous plaît.

— La même chose pour moi, ajoute Hanna, qui regarde la serveuse se diriger vers l'appareil.

— Alors, ce séjour, ça se passe comment ? s'enquiert Richard.

— Pas trop mal. Mon père et moi, on s'ingénie à éviter les disputes. Plus facile à dire qu'à faire, parfois.

— Pourquoi ?

Hanna se cale sur la banquette et boit une petite gorgée de café, pour se réchauffer, mais aussi pour avoir le temps de trouver les mots justes.

— Eh bien… sans doute parce qu'on marche sur des œufs en permanence. J'ai tellement peur de le mettre hors de lui que je joue un rôle. Lui aussi, d'ailleurs. Mais dès que je sors du cadre, je retrouve le vrai Philip Vincent ! Hier soir, je lui ai annoncé que j'avais l'intention d'assister à un concert, histoire d'écrire un article pour le journal, il est alors sorti de ses gonds et m'a formellement interdit d'y aller : « Tu es trop jeune ! Hors de question que tu fréquentes un endroit qui sert de l'alcool sans personne pour t'accompagner ! »

— Tu n'as pas le droit… mais tu ne comptes pas lui obéir ?

— Bien sûr que non, qu'est-ce que tu crois ? Je veux absolument voir ce groupe au Mercury Lounge. Je parie que ce sera la révélation de l'année.

— Je comprends la réaction de ton père, cela dit. Laisser une fille de dix-huit ans se balader toute seule dans Manhattan en pleine nuit…

— Je le fais tout le temps en Angleterre !

Richard lui lance un coup d'œil par-dessus le bord de sa tasse.

— Rien à voir. Londres n'a rien de Gotham City.

— Certes, mon cher Bruce Wayne, mais ça ne m'empêchera pas d'assister au concert.

— Et si je t'accompagnais ?

— Sérieux ?

Elle repose son café et l'observe. Il est tellement BCBG, avec sa chemise bleu ciel au col ouvert et son pantalon marine impeccable. Sait-il à quel point il va détonner au Mercury Lounge ? Elle en doute.

— Je n'ai jamais mis les pieds dans cette salle mais, vraiment, ça me ferait plaisir.

— Donc ensuite, ce sera mon tour de te faire une petite gâterie…

À peine ces mots ont-ils quitté sa bouche qu'elle sent ses joues la brûler. En entendant cette expression ambiguë, Richard a bien failli recracher sa gorgée de café. Elle lui adresse un regard innocent.

— Je te propose, en amie, de te renvoyer l'ascenseur. Je ne vois pas ce qu'il y a de si choquant.

— Dans ce cas, je t'invite à dîner avant ton départ. Tu m'ouvres les portes de ton univers, et moi, celles d'un restaurant plus feutré…

— D'accord pour un repas chez les aristos ! Emmène-moi dans le pire endroit chic de la ville.

Richard s'étonne de la facilité avec laquelle Hanna met les videurs dans sa poche pour entrer au Mercury Lounge alors qu'elle n'a aucune pièce d'identité et a trois ans de moins que l'âge légal. Ses plaisanteries, son sourire enjôleur, son assurance quand elle prétend être une grande journaliste anglaise le laissent pantois.

— Alors, tu viens ? demande-t-elle, les joues rosies par le froid, les yeux scintillants sous les lumières crues du hall d'entrée.

— Compte sur moi pour ne pas te quitter d'une semelle, dit-il.

Tous ses sens sont simultanément agressés par l'atmosphère qui règne ici : la cacophonie, l'air chargé de fumée, l'impression que ses semelles collent au sol poisseux. Il perçoit l'excitation de la foule qui attend le début du concert – pas moins de trois cents personnes serrées comme des sardines.

— C'est quoi, déjà, le nom du groupe ? demande Richard.

Hanna lui attrape la main et l'entraîne près des amplis.

— Les Strokes. Cinq potes qui font du rock garage, tu vois le genre. Tout le monde en parle.

Richard s'attend à des acouphènes avant la fin de la soirée, son tee-shirt colle déjà à sa peau et la moiteur ambiante fait frisotter les cheveux de Hanna – ce qui lui va plutôt bien.

Trois musiciens entrent sous un tonnerre d'applaudissements. Il se penche vers Hanna pour lui murmurer à l'oreille :

— Tu ne vas pas me croire, mais je connais au moins deux membres du groupe.

— C'est pas vrai ?

— Ils étaient dans le même lycée que moi. De vrais étudiants modèles pétés de thune comme tu les aimes !

— Ça prouve seulement que rien n'est jamais perdu. Quand aurai-je l'honneur d'assister au concert de ta propre formation ?

Richard éclate de rire et boit une gorgée de sa bière. Hanna suit le mouvement du verre d'un œil alléché – à son âge, elle n'a droit qu'au soda.

— Si tu m'entendais chanter, tu ne poserais pas la question.

Les Strokes vérifient les réglages de leurs amplis.

— Alors, tu fais quoi après ton diplôme ? s'enquiert Hanna.

— Avec un ou deux potes, on projette de partir en Californie, dans la Silicon Valley. On veut monter une start-up.

Les applaudissements redoublent quand le cinquième membre du groupe fait son apparition. Richard attend que la foule se calme pour continuer mais, lorsqu'il ouvre la bouche, sa voix est couverte par l'intro de la première chanson. Le public se presse aussitôt devant la scène. Impossible de résister à l'assaut. Richard surveille Hanna devant lui tandis qu'elle joue des coudes dans la foule, très inquiet à l'idée qu'elle se fasse piétiner.

Insouciante, elle se retourne, radieuse.

— C'est super, hein ?

Avec ses joues rouges, ses lèvres pleines, brillantes, et un minimum de maquillage – contrairement à la jeune fille qu'il a rencontrée presque un an plus tôt –, elle est toujours aussi séduisante. Richard remarque les regards admiratifs qui se posent sur elle, puis les visages dépités de la voir accompagnée. Il ne peut retenir un petit sourire suffisant.

Il doit bien reconnaître que le groupe assure. Celui-ci entame un nouveau morceau et la foule, envoûtée, se met à danser, continuant de les pousser, mais chacun d'un côté. Richard réussit quand même à attraper Hanna et à l'attirer vers lui.

Où poser ses mains ? Il hésite. Sur sa taille ? Un geste trop familier, quasi… sexuel. Sur ses hanches ? Dans le cas où il sentirait les fesses de Hanna contre son bassin, il deviendrait fou. Il choisit le haut de ses bras, une position plutôt tranquille, du moment qu'il évite tout contact avec sa peau. Mais elle bouge beaucoup, se déhanche en rythme. Il recule d'un pas, s'assure que son entrejambe reste à bonne distance de la zone fatale – pour ne pas être accusé d'aimer les Strokes à ce point-là.

Elle s'adresse à lui, mais la musique et les hurlements du public couvrent ses paroles.

— Quoi ?

Il se concentre pour lire sur ses lèvres.

— J'ai dit : c'est mon morceau préféré.

— C'est quoi, le titre ?

— « Last Nite ».

Pendant le passage instrumental qui suit le deuxième couplet, la basse énergique magnifie les accords mélodieux de la guitare solo. La bouche collée au micro, les yeux fermés, le chanteur reprend le refrain de sa voix profonde et sensuelle.

Les spectateurs deviennent hystériques, le rythme trépidant les fait sauter sur place comme un seul homme. Richard se décide à encercler la taille de Hanna. Il se fiche de sa propre réaction ; tout ce qu'il veut désormais, c'est lui éviter de se faire renverser par le public en délire.

Elle s'appuie contre lui, se cramponne à ses bras, et ils bougent à l'unisson, soumis aux mouvements de la foule, dans une ambiance électrique.

Après le concert, Hanna se faufile dans les coulisses pour quelques minutes. Les Strokes sont clairement à l'orée d'une belle carrière et tous les journalistes veulent approcher les héros du jour.

Richard patiente, mais il est presque minuit et il a promis à Philip qu'elle ne rentrerait pas trop tard.

— Tu es prête, on y va ?

— Oui, oui, j'arrive.

Elle est un peu étourdie, comme droguée par l'atmosphère de folie du concert. Même sans la toucher, il peut sentir qu'elle en tremble encore.

— Inutile de te demander si tu as aimé…

— J'ai kiffé. Littéralement a-do-ré. J'ai hâte d'écrire mon article. Ma seule crainte, c'est d'être trop dithyrambique.

En sueur, ils quittent la salle de spectacle et se retrouvent dans la nuit glaciale. Ils s'arrêtent net sur le trottoir. À l'intérieur, il régnait une moiteur tropicale, mais dehors la rue et les voitures garées ont été recouvertes d'une pellicule d'un blanc cotonneux. Seules quelques empreintes de pas viennent gâcher la pureté du décor.

— Il neige !

Les traits de Hanna s'illuminent. Avec un sourire radieux, elle tend le visage vers le ciel.

— Oh ! j'y crois pas. Regarde, Richard !

Cette joie enfantine rappelle Ruby à ce dernier. Hanna tourne sur elle-même, contemple les gros flocons qui descendent en virevoltant. Elle ouvre la bouche et tire la langue pour essayer d'en intercepter un.

— Oui, j'ai vu, lâche-t-il du ton blasé de celui qui a passé toute son enfance à Manhattan.

— C'est tout ce que ça te fait ? On peut faire un bonhomme de neige, des boules de neige. Tous les mots sont plus sympas quand on ajoute « de neige » derrière, même « classe de neige », tu trouves pas ?

— Tout à fait. Avalanche de neige, tempête de neige…

Hanna lève les yeux au ciel.

— J'ai l'impression d'être avec le nain Grincheux.

Elle s'écarte, passe ses mains dans la neige qui recouvre un muret.

— Navré de te décevoir. Peut-être que Blanche-Neige saurait me réconcilier avec l'hiver.

— Ou… ça ?

Le tir est parfait. La boule atteint Richard pile au menton, se casse dans son col et coule sur son torse.

Il ramasse de la neige à son tour et se rue vers elle, menaçant.

— Non ! crie-t-elle en dérapant sur le trottoir. S'il te plaît, noooon !

— Ce n'est pas toi qui trouves tout mieux avec le mot « neige » derrière ? ironise-t-il en tirant sur l'encolure de son tee-shirt alors qu'elle se débat pour lui échapper.

— Je voulais pas dire ça, s'il te plaît, arrêête ! supplie-t-elle d'une voix suraiguë.

Elle réussit à éloigner la main de Richard de son décolleté, quand celui-ci se rend compte que le corps de Hanna est quasiment collé au sien. Elle lève les yeux vers lui, la bouche entrouverte. Il se demande comment elle réagirait s'il se penchait pour l'embrasser.

Il secoue la tête. Elle est trop jeune pour lui. En plus, elle habite à des milliers de kilomètres. C'est une amie, rien de plus.

— Allez, je te ramène chez toi, dit-il en s'écartant avec un sourire forcé.

Elle a l'air troublée, mais elle se reprend vite et chasse la neige qui parsème ses cheveux.

— D'accord.

Après l'avoir déposée chez son père, Richard décide de passer la nuit dans la maison familiale plutôt que de rentrer à la résidence universitaire. Toutes les lumières sont encore allumées chez les Maxwell. Le couple se couche rarement avant 2 ou 3 heures du matin. Leon n'a besoin que de très peu de sommeil et Caroline peut se payer le luxe de faire la grasse matinée.

— Richard, mon chéri, quelle bonne surprise !

Caroline pose son verre de vin sur la table basse et tend une joue pour qu'il l'embrasse.

— J'étais dans le coin.

— D'où tu sors comme ça ?

— D'un concert dans le Lower East Side.

— Tu y étais avec qui ?

— Hanna Vincent.

— Je connais ses parents ?

Question inévitable.

— C'est la fille de Philip Vincent.

Caroline le dévisage d'un air consterné.

— Mais, mon chéri, ses enfants ont une dizaine d'années !

À la seule idée que sa mère puisse l'imaginer avec les jumelles au Mercury Lounge, Richard éclate de rire.

— Mais non, la fille de son premier mariage.

Il s'approche du bar et se sert un whisky bien tassé – la nuit promet d'être longue.

— Ah oui ! Diana, voilà une femme qui ne savait pas se tenir. Pauvre Philip ! Elle lui faisait honte en permanence, lâche-t-elle.

— Tu la connaissais bien ? demande-t-il, sceptique, car sa mère prétend « connaître » la planète entière.

— On a siégé dans les mêmes comités, enfin quelques-uns. Elle arrivait toujours en retard. Ou pas du tout, d'ailleurs. Et les tenues qu'elle portait ! La pauvre, elle était grotesque.

Caroline est repartie pour un tour. Il se laisse tomber sur le canapé pour siroter son whisky ; s'il doit écouter un long monologue, autant se mettre à l'aise. Elle finit par solliciter son avis :

— Alors ? Elle est comment, sa fille ? Elle ressemble plutôt à Philip ou à Diana ?

Il renverse la tête et laisse le fond de son verre couler lentement dans sa gorge, réconforté par la douce sensation de brûlure.

— Ni l'un ni l'autre, à mon avis. Elle est très originale, dit-il avant de chercher à vite changer de sujet : Où est Leon ?

— Il est sorti dîner avec son fils, entre hommes. Daniel a des problèmes à l'école.

— Des problèmes ?

— Il a séché des tas de cours. Sa moyenne générale est catastrophique. Il va falloir une généreuse donation pour le faire admettre à Columbia...

Le plus souvent, Leon Maxwell obtient ce qu'il désire, quitte à mettre un peu d'huile dans les rouages. À son grand soulagement, Richard n'a pas eu besoin de soutien financier pour entrer dans cette prestigieuse université.

Les ennuis de Daniel ne le surprennent pas. Ce garçon est un désastre ambulant : sa consommation de drogue n'a d'égale que ses ressources, avec accès illimité à la fortune des Maxwell. Nul besoin d'une cure pour qu'il décroche, il suffirait de lui couper les vivres une fois pour toutes.

— Nous sommes invités au mariage de Henry Jones en octobre. Tu viendras ?

Richard soupire. Ils ont déjà eu cette conversation à maintes reprises mais, dès qu'il tente de lui expliquer ses projets, Caroline le coupe – pas question qu'elle écoute « tout ce bla-bla ».

— D'ici là, je serai parti à San Francisco.

Elle le dévisage, les lèvres serrées. S'il était moins bien élevé, il lèverait les yeux au ciel.

— Leon souhaite de tout son cœur que tu fasses carrière chez Maxwell Enterprises, répond-elle d'un ton sec, sans même tenter de cacher sa désapprobation. Tu as un emploi assuré là-bas, et peut-être qu'un jour tu prendras les commandes du groupe.

Il a envie de secouer sa mère pour qu'elle comprenne.

— Mais la société appartiendra entièrement à Daniel. Et tu sais parfaitement que ça ne me dit rien. John et moi, on a tout organisé et on emménage en Californie en septembre.

# 5

*24 mai 2001*

Quelle semaine atroce ! Au lieu de se prélasser sous le soleil printanier, Hanna a dû s'enfermer à la bibliothèque avec des tonnes de livres et se bourrer le crâne de révisions en vue des partiels de juin. Elle a reçu un coup de téléphone de Ruby, tout heureuse d'avoir été conviée au bal de l'école par un garçon avant de s'apercevoir que l'invitation résultait d'un pari entre copains. Hanna n'a pas réussi à la consoler et a fini par appeler Richard afin de lui demander conseil.

Pour couronner le tout, son crétin de rédac chef a massacré son article à force de le couper dans tous les sens, et il l'a passé en dernière page du journal. Elle n'a qu'une envie, éviscérer ce connard et donner ses tripes à manger aux canards qui barbotent dans le petit étang du campus.

Ignorant les regards curieux des étudiants, elle file à grandes enjambées en direction des locaux du magazine.

Elle ne répond pas aux salutations de ses collègues et se rue vers le bureau de Josh, attrape fermement la poignée en acier brossé, l'abaisse d'un coup sec et tire la porte d'un mouvement si brusque qu'elle l'envoie claquer contre le mur. Tout le monde se retourne.

Josh est assis sur le coin de son bureau, il discute avec la responsable du service photo.

— Hanna, t'as pas rendez-vous. Ça peut pas attendre ?

Ce n'est pas une question, plutôt un ordre. Qu'elle choisit de dédaigner.

— Absolument pas. Ciara, tu nous excuses ?

Elle a du mal à rester polie, même avec la jeune fille, qui n'a pourtant rien fait pour mériter ce ton agressif.

— Josh, il faut que je te parle.

Elle tient le magazine roulé dans sa main et l'agite dans sa direction. Il rend les armes :

— Ciara, tu nous laisses une minute, s'il te plaît ?

— Bien sûr, pas de problème.

L'iconographe rassemble ses documents à toute vitesse. Elle semble pressée de quitter la pièce, où l'atmosphère devient irrespirable. Josh garde le silence pendant qu'elle sort et ferme la porte derrière elle, puis observe Hanna en plissant les paupières.

— Peux-tu me dire pour quelle raison insensée je devrais t'écouter après une scène pareille ?

Hanna sent la rage lui tordre l'estomac.

— Je doute que tu comprennes pourquoi ça me pose problème, mais tu n'as pas eu le cran de me prévenir que tu avais bousillé mon article. Et moi qui croyais que tu avais un minimum de classe…

Elle jette le magazine sur le bureau.

— Ton papier, c'était de la merde. Plein d'erreurs et de fautes de grammaire. Pire encore : à mourir d'ennui.

Ces mots font à Hanna l'effet d'un coup de poing dans le plexus. Elle s'empresse de contre-attaquer :

— Il était parfait. Seulement, t'es incapable de relire correctement.

— Ne pousse pas le bouchon trop loin.

Il la domine de toute sa hauteur. Pour un peu, elle battrait en retraite. L'adrénaline et l'indignation précipitent son rythme cardiaque.

— Ne coupe pas mes textes. Et je pousse le bouchon tant que je veux, répond-elle en lui plantant un index dans le sternum pour un effet plus théâtral.

Josh attrape son poignet et l'attire vers lui.

— Là, tu dépasses les bornes. Ça suffit, ces caprices.

— Alors, arrête de me traiter comme une gamine.

Les lèvres de Josh viennent s'écraser contre les siennes. Il la force à pencher la tête en arrière, l'attire encore plus près et sent qu'elle passe ses jambes autour de sa taille.

C'est là qu'elle s'aperçoit de son érection. Elle se demande si elle dure depuis un moment déjà, si elle a été déclenchée par sa crise d'hystérie. Puis il glisse sa langue entre ses lèvres. Elle lui prend doucement la nuque pour qu'il se rapproche. Elle voudrait se perdre en lui.

— Et là ? Je te traite comme une gamine, peut-être ? murmure-t-il.

Hanna, les jambes tremblantes, se frotte contre son torse. À bout de souffle, elle finit par se détacher pour reprendre sa respiration.

— Merde.

— Putain.

Son cœur bat la chamade. Elle voudrait le recoiffer, enlever les mèches qui cachent ses yeux d'un bleu acier. Le tee-shirt gris qu'il porte est froissé et découvre une de ses épaules. Elle est prise d'une envie subite de la caresser.

— Ça fait un peu *La Femme de l'année,* tu trouves pas ? lâche-t-elle pour détendre l'atmosphère.

— Un peu quoi ?

— Un film avec Spencer Tracy et Katharine Hepburn. C'est l'histoire de deux journalistes qui se détestent, mais il finit par la demander en mar…

Hanna s'arrête net et pique un fard. Elle baisse la tête pour éviter son regard et marmonne :

— Aucun intérêt.

Josh éclate de rire.

— Comment tu fais pour me casser les burnes et me faire autant marrer dans la seconde qui suit ?

Elle arrive à détacher les yeux de ses chaussures pour lui adresser un petit sourire.

— Du talent à l'état pur. L'une de mes multiples GFE.

— On dirait bien, oui. Sache que, comme journaliste, je te trouve très douée et je ne doute pas que tu iras loin. Mais tu dois apprendre à écouter les critiques constructives sans te métamorphoser en harpie.

— Je sais, admet-elle en se passant la main dans les cheveux d'un geste exaspéré. Quand j'ai vu le journal, j'ai pété un câble. J'ai pas réfléchi, je voulais t'éviscérer.

— La semaine dernière, je t'ai laissé un mot sur ton bureau pour te prévenir. Tu l'as pas lu ?

— Il a dû tomber. La prochaine fois, tu pourrais m'en parler en face ?

— Si je promets, j'ai droit à un autre baiser ?

— Si j'accepte, tu passeras mon article en première page ?

— Non.

— Tant pis… mais ça valait le coup d'essayer, dit-elle avec une mimique espiègle.

Il se penche vers elle, presse sa bouche sur la sienne. Elle ferme les yeux. Il passe le bout de la langue sur ses lèvres jusqu'à ce qu'elle les entrouvre, comme une invitation.

Il caresse sa nuque, ses épaules, puis laisse descendre son index le long de son dos. Elle tremble sous ses doigts, gémit doucement contre sa bouche, et ses soupirs poussent Josh à accroître la pression de ses lèvres, de sa langue, jusqu'à ce que Hanna ne pense plus à rien.

# 6

*3 septembre 2001*

À la faible lueur qui peine à transpercer les rideaux de percale, elle devine qu'il est encore tôt. Elle serre les paupières pour tenter de se rendormir, mais les doigts de Josh caressent ses seins avec insistance. Son corps s'éveille progressivement, même si son cerveau reste à la traîne.

— Hmm…

Hanna refuse d'ouvrir plus grand les yeux. Les lèvres de Josh entourent son mamelon, ses dents le mordillent, sa langue le titille, tant et si bien qu'il durcit.

— Je t'ai réveillée ?

— Pas du tout, je dors encore, chuchote-t-elle en souriant.

— Alors, dis-toi que c'est un rêve. Un rêve délicieux.

Elle sent les lèvres de Josh descendre doucement sur sa peau ; son corps réagit au moindre contact, et elle ne peut s'empêcher de tordre le drap dans ses poings serrés.

Délicieux, certes, mais sûrement pas un rêve.

Ils ont passé tout l'été ensemble. Ils ont sillonné l'Angleterre pour assister à un maximum de concerts et de festivals. Fin août, ils sont rentrés à Londres, où Josh a dégoté un stage au *Guardian*.

Il se penche pour l'embrasser dans le cou.

— Ma chérie, il faut que je me lève. Je dois être au bureau à 8 heures. Je vais suivre un journaliste qui visite des élevages pour son article sur la fièvre aphteuse.

— Tu vas mettre des bottes en caoutchouc ? Je peux t'appeler Jojo le Fermier ?

Imaginer Josh en train de piétiner dans la boue et poser des questions sur le bétail… quelle bonne blague !

Pourtant, cette maladie a fait des ravages partout en Grande-Bretagne, où elle a conduit à un abattage systématique des animaux infectés. Hanna n'a pu retenir ses larmes devant le spectacle de toutes ces bêtes entassées, ces piles de carcasses auxquelles on mettait le feu sans pitié. Impossible d'effacer ces images de sa mémoire.

— Jojo le Fermier ? Pas question. Mais je ne suis pas contre une soirée un peu cochonne. Et toi, c'est quoi, tes projets aujourd'hui ?

— La rentrée de Ruby. J'ai promis de l'accompagner avec Richard.

Il lui suffit de prononcer ce prénom pour que Josh se ferme comme une huître. Elle les a présentés l'un à l'autre samedi dernier, et au bout de trois secondes ils se détestaient cordialement. D'où une atmosphère un peu tendue.

— Et après ?

Hanna déchiffre aisément le sous-entendu. Il veut savoir si elle compte passer le reste de la journée avec son ami. Elle aime tellement être avec Richard. Depuis que celui-ci a reposé le pied sur le sol anglais, ils s'amusent comme des petits fous. Il prend un malin plaisir à la faire tourner en bourrique juste pour savourer ses reparties.

— Je sais pas trop…, dit-elle après avoir dégluti avec peine. J'ai reçu une liste d'œuvres à lire en deuxième année, il faudrait que j'aille à la bibli. Et j'ai promis à maman de passer dans l'après-midi.

— Tu rentres chez nous à quelle heure ?

Le ton est cassant, les sourcils de Josh sont de plus en plus froncés.

En fait, cette jalousie plaît à Hanna. Ce qu'elle apprécie surtout, c'est qu'il appelle « chez nous » son deux-pièces miteux. Elle est d'humeur amoureuse, elle sort du lit et se jette à son cou, sent son corps nu contre le sien, encore humide après sa douche. Il l'attrape et l'écrase contre lui. Elle perçoit sa réaction sous sa serviette de toilette.

— Je rentre dès que tu as besoin de moi, murmure-t-elle.

— Ça, c'est tout le temps, et c'est justement le problème. Mais il faut bien que certaines personnes ici travaillent pour faire bouillir la marmite, donc je ne serai pas là avant 8 heures.

— D'accord, mon cœur. Je vais faire ton repassage, ton dîner t'attendra dans le four, les enfants seront couchés, je t'apporterai ta pipe et tes pantoufles…

— Pas besoin de pantoufles.

Lorsqu'elle franchit la porte des Larsen, les cris perçants de Ruby lui vrillent les tympans depuis la chambre au dernier étage.

Claire apparaît, occupée à attacher une boucle en nacre à son oreille.

— Ah ! Hanna, tu as pu venir. Ruby sera folle de joie. Comme tu peux le constater, pour ce qui est des hurlements, on n'est pas en rupture de stock ! Ça dure depuis ce matin.

— Elle est terrifiée ou enchantée ?

— Dans tous ses états. D'autant que ses deux frères l'accompagnent à l'école. Et sa meilleure amie, bien sûr, ajoute Claire avec un clin d'œil.

— Nathan est revenu ?

Hanna n'a jamais vu le fils de Claire, mais elle a entendu parler de sa taille démesurée et de son naturel taiseux – sans parler de ses lancers de petite sœur au plafond.

— Oui, il est arrivé cette nuit. J'ai bien peur qu'il n'ait pas eu le temps de se raser. On dirait l'abominable homme des Andes.

Ruby dévale l'escalier de marbre à toute allure.

— Hannaaa !

Celle-ci l'attrape, la soulève dans ses bras et la serre de toutes ses forces. L'écolière émet un nouveau cri suraigu.

— Salut, Ruby, dit Hanna en la reposant par terre. Tourne-toi un peu, que je t'admire.

Jupe écossaise, chemisier blanc, petit nœud de cravate impeccable.

— Tu es superbe. Les mecs vont tomber comme des mouches.

— On a toutes le même uniforme, il n'y a aucune raison que les garçons s'intéressent à moi.

— Alors, voilà la fameuse Hanna ? fait une voix de stentor derrière elle.

Nathan est encore plus impressionnant qu'elle ne l'avait imaginé. Ce n'est pas tant sa taille – même s'il la domine d'une tête et demie – que sa stature qui la cloue sur place. Il est gigantesque. Avec ses cheveux longs et sa barbe hirsute, il paraît bien plus vieux que ses vingt-quatre ans.

— Bonjour, dit-elle avec un sourire timide.

Nathan se penche et l'enlace. Sa barbe lui pique la joue quand il dépose un baiser rapide au coin de sa bouche.

— Salut. Tu es aussi mignonne que le prétendait Richard. Voire un peu plus.

— Je le répéterai à ta petite copine, scande Ruby sur l'air de « J'vais le dire à la maîtresse-eu ».

L'accueil de Nathan et le commentaire de Ruby font rougir Hanna, qui ne sait où poser les yeux. Enfin elle aperçoit Richard qui descend tranquillement l'escalier.

— Coucou.

Il a l'air ravi de la voir, mais reporte son attention sur Ruby, qu'il prend dans ses bras pour la faire tournoyer en l'air. C'est reparti pour une séance de cris d'orfraie qui résonnent dans le hall d'entrée.

— Lâche-moi !

— Je te passe à Nathan ?

— Nooon ! Hanna, au secours !

Celle-ci se rue à la rescousse.

— Richard ! Arrête de jouer les brutes.

Dans le métro, ils forment un quatuor bigarré, avec Ruby toute proprette dans sa tenue neuve, Richard toujours aussi classe, même en jean et tee-shirt, et Nathan dans le rôle du clodo de service. Hanna s'aperçoit que sa tenue à elle, short au ras des fesses et débardeur moulant, ne fait rien pour arranger le tableau. Les habitués de la District Line les observent d'un œil perplexe puis s'échangent leurs impressions en riant sous cape.

— Tu pars quand à San Francisco ? s'enquiert Hanna.

La rame stoppe subitement au milieu d'un tunnel, les néons se mettent à trembloter. Ruby lâche un petit cri effrayé.

— Mardi prochain. Je quitte Londres vendredi, ça me laisse trois jours à New York pour faire mes valises et m'organiser.

— Tu as hâte ?

Après quelques cahots, la rame redémarre, et reprend de la vitesse si brusquement que Hanna perd l'équilibre et est projetée sur Richard. Par réflexe, il la rattrape et l'encercle de ses bras.

— Ça va ? demande-t-il. Ça a cogné sec.

Elle respire à fond pour tenter de contrôler les battements de son cœur.

— Rien de cassé.

Enfin, le métro s'arrête à South Kensington. Comme d'habitude, sortir du wagon bondé est une véritable gageure. Il faut repousser ceux qui veulent monter. Aucune politesse aux heures de pointe, c'est chacun pour soi.

Nathan se tient juste derrière sa petite sœur pour faire bouclier contre les passagers pressés. Richard précède Hanna et ne cesse de jeter des coups d'œil en arrière pour s'assurer qu'elle est saine et sauve. Une fois sur le quai, il prend sa main pour la guider à travers la foule.

Même les mains de Richard sont parfaites. Une paume douce, des doigts de pianiste, qui s'enroulent autour de ceux de Hanna comme s'ils étaient faits pour se compléter. De beaux ongles, coupés court, alors que ceux de la jeune fille sont rongés, tout abîmés. Elle a depuis bien longtemps abandonné l'idée de les vernir.

En haut de l'Escalator, ils passent le portillon automatique et émergent à l'air libre. Ruby, fébrile, le visage pâle et les lèvres serrées, n'a pas dit un mot depuis dix minutes. Hanna commence à s'inquiéter.

— Tu es sûre que ça va ? lui glisse-t-elle tout bas à l'oreille, à l'insu de Richard et Nathan. C'est normal d'être anxieuse, tu sais. On est tous passés par là, et je te promets que tes frères n'en menaient pas large non plus quand ils sont entrés au collège.

— Pas Nathan. Le deuxième jour, il a mis un coup de poing à un prof. À la fin de la première semaine, il était déjà suspendu.

Hanna se retient de rire. L'aîné de la famille ressemble à un gros nounours. Elle n'arrive pas à l'imaginer en train de frapper quelqu'un, surtout un enseignant.

— Pourquoi il a fait ça ?

— Parce que le mec était en train d'engueuler une fille qu'il aimait bien. Ça l'a trop énervé… enfin c'est ce qu'il m'a raconté.

— J'espère qu'elle en valait la peine.

— Ben oui, c'était sa petite copine.

Hanna n'a jamais rencontré Lucy en chair et en os, mais elle a vu quelques photos. Comparativement à cette grande blonde superbe, elle se sent comme une pauvre fille mal sapée, sans le moindre intérêt.

— Bon… nous y voilà, Minussette, annonce Richard.

Ruby jette un regard à la grande bâtisse de brique et de stuc blanc entourée de ses murs d'enceinte et d'une épaisse haie. Elle tient à peine sur ses jambes. Hanna ne peut s'empêcher de lui prendre la main et se baisse pour se mettre à sa hauteur. Elle lui caresse la joue.

— Ça va aller, ma cocotte. Tu vas y arriver. Cet après-midi, je suis sûre que tu sortiras d'ici avec un grand sourire.

La fillette grimace, des larmes lui montent aux yeux.

— Je crois pas que je vais y arriver, répond-elle d'un tout petit filet de voix.

— Tu es plus forte que tu crois. Tu te souviens comme Harry Potter avait peur quand il est entré à Poudlard ?

— Oui, et après il a fait la connaissance de Malefoy et de Rogue.

— Oui, mais aussi de Ron et de Hermione. Et de Neville Londubat, ne l'oublions pas.

— Comment je pourrais oublier un nom aussi débile ?

Hanna surveille Ruby alors qu'elle passe la lourde grille d'entrée sans se retourner. Richard semble plutôt morose, Nathan a la larme à l'œil.

— Un café, ça vous dirait ? suggère Hanna pour essayer de leur regonfler le moral.

— J'ai des potes qui m'attendent, mais allez-y, dit Nathan en lui serrant l'épaule d'un geste amical. Enchanté d'avoir fait ta connaissance, Hanna. La façon dont tu t'occupes de Ruby, c'est génial.

— C'est pas bien compliqué d'aimer cette gamine.

— Il faudrait qu'elle entende ça, répond-il avant de donner une tape dans le dos de son frère et de remonter la rue vers la station de métro.

Hanna se tourne vers Richard.

— Un café ? répète-t-elle d'une voix douce.

— Super.

Elle constate qu'il retrouve enfin sa bonne humeur, il a même un petit sourire qui relève le coin de ses lèvres. Mais elle doit se rappeler que Richard n'est qu'un ami. Ils vont simplement passer un peu de temps ensemble, face à face autour d'une table, parler de choses et d'autres en sirotant un jus de chaussette tiédasse dans un mug ébréché. Tout ça n'engagera à rien. Elle ne va pas le dévisager en se demandant s'il a le béguin pour elle. Ni ressasser cette soirée enneigée à New York, cette seconde précise où elle a cru qu'il allait l'embrasser et senti une décharge électrique la traverser de part en part.

Elle ne va pas non plus informer Josh de ce petit café.

Dans la douceur de cette fin d'été, ils sont allongés au pied de la statue de Peter Pan, dans les jardins de Kensington, Richard couché sur le dos, sa veste en guise d'oreiller, Hanna en chien de fusil tout près de lui, la joue posée sur sa poitrine. Une bouteille de vin hors de prix gît dans l'herbe. Ils sont tous deux un peu pompettes.

— Ruby va bientôt rentrer de l'école, marmonne-t-il en entortillant une boucle des cheveux de Hanna autour de son doigt.

— Hmm-hmm, répond-elle, les yeux toujours clos.

Il sent la salive de Hanna mouiller son tee-shirt.

— Tu ne serais pas en train de me baver dessus, par hasard ? dit-il en redressant la tête pour vérifier.

— Moi ? Ça va pas, non ?

Elle est bien réveillée à présent, elle se détourne et s'essuie la bouche du revers de la main, mais pas assez discrètement ; Richard rit de bon cœur.

— Allez, avoue : je te fais saliver.

— Quelle modestie !

Elle le dévisage, réprime un sourire et commence à lui lécher le tee-shirt.

— Si tu veux m'accuser, autant que ce soit pour une bonne raison.

Elle n'attend pas sa réaction. Elle se lève d'un bond, saisit son sac et se met à sprinter dans l'herbe, espérant se cacher dans un bosquet, mais déjà Richard ramasse sa veste, lui court après, et sa longue foulée lui permet de la rattraper bien vite.

— Contre moi, tu n'as aucune chance.

Il rit en lui prenant la taille. La poitrine de Hanna se soulève au rythme de sa respiration saccadée. Elle essaie de se débattre, de s'échapper, mais il l'étreint fermement et pare chacune de ses tentatives. Malgré cette soudaine explosion d'activité, il devine que le cœur de Hanna se calme. Le sien aussi.

Ils retournent rassembler les reliefs de leur pique-nique et les jeter dans une poubelle, puis entament une longue marche dans le parc pour revenir à leur point de départ. Il est déjà 3 heures et, même si Nathan doit aller chercher Ruby, Richard a promis d'être présent au retour de sa sœur.

Ils arrivent en vue du lac et suivent sa rive jusque dans Hyde Park, où il prend le nom de Serpentine.

— Alors ? Ça se passe comment avec Josh ?

Il remarque le sourire de Hanna et sent son cœur se serrer quand il voit le bonheur éclairer son visage. Elle semble réellement attachée à son petit ami, et il n'arrive pas à s'expliquer sa propre réaction. Hanna et lui sont amis, rien de plus. Alors pourquoi cet accès de jalousie ?

— Super. Il est génial. Il quitte la fac cette année, ça va me faire bizarre.

Richard est moins crispé d'un seul coup.

— Et pourquoi ça ?

— Parce qu'il a eu son diplôme en juillet. Il est en stage au *Guardian,* à Londres. Il a emménagé dans un petit appart à Earls Court.

— Mais vous allez rester ensemble ?

— Bien sûr. On n'est qu'à deux cents kilomètres de distance, on se verra le week-end et les jours fériés.

Les grands chênes ombragent l'allée qui longe le lac Serpentine. Ils s'écartent pour laisser passer un jeune sportif qui file à toute vitesse sur ses rollers. Au bord de l'eau, des canards tachetés de brun et des cygnes blancs à l'élégance hautaine attendent les légions de petits Londoniens qui viennent chaque jour leur jeter du pain.

D'un geste amical, Richard attire Hanna contre lui et passe son bras autour de ses épaules. Elle le prend par la taille.

— Tu vas vraiment me manquer. On te verra à Noël ? demande-t-elle doucement.

— Je ne sais pas du tout quand je pourrai revenir à Londres… et même à New York, d'ailleurs. Si John et moi, on veut faire décoller notre affaire, il va falloir bosser comme des brutes. Tellement dur qu'on ne pourra pas quitter San Francisco avant longtemps.

— C'est quoi, votre projet, déjà ?

— Voyons… Tu as entendu parler de ce site pour retrouver les gens de ton ancienne école ?

— Friends Reunited ? Bien sûr, ma mère a contacté des vieilles copines de classe grâce à eux.

— Alors voilà, John et moi, on veut décliner cette idée à plus grande échelle, et en plus moderne. Pas retrouver des amis du passé, mais rester en contact avec ceux du présent : pouvoir discuter, prendre des nouvelles, en donner, peut-être même jouer en ligne avec eux…

— On peut aussi juste décrocher le téléphone et les appeler.

— Sur notre site, tu peux rester en contact avec des centaines d'amis. En un clic, toutes tes connaissances lisent ton message en même temps. Aujourd'hui, si tu veux leur annoncer que tu as eu ton bac ou ta licence, par exemple, soit tu les appelles un par un, soit tu leur envoies un mail personnalisé, soit tu leur écris une lettre ; au pire, tu comptes sur le bouche-à-oreille. Eh bien, grâce à nous, il te suffira de donner la nouvelle en une ligne et tous tes copains pourront la lire en même temps. En trente secondes, tu les tiendras tous au courant et, le temps que tu auras gagné, tu le passeras à lire du Jane Austen, aller à la piscine, faire ce que tu veux.

— Hmm, je vois pas vraiment l'intérêt.

— Avant, tu n'aurais jamais cru avoir besoin d'un téléphone portable non plus, mais maintenant tout le monde en a un et ça change complètement notre façon de communiquer. Avec les sites dans le genre du nôtre, ce sera pareil. On répond à un besoin que les gens ne ressentent pas encore. C'est ça, l'innovation.

— D'accord. Dès que j'ai une envie irrésistible d'annoncer à des centaines de personnes que je viens d'acheter du pain, je te préviens. Jusque-là, je réserve mon jugement.

Il apparaît à Richard qu'elle se plaît à le faire marcher, et ça l'amuse tout autant.

— J'attendrai tes plates excuses sur Internet. Peut-être que tu pourrais un peu ramper à mes pieds, pour la forme ?

— D'accord. Si ça te fait plaisir, je peux aussi baver d'envie.

— J'avais remarqué.

Ils parviennent à Hyde Park Corner. Hanna fourre les mains dans les poches de son short.

— Tu ferais mieux de rentrer. Ruby sera déçue si tu n'es pas là à son retour de l'école. J'ai été ravie de te revoir.

— Moi aussi. Tu vas me manquer.

— J'ai l'impression que tu n'auras pas vraiment l'occasion de penser à moi.

— Je trouverai le temps.

— Alors envoie-moi des mails régulièrement. Ou bien invite-moi à m'inscrire sur ton site. J'ai comme une envie de ramper…

Richard rit en se passant une main dans les cheveux. Il baisse les yeux sur le visage radieux de Hanna.

— Je n'attends que ça.

— Bonne chance pour ton projet. Mais t'as pas intérêt à nous oublier quand tu seras riche et célèbre.

Elle retire les mains de ses poches afin de l'étreindre. Il se penche, embrasse sa joue douce comme de la soie en s'arrêtant une seconde pour respirer son odeur. Lorsqu'ils se séparent, elle lui tourne le dos et descend l'escalier qui s'enfonce dans les profondeurs de la station de métro. En haut des marches, il reste à la regarder s'éloigner jusqu'à ce qu'elle disparaisse. D'un mouvement furtif, il se passe les doigts sur les lèvres, puis se met en marche, direction Chelsea.

# 7

*11 septembre 2001*

La sonnerie du téléphone déchire le silence de l'appartement. Il faut un instant à Hanna pour quitter l'univers du roman dans lequel elle est plongée et revenir à la réalité. Elle cherche désespérément des yeux un objet à utiliser en guise de marque-page, puis opte pour son bandeau. Elle l'enlève, libérant une cascade de cheveux bruns dans son dos, et traverse le salon en courant, mais elle arrive trop tard dans la cuisine. Frustrée, elle serre les dents. Encore un sprint pour rien. Comme son estomac se met à gargouiller, elle décide de se préparer un sandwich.

Elle se dirige vers le frigo quand le téléphone recommence à émettre son *bi-iiip* aigu.

— Allô ! dit-elle d'un ton excédé.

— Hanna ? C'est Josh.

— C'est toi qui as essayé de me joindre il y a une minute ?

Elle se mord la lèvre ; il ne devait pas appeler avant demain, alors il y a sûrement un problème.

— Non, c'est pas moi, je viens juste de m'échapper d'une conf. Ça va, toi ?

— Pourquoi ça n'irait pas ?

— T'as pas vu les infos à la télé ?

Elle entend un brouhaha en bruit de fond et se demande combien de personnes assistaient à la réunion.

— Non, j'étais en train de bouquiner dans la chambre, pourquoi ?

— Il y a eu un attentat à New York. Deux avions se sont écrasés sur le World Trade Center.

— Mon Dieu, Josh ! C'est juste à côté des bureaux de papa.

Elle se met à trembler et agrippe le combiné de toutes ses forces, comme si le fil du téléphone pouvait la relier à son père.

— C'est un vrai bordel ici. Personne ne sait ce qui se passe. Je dois rentrer au bureau de Londres pour m'occuper du standard ce soir. Je pars tout de suite, j'essaierai de t'appeler en arrivant.

Le cœur de Hanna se serre. Tout ce qu'elle souhaite, c'est que son amoureux vienne la rejoindre, qu'il la prenne dans ses bras et lui assure que tout ira bien. Elle raccroche et regagne le salon puis allume la télé d'un geste automatique.

Elle se fige à la vue des images, au point qu'elle ne pense même pas à s'asseoir. L'estomac noué, elle contemple le désastre à l'écran. Sa gorge laisse échapper un sanglot étouffé quand elle voit la panique des New-Yorkais et des journalistes, qui parlent déjà d'un « acte de guerre ».

Elle ne s'inquiète pas seulement pour son père, Olivia et ses demi-sœurs, mais aussi pour Richard, les Maxwell, et tous les inconnus frappés par cette tragédie.

Les jambes en coton, elle retourne à la cuisine et cherche son répertoire dans un tiroir. Elle se saisit d'un carnet tout écorné et tourne les pages impatiemment pour trouver les différents numéros de son père. Elle les compose les uns après les autres, mais obtient toujours le même résultat : occupé.

Elle essaie encore et encore. Elle sent les larmes couler le long de ses joues tandis qu'elle tape sur les touches, gagnée par la frustration parce qu'elle sait très bien qu'à la fin du numéro elle n'entendra que cette tonalité froide, mortelle. Elle s'obstine, pourtant.

Elle se mordille les petites peaux autour des ongles en cherchant la lettre « L » dans son répertoire. Elle suit du doigt les différents noms de famille, tombe enfin sur le numéro souhaité et le compose sans perdre une seconde. Ça sonne. La voilà un peu rassérénée.

— Allô !

— Claire ? C'est Hanna.

Au son de la douce voix de son amie, ses larmes redoublent et elle laisse échapper un sanglot.

— Ma chérie, tu as eu des nouvelles de ton père ?

— Non, je n'arrive pas à le joindre. Et Richard ?

Son cœur cogne à une vitesse affolante dans sa cage thoracique. Elle n'est pas sûre de vouloir entendre la réponse.

— Rien. Steven est enfermé dans son bureau, à tenter d'obtenir des informations. Il essaie tous ses contacts.

— Quand Richard devait-il prendre l'avion pour San Francisco ?

Claire se met à pleurer sans retenue, ses mots sont lourds d'émotion :

— Ce matin… normalement… mais on ne connaît ni l'horaire ni la compagnie.

Hanna se prend à tanguer sur place à un rythme qui, bizarrement, lui apporte un peu de réconfort.

— Ta mère est avec toi ?

— Elle organise une fête dans le Hertfordshire. Elle doit rentrer tard ce soir.

— Tu n'as personne avec toi ? s'exclame Claire, horrifiée. Je t'envoie une voiture. Il ne faut pas rester seule dans un moment comme ça.

Dès son arrivée à Cheyne Walk, Hanna est accueillie par Claire et Nathan, qui sont presque obligés de la porter avant de la déposer gentiment sur le canapé. Tous deux ont les yeux rouges, les joues encore humides. Comme s'ils assistaient à l'enterrement de leur ancienne vie, une existence insouciante qui ne reviendra jamais. Ils se gardent d'exprimer de vive voix leurs craintes au sujet de Richard.

— Steven explore plusieurs pistes pour obtenir des nouvelles de ton père. Il a des contacts à l'ambassade et au département d'État qui font tout leur possible, mais c'est un vrai foutoir là-bas. Les liaisons sont impossibles, tous les réseaux de communication sont coupés. Trouver le moindre renseignement va prendre une éternité.

Devant les infos, Hanna est engourdie, anesthésiée. Elle n'a aucune réaction quand un troisième avion s'écrase sur le Pentagone. Elle reste muette lorsqu'un quatrième s'abat dans un champ en Pennsylvanie. Prostrée, le regard fixe, elle respire et son cœur bat, mais combien de vies viennent de prendre fin sous ses yeux ? Elle n'a aucune envie de voir les crashs diffusés en boucle, mais ne peut se détourner. Elle est comme hypnotisée.

Tous trois restent face à la télé, sans un mot, mais un grand bruit résonne dans le bureau de Steven, comme s'il avait lancé contre le mur un objet qui s'était brisé en mille morceaux, suivi d'une plainte déchirante.

Claire se lève d'un bond. Hanna et Nathan l'observent, le visage figé dans un même masque de terreur. La porte s'ouvre brutalement. Steven demeure sur le seuil, la chemise de travers et les cheveux ébouriffés. Son naturel charmeur a disparu, cédant la place à un désespoir total. Ce qui transperce le cœur de Hanna, c'est son regard catastrophé. Elle n'oubliera jamais ce mélange d'effroi, de frustration, de malheur et d'impuissance. L'expression d'un père qui se bat pour la vie de son fils.

— Le quatrième avion devait atterrir à San Francisco, lâche-t-il dans un souffle.

Hanna est reprise de tremblements. Elle serre ses bras autour de son ventre et recommence malgré elle à se balancer nerveusement d'avant en arrière.

— Il a décollé d'où ? demande Claire.

— De Newark.

— Steven..., gémit-elle en se jetant dans les bras de son mari.

Ses sanglots redoublent et il la serre fort contre lui.

Hanna secoue la tête, comme pour effacer les événements de la journée. Elle se tourne vers Nathan, qui est immobile, les deux mains plaquées sur sa bouche, les yeux exorbités.

— Richard ne partait pas de JFK, plutôt ? lui dit-elle tout bas, se raccrochant à la moindre lueur d'espoir, comme un naufragé à une bouée de sauvetage.

— J'en sais rien. Je ne suis pas sûr que papa sache sur quel vol il est parti. Mais ça lui est arrivé d'embarquer à Newark.

Hanna pivote vers la télé pour ne plus voir l'étreinte désespérée des deux époux, et avise la petite horloge dans un coin de l'écran.

— Ruby, chuchote-t-elle. Si je pars maintenant, je peux être à l'heure à la sortie du collège.

Elle a besoin d'air frais, besoin d'un but, besoin de temps et d'espace.

— Je t'accompagne. Je veux être le premier à lui annoncer, répond Nathan dans un murmure.

— On les prévient qu'on part ?

Il pose les yeux sur le couple prisonnier de sa bulle de douleur, et son visage s'affaisse ; la souffrance de ses parents l'atteint en plein cœur.

— Va chercher ton manteau, je m'en occupe.

Quand Richard entre, sa mère est allongée en chien de fusil sur le canapé en soie du salon, mais elle ne dort pas. Il constate avec soulagement qu'elle ne se raccroche pas à son habituel verre de vin. Elle a de longues mèches blondes qui lui retombent sur la figure, et ses lèvres rougies, qu'elle ne peut s'empêcher de mordiller, sont striées de crevasses.

— Je vais me laver, je reviens tout de suite, lui dit-il doucement.

Elle le dévisage de ses yeux bleus vitreux.

— Dépêche-toi, mon chéri, ne me laisse pas toute seule.

Cette douche, ce n'est pas du luxe. Il a les cheveux couverts de poussière, sa peau est irritée par le vent et les saletés toujours suspendues dans l'air, mais, plus que tout, ce sont les souvenirs de cette journée qu'il veut voir ruisseler en une eau boueuse jusqu'au siphon. Malheureusement, les pensées macabres ne se nettoient pas si facilement.

Lorsqu'il redescend, sa mère n'a pas bougé d'un centimètre ; elle fixe un endroit sur le mur : les photos de la famille et des amis. Des images des temps meilleurs, quand la vie était encore pleine de promesses, quand le mal absolu n'était qu'un concept obscur abordé dans quelque vieux roman.

— Alors, c'était horrible, là-bas ? demande-t-elle d'une voix morne qui peine à franchir ses lèvres sèches.

— Pas très agréable. J'ai donné mon sang et je suis allé voir…

Il ne parvient pas à prononcer les mots, même s'il se doute qu'un jour ou l'autre il faudra s'y résoudre.

— Y a-t-il le moindre espoir ?

Il secoue la tête.

— Ne m'abandonne pas, Richard, s'il te plaît, dit Caroline tandis qu'une unique larme déborde du coin de son œil, glisse le long de sa joue et s'écrase sur le sofa. Ne va pas en Californie. Je te l'ai souvent demandé mais, là, je t'en supplie. Je ne m'en sortirai jamais sans toi.

— Je n'ai aucune intention de partir.

Il s'assied à côté d'elle, prend sa main et la presse gentiment dans la sienne.

— Ils disent qu'ils vont bientôt délivrer des actes de décès, même s'ils ne retrouvent pas les corps, gémit Caroline. J'ai tenté d'appeler les avocats de la famille, mais personne ne répond. Je ne sais même pas ce que je suis censée faire.

— J'essaierai de les contacter demain. On trouvera une solution.

Il se gratte la tête et laisse son regard errer vers le bar. La bouteille de whisky lui fait de l'œil, mais il réprime son envie, il ne faut pas encourager sa mère à se remettre à boire. Pas quand elle est sobre pour la première fois en quatre jours.

— Daniel n'est toujours pas descendu ? demande-t-il en tenant fermement la main de sa mère.

— Consuela lui a porté un plateau pour le déjeuner. Elle dit qu'il semble plus calme, mais il ne veut voir personne.

— Je vais y aller quand même. Il ne devrait pas rester tout seul.

— Il refuse l'héritage, il ne veut rien de ce qui appartenait à Leon, explique Caroline, dont la voix se brise lorsqu'elle prononce le nom de son mari.

— Il est sous le choc, il raconte n'importe quoi.

Richard ferme un instant les yeux, tentant d'imaginer comment il réagirait si c'était son père qui avait péri dans les attentats. Cette pensée lui perce le cœur. Dieu seul sait comment Daniel peut affronter cette horreur.

— Il aura la majorité des parts de Maxwell Enterprises, tous les employés vont compter sur lui, mais il sera à ramasser à la petite cuiller, continue Caroline en prenant le visage de Richard dans ses mains pour le regarder droit dans les yeux. Tu sais que Leon nous a légué des parts, à nous aussi. Tu dois prendre les affaires en main et protéger nos intérêts. C'est ce que ton beau-père aurait voulu, au moins le temps que Daniel reprenne ses esprits.

— J'ai déjà discuté avec le directeur financier. Nous avons décidé de louer des bureaux plus loin en attendant. Je le vois demain afin d'organiser la période de transition.

Il a également donné sa démission d'une entreprise californienne encore en gestation, mais Caroline n'en sera pas informée. Un détail trop insignifiant dans ces circonstances.

Le lendemain de bonne heure, avant de partir pour sa réunion avec les cadres dirigeants de Maxwell Enterprises, Richard s'installe dans le bureau familial aux murs lambrissés de chêne massif et allume son ordinateur flambant neuf pour lire ses mails. Il n'y a pas touché depuis le 10 septembre et l'accumulation des messages le laisse pantois. Il parcourt des yeux la liste et s'aperçoit qu'une grande majorité provient de ses amis, qui ont eu peur de le perdre et attendent d'être rassurés.

En bas de la page figure « Hanna Vincent », et ce nom débloque quelque chose en lui, comme si une petite lumière s'allumait dans les ténèbres.

De : hmvincent@yahoo.co.uk
À : rslarsen@aol.com
Objet : Toi

Richard,

C'est une torture de devoir écrire ce mail, de ne pas pouvoir être à tes côtés ni t'avoir au téléphone. Dans des circonstances aussi horribles, je deviens folle à force de me demander comment tu peux supporter tout ça.

J'ai passé la journée du 11 septembre avec ta famille, ils étaient morts d'angoisse. Ils t'aiment tant ! Et surtout, ils m'ont soutenue à bout de bras alors que nous avions tous le moral à zéro. Si tu savais comme ils t'adorent ! Je ne peux pas décrire notre soulagement quand nous avons su que papa et toi ne comptiez pas parmi les victimes.

Le tableau s'est forcément assombri à la nouvelle du décès de ton beau-père dans cette tragédie. Je n'ai pas les mots pour te dire à quel point je suis désolée. Si tu as besoin d'une amie, d'une confidente, appelle-moi, de jour comme de nuit, je serai toujours dispo.

Mon cher ami, mon Richard adoré, je voudrais te serrer dans mes bras. Donc la prochaine fois qu'on se verra, attends-toi à avoir le souffle coupé par mes petits bras tellement je serai contente de voir ta sale tronche !

Ne gaspille pas ton temps précieux à me répondre, je suis sûre que tu as reçu des centaines de mails du même acabit de tes innombrables admiratrices.

Bisous,

Hanna

De : rslarsen@aol.com
À : hmvincent@yahoo.co.uk
Objet : Re : Toi

Hanna,

Merci pour ton humour. Ce qui me manque le plus en ce moment, c'est un minimum de légèreté. Tout est sens dessus dessous à New York, mais aussi dans ma vie ; savoir qu'il existe encore un peu de « normalité » en ce bas monde est plutôt rassurant.

Mon père m'a raconté tout ce que tu as fait pour eux ce jour-là, comme de t'occuper de Ruby, remonter le moral de Nathan, et ce, malgré tes craintes pour les membres de ta famille qui vivent ici. Donc je peux dire sans hésitation que, quand tu me serreras dans tes bras, je te rendrai la pareille, multipliée par dix. D'ici là, puis-je te suggérer de t'entraîner aux techniques de respiration en conditions extrêmes ?

Une réunion m'attend, il faut que je file, mais je te recontacte le plus vite possible.

Avec toute mon amitié,

Richard

Une heure plus tard, il arrive dans la nouvelle salle de conférences, au dernier étage des locaux que Maxwell Enterprises vient de prendre en location. En petits groupes, les survivants sont occupés à se raconter leur version des événements qui viennent de chambouler leur vie à jamais. La plupart d'entre eux ne se trouvaient pas sur les lieux le matin du 11 septembre, mais le choc d'avoir échappé au pire de justesse se lit dans leurs yeux hagards. Quand le nouveau boss entre dans la pièce, tous se tournent vers lui, le jaugent. Sera-t-il capable de succéder au grand Leon Maxwell ?

Richard inspire profondément, redresse les épaules et se dirige d'un pas mesuré vers la place d'honneur tout au bout de l'immense table de conférence. Il traîne la chaise sur le parquet afin de s'assurer de l'attention de chacun.

— Mesdames et messieurs, je suggère que nous commencions sans tarder. La compagnie ne va pas se gérer toute seule.

Tous s'installent ; Richard reste debout. Il lance un regard circulaire, s'arrêtant un instant sur chaque membre du conseil d'administration. Certains ont l'air sceptiques, d'autres pleins d'espoir, les plus circonspects ne trahissent aucune émotion. Difficile d'interpréter leur expression butée.

— Comme vous le savez tous, le propriétaire de cette compagnie a disparu. Il est présumé mort. En son absence, je représente les nouveaux propriétaires : son fils, ma mère et moi-même. Il me semble que parmi vous certains ne sont pas convaincus que je pourrai endosser les responsabilités de Leon Maxwell et continuer de faire prospérer cette société. C'est à eux que je m'adresse : vous êtes soit avec moi, soit contre moi. Si vous ne voulez pas travailler sous mes ordres, je serai ravi d'accepter votre démission sur-le-champ.

Il fait une pause pour leur laisser le temps de digérer sa proposition, mais tous gardent le silence.

— Bien. Maintenant que ce détail est réglé, à l'instar de mon beau-père je compte sur votre loyauté et votre travail acharné. Comme le pays tout entier, Maxwell Enterprises a subi un traumatisme sans commune mesure. L'entraide et le courage dont j'ai été témoin dans les rues m'ont impressionné. Si nous faisons preuve des mêmes qualités au sein de l'entreprise, je crois sincèrement que nous pouvons la reconstruire, pierre après pierre, et atteindre des objectifs dont Leon serait fier.

Quelques personnes opinent du chef, mais Richard reste stoïque, s'interdisant le moindre soupir, la moindre trace d'émotion. Il ne peut se permettre de montrer des signes de faiblesse.

— À présent, je vous prie d'aller motiver vos troupes. Je discuterai avec chacun d'entre vous personnellement et nous déciderons de projets pour l'avenir. J'ai hâte de travailler avec vous.

Après les avoir remerciés de leur attention, Richard s'autorise enfin à s'asseoir, soulagé de cacher ses jambes mal assurées sous le bureau. Ils commencent tous à applaudir, puis se lèvent et mettent tout leur cœur dans une longue *standing ovation*.

Le directeur financier est le premier à venir lui parler en tête à tête. Ami et confident de Leon, Joe Garfield a le regard franc, mais le visage assombri par le deuil. Il serre la main de Richard et lui murmure les condoléances d'usage.

— Merci, monsieur, répond le jeune homme, qui se demande encore comment, en l'espace de quelques jours, il a acquis le statut de chef d'entreprise respecté, compétent, habitué à brasser des milliards de dollars.

Joe a dû déceler le trac sur les traits de Richard, ou peut-être a-t-il perçu le tremblement de sa main quand il l'a serrée. Quoi qu'il en soit, il éprouve de la compassion pour ce tout jeune dirigeant.

— Si jamais un de ces petits crétins vous emmerde, venez me voir. Je vous défendrai quoi qu'il arrive.

— Merci, votre soutien compte beaucoup pour moi.

Sur un planning que sa secrétaire lui a déposé, Richard découvre qu'elle a déjà programmé plusieurs entretiens individuels et que l'agenda est plein jusqu'à 8 heures du soir. Il lui apparaît clairement que désormais sa vie ne lui appartient plus.

Échouer reviendrait à laisser tomber des milliers de gens – employés, clients et actionnaires – qui ont reporté tous leurs espoirs sur lui.

Pas question.

# 8

*29 juin 2002*

— C'est quoi, ça ?

Josh se saisit du paquet qui traîne sur le lit tandis que Hanna continue de glisser des affaires dans son sac à dos déjà plein à craquer. Il en retire un tee-shirt de la tournée des New York Dolls en 1973.

— C'est Richard qui me l'a donné.

— Il arrête pas de t'envoyer des cadeaux. Ça m'énerve.

Il laisse retomber l'objet du délit et s'essuie les doigts, comme s'il craignait d'avoir attrapé un virus.

Hanna se penche pour lui caresser la joue.

— Richard et moi, on est amis, c'est tout.

— Le problème, c'est que normalement les « amis-c'est-tout » ne s'offrent pas des fringues vintage hors de prix. Il est amoureux de toi, ça crève les yeux, putain ! Il passe son temps à te dévorer du regard.

Hanna réprime un petit rire.

— Tu sais très bien qu'il n'y a rien entre nous. Il vit à des milliers de kilomètres, et puis toi et moi on est ensemble, oui ou non ? Tu veux bien avoir un peu confiance en moi, s'il te plaît ? Je pars jusqu'à dimanche, faut pas rester sur une dispute, dit-elle en déposant un baiser léger sur ses lèvres.

— Quand même… j'aime pas ça.

Malgré les supplications de Hanna, il est toujours d'humeur morose lorsqu'il la quitte devant la gare de Paddington. Elle l'embrasse sur la joue avant de descendre du véhicule, mais il ne peut s'empêcher de laisser paraître son agacement. À peine a-t-elle claqué la portière qu'il redémarre en trombe, et la voiture disparaît rapidement dans le trafic londonien. Hanna s'inquiète pour l'avenir de leur couple.

En s'installant dans le wagon, elle lâche un soupir de soulagement ; elle réglera ce petit différend dès son retour à Londres. Elle tâte sa poche, y sent la lettre de Richard ; elle la sort pour la relire encore une fois.

*Le 20 juin*

*Chère Hanna,*

*Merci mille fois pour le cadeau. Quelle surprise de recevoir enfin la cassette promise il y a plus de deux ans ! La thématique m'a fait rire. « The Wall Street Shuffle » pour commencer… plutôt convenu, mais, « Money for Nothing » de Dire Straits, quelle inspiration ! Et la dernière, « It's All About the Benjamins », est sans conteste ma chanson préférée de Puff Daddy.*

*Pour te montrer ma reconnaissance, il m'a semblé approprié de sortir quelques billets à l'effigie dudit Benjamin Franklin en échange de ce tee-shirt. J'ignore si tu es fan des New York Dolls, mais dans le magasin il m'a fait penser à toi et au concert des Strokes qu'on a vu ensemble.*

*On devrait remettre ça, d'accord ?*

*Richard*

Dans le bar des coulisses du festival de Glastonbury, Hanna est assise à une table en plastique poisseuse. Tom McLean traverse la salle avec cinq bouteilles de Stella Artois glacées. Elle en prend une, se cale sur sa chaise pliante déglinguée et s'envoie une bonne rasade de bière, sous l'œil amusé des autres membres du groupe.

— Alors, comment t'as trouvé notre concert ? demande Tom, qui essaie de garder un air dégagé en s'emparant d'un autre siège, qu'il place si près de celui de Hanna que leurs cuisses se frôlent.

— Officiellement ou officieusement ? répond-elle pour le faire marcher, tout en tripotant son badge de journaliste.

Troublé par la question, Tom la dévisage en plissant les yeux.

— Euh… la version que je vais préférer.

— Mais je plaisante, espèce d'andouille ! dit-elle avec un grand sourire. C'était absolument génial, j'ai adoré. Le public était fasciné de bout en bout.

— Mieux que Coldplay ? s'enquiert Robert, le bassiste, en s'accoudant à la table, le menton dans les mains, ses immenses yeux clairs braqués sur elle.

L'ego de Hanna s'en trouve flatté – sentiment assez rare pour qu'il soit le bienvenu –, mais elle n'en revient pas que les membres du groupe attachent autant d'importance à son opinion, qu'ils l'attendent avec une telle impatience. D'autant que ce n'est pas la première fois, au cours de ce festival, que des musiciens sont pendus à ses lèvres lorsqu'elle donne son avis. Son jugement compte, désormais. Toutefois elle ne se fait pas d'illusions : son statut de stagiaire chez *Music Train,* dont elle porte le logo sur l'accréditation autour de son cou, n'est pas étranger au phénomène. Ce qu'attendent ces musiciens, c'est un article élogieux dans le magazine rock le plus vendu au Royaume-Uni.

— Coldplay, ils ont fait un excellent concert, la foule reprenait leurs morceaux en chœur…

À ces mots, Tom devient blanc comme un linge.

— … mais vous, s'empresse-t-elle d'ajouter, vous êtes un cran au-dessus. Les gens ne chantaient pas, ils se prosternaient à vos pieds. On aurait dit qu'ils se jetaient par terre en sacrifice aux dieux du rock.

Tom sourit de toutes ses dents. Il se lève, l'attire dans ses bras et dépose un baiser sonore sur sa bouche.

— Hanna Vincent, je t'aime trop, putain ! Maintenant, si les mots « dieu du rock » pouvaient figurer dans ta critique…

— Tu sais que *Music Train* a envoyé des journalistes pros ici. Si mon article est publié sans signature avec l'aval de cinq secrétaires de rédaction, j'aurai de la chance.

Elle tente de se dégager de son étreinte, mais sans trop de conviction. Elle est habituée au comportement hyper démonstratif de Tom, qui, tel un gamin de cinq ans exubérant, est toujours à sauter au cou du premier venu… enfin, de la première venue.

— J'ai eu ton rédacteur en chef au téléphone tout à l'heure, lâche-t-il négligemment, et je lui ai promis une interview exclusive. À la seule condition que tu en sois l'auteur, termine-t-il avec un clin d'œil avant de se rasseoir.

Elle est à deux doigts de reprendre les embrassades là où ils les ont laissées. Mais ces étalages d'affection leur ont déjà valu quelques coups d'œil désapprobateurs des autres clients.

— Mon Dieu ! hurle-t-elle d'un ton hystérique.

— Mon dieu du rock, tu veux dire.

Ils se font face, le même sourire radieux plaqué sur leur visage. Difficile de croire qu'à peine deux ans plus tôt elle l'a vu jouer dans un petit pub en pleine cambrousse, sans imaginer le moins du monde la notoriété internationale qui attendait le petit-fils de la femme de ménage.

Une voix fluette, haut perchée, leur parvient de l'autre bout de la salle :

— Mon cœur !

Une petite blonde toute menue se jette sur Tom en nouant ses jambes autour de sa taille, et l'embrasse fougueusement sur la bouche. Hanna semble intriguée, mais surtout amusée.

— C'est elle, Pinkie Jones ? glisse-t-elle tout bas à Robert, le bassiste.

— Oh ! que oui ! C'est la croix et la bannière depuis des semaines, on ne peut pas faire un pas sans elle. Elle nous suit à la trace comme une mouche à merde.

— Très poétique ! Surtout si tu compares les Fatal Limits à une bouse de vache.

Tom se rassied, Pinkie sur les genoux, tandis que Hanna se mord la lèvre pour ne pas éclater de rire. Tom s'en aperçoit et lève un sourcil interrogateur.

— Tu ne chantes pas, aujourd'hui ? demande Robert d'un ton las.

La blonde fait non de la tête en gloussant, puis se met à fouir comme un petit animal le cou de son homme. Soudain, Hanna remarque une lueur presque imperceptible dans l'œil du chanteur et comprend qu'il en pince vraiment pour la demoiselle. Tom McLean amoureux ! D'une demi-célébrité candidate d'un télécrochet, en plus.

Hanna s'efforce de ne pas trahir son envie de pouffer. Tom croirait sûrement qu'elle se moque de lui. À tort. En fait, dans un petit coin de son cœur, elle est tout attendrie de voir son ami complètement gaga d'une fille !

— Pinkie, je te présente ma vieille amie, Hanna Vincent, dit Tom avec un clin d'œil.

— Ben... heu... t'as pas l'air si vieille que ça, s'étonne Pinkie, visiblement décontenancée.

Robert éclate de rire.

— Non, mon cœur, reprend Tom. Elle n'est pas âgée, c'est juste qu'on se connaît depuis longtemps.

— J'ai vingt ans, intervient Hanna, qui préfère dissiper le malentendu, ce qui lui vaut un sourire éclatant de Pinkie.

Une expression de reconnaissance si spontanée que Hanna comprend en un éclair pourquoi Tom est sous le charme de ce visage ouvert, honnête, sans arrière-pensée. Même si la demoiselle a un pois chiche dans le crâne, sa gentillesse et sa bienveillance doivent largement compenser.

— Ça fait longtemps que vous êtes ensemble ? demande Hanna, qui souhaite apprendre tous les détails de cette histoire, dont elle est sûre de faire son miel pendant des mois.

— On s'est rencontrés à la fête de clôture de l'émission. C'est Tom qui m'a abordée. Il avait voté pour moi une centaine de fois chaque semaine.

Encore cette envie de hurler de rire. Entre le statut d'icône du rock nouvellement acquis par Tom et la popularité de la starlette auprès des magazines people, les paparazzis ne vont pas s'ennuyer !

Ce dimanche-là, Hanna rentre plus tôt que prévu chez Josh. Elle farfouille dans son sac, trouve la clé de l'immeuble, et traverse l'entrée en apnée pour éviter l'éternelle odeur de moisi. Sac à dos à l'épaule, pieds nus dans ses sandales, elle grimpe les marches à la moquette râpée. Elle est fatiguée, elle a mal partout, l'impression d'avoir des jambes de plomb, et c'est péniblement qu'elle gagne le deuxième étage. Tout ce qu'elle veut, c'est se précipiter dans la petite douche exiguë, puis rester quelques heures sous les draps avec son chéri.

Elle pénètre dans un appartement parfaitement silencieux. La présence du portefeuille et des clés de Josh sur le comptoir de la kitchenette lui confirme sa première idée, à savoir qu'il ne s'est même pas donné la peine de se lever. Elle pousse la porte de la chambre aux rideaux fermés et dépose son sac à dos par terre. Comme ses yeux s'habituent peu à peu à l'obscurité, elle s'avance vers le lit.

Soudain, ses jambes se figent, comme si elles avaient pressenti l'horreur de la situation avant même que son cerveau ne l'enregistre : deux corps endormis, enlacés sous le drap blanc. Josh a le bras posé sur la taille de sa partenaire, la tête lovée dans son cou ; il respire doucement, avec l'air innocent de l'enfant qui vient de naître.

Engourdie et désemparée, Hanna reconnaît néanmoins la fille. Elle l'a vue plusieurs fois quand elle rejoignait Josh et ses collègues au pub, le vendredi soir. Il l'a présentée comme sa « chef » et tous deux ont soigneusement évité de s'adresser la parole en sa présence. Devant leur flagrante intimité – bien trop grande à son goût –, Hanna serre les lèvres pour ne pas laisser échapper le cri de douleur qui monte dans sa gorge.

Livrer combat ou battre en retraite ? Abattue, elle se pose la question en se rongeant un ongle. Doit-elle les affronter avant qu'ils n'aient le réflexe d'inventer un mensonge pour couvrir leurs agissements ? Ou ferait-elle mieux de s'enfuir, histoire de préserver un minimum de dignité ?

Elle n'a pas à choisir. Josh, d'un geste langoureux, étire son bras vers le plafond. Il s'éveille progressivement, en clignant plusieurs fois des yeux afin qu'ils s'adaptent au manque de lumière. Il lève la tête, aperçoit Hanna et s'apprête à lui adresser la parole, quand il réalise qu'une femme en tenue d'Ève dort à ses côtés. En d'autres circonstances, son air horrifié serait plutôt comique.

— C'est quoi, ce bordel ?

— C'est la question que j'allais te poser, répond Hanna d'un ton étonnamment assuré vu la situation.

— Qu'est-ce que tu fais ici, t'es pas au festival de Glastonbury ? demande Josh en tirant le drap pour dissimuler leur nudité.

À l'entendre essayer de rejeter la faute sur elle, Hanna a presque envie de rigoler, mais le rire se transforme en sanglot étranglé. Il est temps de décamper.

Elle sort de sa torpeur en une seconde, ramasse son sac et quitte la chambre. Elle l'entend crier ; loin de répondre, elle presse le pas pour gagner la porte d'entrée.

Elle a l'impression d'avoir été rouée de coups. Tous ses muscles tendus à l'extrême, elle dévale l'escalier sans prêter attention au poids de son sac à dos. Le choc a dangereusement accéléré son rythme cardiaque. C'est un miracle qu'elle parvienne dehors sans s'écrouler.

Elle voudrait envoyer une grande baffe à Josh, elle imagine – vision jouissive – la joue qui tremblote sous la force du coup, les dents qui s'entrechoquent. Elle aimerait pouvoir se réfugier sur les genoux de sa mère, comme quand elle avait cinq ans et qu'un gros câlin guérissait tous les bobos.

Par-dessus tout, elle souhaite rentrer « à la maison », se glisser dans le lit de son enfance, tirer la couette pardessus sa tête et pleurer toutes les larmes de son corps.

# 9

*9 janvier 2003*

Richard s'approche de l'immense baie vitrée qui s'étend sur toute la largeur de son bureau au quinzième étage. La vue plein sud sur Manhattan et le port offre un contraste saisissant entre les gigantesques immeubles de bureaux et les eaux paisibles de la baie. C'est d'ailleurs le panorama qui l'a décidé à choisir ces locaux.

Depuis qu'il a pris la direction de Maxwell Enterprises, il a le sentiment de revivre éternellement les mêmes vingt-quatre heures. Lever à 5 heures, jogging dans Central Park, douche, trajet en berline avec chauffeur, arrivée au bureau avant 7 heures. Se succèdent ensuite réunions, conférences, déjeuners d'affaires, présentations de projets jusqu'à la nuit tombée, puis il lui faut répondre aux mails, au courrier urgent, rédiger des rapports jusque tard – il rentre rarement chez lui avant minuit.

Malgré la routine et les horaires infernaux, il ne déteste pas sa nouvelle vie. L'adrénaline des contrats à remporter, la jubilation de la victoire, la fierté de rebâtir la holding de ses propres mains, voilà qui justifie les journées archi-remplies et les nuits trop courtes.

Quand la ligne de sa secrétaire clignote sur son téléphone, il retourne derrière son bureau.

— Oui, Lisa ?

— C'est ta mère, tu veux lui parler ?

— Oui, bien sûr, passe-la-moi, répond-il avec une légère grimace.

La voix sirupeuse de Caroline dégouline du combiné :

— Richard, ça va ?

— Très bien, toujours aussi occupé. Et de ton côté ?

— Je viens d'aller voir Daniel, il a l'air beaucoup mieux. Je ne sais pas quel traitement ils administrent dans cette clinique, mais ça l'a bien calmé. Il a demandé de tes nouvelles plusieurs fois, alors je lui ai dit que tu essaierais de lui rendre visite ce week-end.

— Ça tombe bien, je ne suis pas trop surchargé dimanche.

— Tu viens dîner ce soir ? J'ai invité une de mes vieilles amies de fac. Son aînée est en troisième année à Columbia.

Il laisse échapper un long soupir. Depuis un an, sa mère lui arrange des rencontres avec les filles célibataires de ses copines, toujours riches et « très comme il faut ». Pourtant, il n'a ni le temps ni le courage de papoter avec ces demoiselles de la haute.

— Non, désolé, pas aujourd'hui. J'ai un boulot monstre.

— Tu travailles tard tous les soirs, mon pauvre chéri. Tu devrais t'accorder un peu de répit.

— Impossible, je suis sur un contrat énorme. La semaine prochaine, peut-être… Je vais prier Lisa de trouver un soir dans mon planning.

À peine a-t-il raccroché que l'interphone se remet à sonner. Quelques minutes de tranquillité, c'est vraiment trop demander ?

— Oui ?

— Richard, j'ai là une jeune fille qui ressemble fort à ta petite sœur.

Que fait Ruby à New York ? Tout à coup, il se souvient que la mère de Claire fête ses quatre-vingt-dix ans ce week-end, et que toute la famille a franchi l'Atlantique pour célébrer l'événement. Comment a-t-il pu oublier ?

— Fais-la entrer.

La porte s'ouvre et Ruby apparaît, radieuse. Elle a encore grandi. Il n'en revient pas, sa petite sœur est déjà une adolescente. Comme le temps file…

— Richard ! crie-t-elle en se jetant à son cou, le visage plaqué contre son torse. Je t'ai pas vu depuis des siècles, t'es trop négligent, comme grand frère !

Remontrances qu'elle prononce d'un air très sérieux qui divertit beaucoup Richard.

— Coucou, Minussette, dit-il en guettant sa réaction. J'ai encore le droit de t'appeler comme ça ?

— Pas en public, répond-elle tout bas en rougissant, mais en privé pas de problème. En fait, j'aime bien. Bon, tout ça, c'est bien gentil, mais on m'a confié une mission de la plus haute importance : te demander de déjeuner avec nous. Ensuite, je fais semblant de bouder jusqu'à ce que tu acceptes. D'après maman, personne ne résiste à mon petit numéro.

— Mais ils sont où ?

Maintenant qu'il les sait à New York, il n'a qu'une hâte, voir les siens.

— Papa a un rendez-vous à la banque et nous rejoint au restaurant. Maman et Hanna font du shopping.

— Hanna est ici ?

— Oui, maman lui a offert le billet d'avion pour Noël. Les cours à la fac reprennent la semaine prochaine, donc notre étudiante préférée profite de ses derniers jours de vacances pour s'amuser un peu.

— Comment elle va ?

Richard et Hanna ont échangé quelques mails en six mois, mais depuis la rupture avec Josh il ne sait plus quel ton adopter.

— Bien, apparemment. Elle a pleuré tout l'été comme une madeleine, et même moi j'ai remarqué qu'elle avait maigri, alors que je fais jamais attention à ce genre de trucs. Mais bon, elle a passé les fêtes avec sa mère, et depuis elle a l'air d'aller mieux.

Quand il arrive à La Trattoria avec Ruby, le reste de la famille est déjà installé autour d'une grande table ronde. Sans réfléchir, Richard cherche tout de suite Hanna des yeux, et la découvre en train de l'observer d'un air très bizarre.

— Salut, fiston, ça fait longtemps, lance Steven, qui se lève afin de le serrer dans ses bras en lui tapotant le dos.

Ils ne se sont vus que deux ou trois fois l'année dernière. Richard ne peut s'empêcher de repenser à leurs poignantes retrouvailles après le 11 Septembre – son père avait sauté dans un avion pour New York dès qu'il l'avait pu –, et une vieille douleur se réveille. Personne ne dissimulait son émotion ce jour-là, bien au contraire, mais voir son père éclater en sanglots devant tout le monde à l'aéroport l'avait meurtri.

Claire se lève à son tour et embrasse son beau-fils. Seule Hanna demeure assise, une petite mimique amusée sur le visage. Richard s'approche d'elle, lui tend la main et l'attire contre lui.

— Salut, toi, chuchote-t-il dans son oreille en la serrant de plus en plus fort.

Elle lui encercle la taille et en profite pour tâter la riche étoffe de sa veste.

— Coucou, répond-elle tout bas.

— Tu vas bien ?

— Oui, merci. Et toi ? D'après Claire, t'es complètement accro au boulot.

— J'ai pas vraiment le choix.

— Je pourrais peut-être te désintoxiquer d'ici à mon départ ?

— Ça m'intéresse... Justement, ce soir, je suis libre comme l'air.

Il ignore comment il a pu dire une chose pareille. Il ne réussira jamais à boucler sa présentation, il lui faut encore plusieurs heures pour ajouter les touches finales.

— Je dois dîner chez mon père vers 7 heures. Peut-être qu'on pourrait se voir plus tard ? propose Hanna, d'un ton plein d'espoir qui fait plaisir à entendre.

— Tu me rejoins au bureau ? Ça me laisse le temps de terminer un dossier avant de sortir boire un verre.

Ce soir-là, il vient d'éteindre son ordinateur quand Hanna pénètre dans la pièce, vêtue d'une petite robe noire et portant un maquillage naturel, ses longs cheveux bruns flottant sur ses épaules.

— Fini, le look gothique ?

— Au moins depuis mon entrée à la fac, répond-elle en riant. D'habitude, je préfère les jeans et les tee-shirts, mais je voulais éviter une crise cardiaque à mon père.

— Ça te va super bien, dit-il en admirant la robe courte qui souligne ses courbes à la perfection et découvre ses longues jambes fuselées.

— Toi aussi, tu as changé de style, on dirait.

Elle s'approche avec un demi-sourire, et palpe la douce cravate de soie.

— Ça vient pas de chez Marks and Sparks, ça !

— Pardon ?

— Marks and Spencer. Je doute qu'ils aient du Gucci en rayon.

— Tu reconnais le couturier sans voir l'étiquette ?

Hanna éclate de rire ; elle le tire doucement vers elle par la cravate et lui murmure à l'oreille :

— Je sais que tu ne portes que cette marque, c'est Nathan qui me l'a dit.

Et merde ! Sentir le souffle de Hanna dans son cou déclenche une érection instantanée. Doit-il la combattre ou s'éloigner ? Hanna lui facilite un peu la tâche en s'écartant pour aller s'asseoir dans un fauteuil.

— Alors, tu supportes la vie en entreprise ? En tout cas, ça te sied à merveille, ajoute-t-elle, le regard toujours braqué sur le costume à la coupe impeccable.

Richard replie son ordinateur portable et fait pivoter son siège pour lui faire face.

— Tu sais quoi ? En fait, ça me plaît assez. J'apprends vite, les gens m'écoutent quand je parle et, bizarrement, j'obtiens des résultats. Peut-être même que d'ici à trois ans je comprendrai en quoi consiste mon métier.

— Pas trop déçu d'avoir dû abandonner ton projet à San Francisco ?

— J'essaie de ne pas y penser. Les regrets, c'est pas mon truc, je préfère aller de l'avant. Et à propos d'aller de l'avant, tu fais quoi après ton diplôme ?

Les yeux de Hanna pétillent à l'idée de ce que l'avenir lui réserve.

— On m'a proposé de travailler chez *Music Train,* le journal où j'ai fait mon stage l'été dernier.

— Waouh, super ! Il faut fêter ça.

— Tu m'enlèves les mots de la bouche.

Aussitôt debout, il lui prend la main, et l'entraîne vers l'ascenseur. Ils ont hâte de quitter ces locaux et de passer enfin une longue soirée ensemble.

Quelques verres plus tard, Richard est parvenu à lui soutirer le récit de sa rupture avec Josh, qu'il tenait à entendre de vive voix. Est-ce parce qu'il s'inquiète pour elle ou parce qu'il veut s'assurer que leur histoire est bel et bien terminée ? Lui-même l'ignore. Quoi qu'il en soit, il est assis à ses côtés, une main sur son épaule, tandis que Hanna, la tête posée sur le bras de son ami le plus cher, tente d'expliquer ce qu'elle éprouve.

— Il répétait qu'il avait couché avec elle parce que ses sentiments pour moi l'effrayaient. Il croyait que je ne m'investissais pas dans notre couple et il voulait me montrer qu'il s'en foutait autant que moi. Ensuite, il a changé de disque : c'était une grave erreur, il était complètement bourré… En tout cas, je n'ai jamais réussi à savoir s'ils se voyaient régulièrement ou si c'était juste une coucherie d'un soir.

Solution numéro un, se dit Richard, qui soupçonne la duplicité du bonhomme.

Elle tourne la tête et plante ses yeux noisette dans les siens. Il devine le tourbillon d'émotions contradictoires derrière son regard fixe. Il voudrait la réconforter, mais leurs visages sont si proches qu'il est frappé de mutisme en réalisant à quel point leur tête-à-tête est devenu intime – au point qu'un tiraillement naît dans son bas-ventre. Hanna, dont il voit les pommettes virer subitement au vermillon, est elle aussi troublée par leur proximité.

Ils restent ainsi un long moment, les yeux dans les yeux. D'un geste indécis, il lui caresse très légèrement la joue, mais elle continue de le dévisager sans ciller.

— On devrait y aller, dit-elle d'une voix étranglée.

— Je te ramène, répond-il, déçu par cette envie soudaine de clore la soirée.

— Non, allons chez toi, glisse Hanna en rougissant encore plus, sourcils levés, comme étonnée de sa propre audace.

Il ne voudrait pas paraître réticent, mais il refuse d'être un simple lot de consolation.

— Ce n'est peut-être pas une très bonne idée…

— Moi, je la trouve excellente, insiste-t-elle.

D'une main passée derrière le cou de Richard, elle l'attire vers elle, puis hésite alors que leurs lèvres ne sont plus qu'à quelques millimètres. Percevant l'haleine chaude de Hanna sur sa peau, il peine à respirer, son sexe durcit. Il ferme les yeux, essaie de se rappeler la dernière fois qu'il s'est senti aussi vivant. Tandis qu'elle lui caresse doucement la nuque, une décharge électrique lui parcourt la colonne vertébrale de haut en bas, et il abandonne toute résistance.

— D'accord.

Dans l'entrée de son appartement, Richard lance son manteau sur une chaise et aide Hanna à se débarrasser du sien.

— Tu veux boire quelque chose ? propose-t-il.

— De l'eau, ce serait cool.

Il ne bouge pas, se contentant de l'observer avec un demi-sourire.

— De l'eau, vraiment ?

— Tout à fait. Depuis ce matin, j'ai une énorme envie d'un grand verre d'$H_2O$.

— Donc ni vin, ni bière, ni cocktail. De l'eau, lâche-t-il, pince-sans-rire – même si ses yeux émeraude reflètent son amusement.

— Tu peux continuer à te foutre de moi, mais en fait, ce qui me ferait vraiment kiffer, c'est du thé. J'ai fait un effort parce qu'on ne demande pas ce genre de breuvage à un Américain.

— J'en ai, pourtant.

— Je ne te crois pas, dit-elle, les mains sur les hanches, dubitative mais très intéressée.

— J'ai des sachets d'earl grey, du lait, et peut-être même une théière au fond d'un placard. Ma belle-mère est anglophile, tu sais. Alors, je t'en prépare une tasse ?

Toutefois ce n'est pas vers la cuisine qu'il se dirige, mais vers Hanna. Son demi-sourire toujours aux lèvres, du bout du doigt il lui effleure la peau, depuis l'épaule jusqu'au coude, traçant comme une ligne de feu. Ou plutôt descendant le long de son bras comme un glaçon, qui la fait frissonner de la tête aux pieds.

— Ça peut attendre…

— Tu es sûre ? demande-t-il en se rapprochant.

Quand il plaque une main sur sa chute de reins, elle perçoit la chaleur de sa paume qui se diffuse à travers l'étoffe légère de sa robe. Tous deux s'immobilisent un instant. Il est si proche qu'elle se sent vibrer de tout son être. Elle relève les yeux et les plante dans les siens. Pour le défier ? Le supplier ? Et lorsqu'elle dit « oui » dans un souffle, est-ce pour répondre à sa question ou l'encourager à continuer ?

Rien ne change, et en même temps tout se transforme. C'est toujours son vieux pote, avec qui elle a des fous rires inextinguibles. Mais ce Richard, là, devant elle, est avant tout un homme. Et sa tenue… Mon Dieu, ce costume ! Quand il est apparu au restaurant à midi, elle s'est embrasée. Elle se trouve dans une sorte d'entre-deux : amitié, fraternité d'un côté, et de l'autre nervosité, peur de l'inconnu. Mais elle est persuadée que, quoi qu'il arrive maintenant, elle ne le regrettera pas.

— Vraiment certaine ? insiste-t-il.

D'une main, il l'attire contre lui. Elle ne voit plus son visage, à peine le creux de son cou – il a déboutonné le col de sa chemise blanche.

— À cent pour cent.

Elle voudrait se lover à l'intérieur de Richard, s'immerger dans son odeur. Elle presse la bouche contre le haut de son torse, aspire légèrement sa peau, laisse sa langue dériver vers sa pomme d'Adam.

De ses deux pouces, il lui soulève le menton et, tandis qu'il incline la tête, elle pose les mains sur ses épaules et y prend appui pour se hisser vers ses lèvres.

Ils ne sont plus qu'à un millimètre. Il soupire. Puis il écrase sa bouche sur la sienne et toute délicatesse l'abandonne : il a trop besoin de la toucher, de la goûter, de la dévorer… Au moment où le bout de sa langue rencontre les lèvres de Hanna, celle-ci les ouvre. Il lui serre la nuque d'un geste presque violent.

Elle caresse la joue de Richard, et la barbe naissante lui picote les doigts. La fièvre s'empare de son esprit, Hanna se presse encore plus fort contre lui, en guettant sa réaction – est-il aussi excité qu'elle ?

Il se détache alors et se penche en arrière afin de la contempler de toute sa hauteur, la main toujours dans son cou. Son regard est d'une intensité à couper le souffle.

— Hanna, c'est…, commence-t-il, incapable de décrire ses impressions.

Elle éprouve le besoin de se justifier :

— Je sais qu'on ne devrait pas. Tu crois sûrement que je profite de toi pour me consoler de ma rupture. Mais j'ai réfléchi toute la journée et je peux te dire une chose : mon histoire avec Josh, c'était pour t'oublier, toi.

— Tu veux vraiment parler de lui maintenant ?

— Désolée.

Quelle idée stupide d'avoir mentionné son ex ! Elle s'en veut à mort. Si Richard parlait d'une ancienne copine à ce moment précis, elle piquerait une crise.

— Allez, viens par ici, dit-il en la conduisant par la main vers le canapé derrière lui, avec son petit sourire charmeur.

Elle se laisse guider, son pas léger sur le parquet doré. Quand Richard s'allonge en l'entraînant avec lui, elle retrousse sa robe afin de placer ses jambes de part et d'autre des siennes. Et elle comprend que, s'il s'installe sous elle, c'est pour lui permettre de dominer la situation.

À califourchon, elle déboutonne lentement la chemise de Richard et découvre un torse puissant. Elle caresse les pectoraux d'acier, les côtes, les abdominaux qui se contractent sous ses doigts. Il a le souffle court, il se déhanche tandis que de l'index elle atteint la boucle de sa ceinture.

— Attends. Laisse-moi te voir d'abord, dit-il en remontant la robe de Hanna, qu'il tire délicatement au-dessus de sa tête.

En sous-vêtements, elle le chevauche, le dos droit, et cette vision arrache à Richard un gémissement étranglé. Il lui passe les mains dans le dos afin de dégrafer son soutien-gorge puis, d'un coup d'épaule, se débarrasse de sa chemise, qu'il envoie au sol avec les autres habits. Il lui saisit les mains et l'attire au plus près de lui. La sensation de leurs deux corps l'un contre l'autre, peau contre peau, fait immédiatement durcir les tétons de Hanna, qu'il suce à tour de rôle, les titillant de la langue jusqu'à ce qu'elle soupire. Elle parvient ensuite à détacher la ceinture, mais ses doigts tremblent tant qu'elle peine à déboutonner la braguette. Sa nervosité amuse Richard, qui vient à la rescousse et se débarrasse facilement de son pantalon.

Lorsqu'il se met au-dessus et ondule sur elle, elle perçoit la bosse rigide de son érection sous son slip. Elle veut le sentir en elle.

— Je ne peux plus attendre…, gémit-elle en remuant les hanches.

Il prend les fesses de Hanna à pleine main et se frotte contre elle.

— Bientôt, promet-il.

Il l'embrasse dans le cou, juste sous la mâchoire, une zone si sensible qu'elle manque de crier de plaisir.

À genoux, il suit des mains la ligne de ses côtes, de ses hanches, puis, des deux pouces, il baisse sa culotte et la lui ôte. Il attire son bassin vers son visage et promène ses lèvres en haut de ses cuisses, embrasse son sexe et le lèche tandis que Hanna frémit langoureusement sous ses coups de langue. Elle renverse la tête en arrière, enfonce ses doigts dans l'épaisse chevelure soyeuse de Richard. Elle entend un « hmm » bas et sourd, un vibrato à peine perceptible, mais qui déclenche une onde de plaisir foudroyante au plus profond de ses entrailles.

Elle est à deux doigts de l'orgasme quand il s'écarte. Les yeux mi-clos, elle le voit prendre un préservatif dans la poche de son pantalon au pied du canapé et l'enfiler. Il se penche et aligne son corps sur le sien, avant de la pénétrer tout en douceur d'un seul mouvement de hanches. Soudain comblée, elle chavire, son corps entier se raidit dans l'extase. Cambrée au maximum, collée à lui, elle s'étouffe de plaisir tandis qu'il l'embrasse éperdument.

— Tu es prête, mon amour ?

Elle opine de la tête, l'esprit assailli de mille sensations, au point de ne plus pouvoir articuler le moindre mot. Il la laisse retomber sur le canapé et attrape ses hanches, enfonce ses doigts dans sa chair, remue en elle, leurs lèvres scellées dans un baiser sans fin ; il respire au rythme de ses mouvements, et le cœur de Hanna bat la chamade.

Elle lui caresse le dos, agrippe ses fesses, dont les muscles se contractent sous ses mains. Elle s'accroche à lui, le supplie d'aller plus vite, plus fort. À bout de souffle, il interrompt leur baiser afin de reprendre sa respiration. Elle contemple longuement son expression, remarquant que le désir assombrit ses yeux verts, enflamme son visage tout entier. Le corps de Hanna est encore parcouru de frissons, de petites explosions de plaisir, depuis le sommet du crâne jusqu'à l'extrémité des orteils recroquevillés.

— Mon Dieu, Hanna, je crois que je vais…

— Je veux te sentir jouir en moi, chuchote-t-elle.

Elle n'a qu'un souhait, que son orgasme à lui soit aussi parfait, aussi total que le sien. Les coups de reins de Richard se font plus rudes, moins contrôlés. Quand, soudain, il s'arrête, il lâche un profond gémissement. Il s'affale sur elle et l'embrasse avec fougue tandis qu'il va et vient une dernière fois.

Ses sens encore à vif, elle le serre contre lui pour qu'il reste là, qu'il ne se retire pas. Elle éprouve une certaine vulnérabilité et, comme s'il l'avait bien compris, il lui dépose mille baisers sur le visage, le cou, tout en lui murmurant des mots d'amour. C'est ainsi qu'ils reviennent tous deux doucement à la réalité. Hanna laisse ses doigts monter et descendre le long de la colonne vertébrale de Richard. Elle aime sentir son corps sur le sien. Il s'écarte lentement, tout en continuant d'embrasser sa peau et en retenant le préservatif d'une main.

— Je vais jeter ça, dit-il.

Seule sur le canapé, elle prend conscience de sa nudité, mais ne peut se résoudre à remettre ses sous-vêtements et sa robe, à considérer la soirée comme terminée. Du tas d'habits au sol, elle tire la chemise de Richard, l'enfile et ferme deux ou trois boutons pour retrouver un minimum de pudeur. Richard revient, souriant, une serviette de toilette autour des hanches. La tenue de Hanna semble lui plaire.

— Jolie, la chemise.

— Merci. Pas mal non plus, la serviette.

Il se plante devant elle, l'attire et la maintient fermement contre lui en la berçant de droite à gauche. Il enfouit son visage dans ses cheveux et murmure à son oreille :

— Je crois qu'il est temps que je te prépare cette tasse de thé.

# 10

*2 février 2004*

— Toi et moi, on ne sait être romantiques que dans les aéroports, on dirait.

Hanna enfouit un instant son visage dans la chemise de Richard. Ses larmes mêlées de mascara laissent une tache noire sur le coton blanc.

— Pas seulement, répond-il en approchant les lèvres pour effleurer sa bouche, avant de lui essuyer le contour des yeux. Si mes souvenirs sont bons, on a passé une soirée pleine de passion, hier.

— À mon avis, tu confonds sexe et sentiments. Ce n'est pas la même chose, réplique-t-elle en riant.

— Pour nous, si.

Il l'embrasse, cette fois avec fougue, et cet assaut est si ardent qu'elle en devient toute tremblante. Elle se moque de se donner en spectacle au beau milieu du terminal de Heathrow. Ces scènes d'adieu ont beau se répéter toutes les deux ou trois semaines, elles n'en sont pas moins douloureuses. Et avec le temps, elle en arrive même parfois à oublier pourquoi l'idée de vivre à Manhattan la rebute tant.

Puis un fait ou un autre se produit, qui la ramène à la réalité. Comme ce jour où Richard l'a présentée formellement à sa mère, et où cette dernière n'a même pas cherché à dissimuler son profond mépris. C'est dans ce genre d'occasions qu'elle se rend compte qu'elle n'est vraiment pas faite pour la vie new-yorkaise. Ce qui lui plaît aux États-Unis, c'est Richard, et rien d'autre.

Les baisers de celui-ci se font de plus en plus pressants, il lâche son sac de voyage et lui entoure la taille. Il pétrit sa chair à travers son tee-shirt noir et pose ses lèvres dans son cou. Hanna renverse la tête en arrière afin de lui offrir la zone la plus sensible de sa gorge.

— Si tu ne me retiens pas, je vais finir par la jouer à la Justin, murmure-t-il.

Hier, pour leur dernière soirée ensemble, ils ont regardé le Super Bowl et partagé un énorme fou rire quand Justin Timberlake a arraché un morceau de la veste de Janet Jackson et dévoilé son sein devant cent millions de téléspectateurs.

— Si tu n'arrêtes pas, je risque fort de te laisser faire.

— Tu sais quoi ? C'était la première fois que je voyais un match de football américain au milieu de la nuit mais, si c'est comme ça à chaque fois, je crois que je pourrais m'y faire…

Elle devine qu'il sourit en repensant à la façon dont ils ont occupé leur troisième mi-temps – sans le moindre piercing sur le téton.

— Allez, tu vas être en retard, lui chuchote-t-elle.

— Je sais.

Il continue de caresser ses hanches, puis ses fesses, et leur étreinte devient plus passionnée encore. Hanna doit faire un gros effort de volonté pour le repousser.

— Il va te falloir des heures pour passer la sécurité, dit-elle en indiquant du doigt la longue file de voyageurs qui serpente dans le terminal. Si tu te présentes trop tard, même American Airlines ne t'attendra pas.

Face au petit sourire narquois de Richard, elle plisse les paupières et prétend le chasser d'un geste las.

— Je t'appelle dès que je suis dans la salle d'embarquement, d'accord ? précise-t-il en appliquant les lèvres sur le bout de son nez.

— Et dès que tu poses le pied sur le tapis roulant, et quand tu atterris à JFK, et depuis ta voiture, ton appartement…

Il l'embrasse une dernière fois et dit :

— Au mois prochain, alors.

— Je compte déjà les heures.

— Tu n'es pas obligée. Tu pourrais m'accompagner, là, tout de suite.

— Tu sais bien que c'est impossible.

— Impossible n'est pas anglais. Dis plutôt que tu ne veux pas.

— Tu n'as qu'à venir habiter ici, toi.

Elle sourit malgré ses larmes. Cet échange de paroles rituel la mine depuis trop longtemps.

— J'aimerais bien…

— Mais tu ne peux pas, complète-t-elle avant de l'embrasser sur la joue. Tu verras, un jour, on trouvera une solution.

— J'espère bien, parce que ton absence me tue à petit feu.

Il ramasse son sac et découvre la tache de mascara.

— Quoi ? fait-elle d'un air faussement innocent. J'ai bien le droit d'être triste, non ?

— La prochaine fois, rappelle-moi de t'acheter des Kleenex, répond-il avec un regard tendre. Bon, faut que j'y aille.

— Sans même un baiser ?

— Qu'est-ce que tu crois qu'on fait depuis une demi-heure ?

Elle s'éloigne de quelques pas en mimant la vexation.

— Ça, c'était juste l'échauffement. Maintenant, je veux le vrai baiser d'adieu.

Le lendemain soir, Hanna quitte les bureaux de *Music Train* et traverse Soho sous le crachin. Situé dans le West End, ce quartier est toujours noir de monde. Elle suit la foule qui se dirige vers Oxford Street et s'engouffre dans la station de métro avec les autres habitués des heures de pointe. Sur l'Escalator, son téléphone vibre dans la poche de son jean. Un texto s'affiche :

Je t'ai déjà dit que tu me manques, aujourd'hui ?

Elle tape sa réponse à toute vitesse :

Avec le décalage horaire, c'est moi qui gagne : tu me manques depuis cinq heures de plus.

Il fait nuit quand elle sort du métro à Putney Bridge. Sa respiration fait naître de petits nuages de buée dans l'air glacial. Elle se hâte de rejoindre l'appartement de sa mère. Elle a l'impression de ne l'avoir pas vue depuis cent ans ; Hanna a toujours un concert de dernière minute, ou bien c'est Diana qui doit gérer un imprévu lors d'une réception. Mais ce soir, elles se sont fixé un rendez-vous ferme afin de rattraper le temps perdu. D'ailleurs, sa mère l'attend à la porte avec un grand sourire. Elle l'enlace tendrement.

— Oh ! ma puce, je suis si contente de te voir !

— Moi aussi. Ça fait tellement longtemps. On habite la même ville, quand même !

— Que veux-tu, tu as trop de boulot. Et Richard..., ajoute-t-elle avec un clin d'œil en lui prenant la main pour la faire entrer.

Dès que la porte se referme, Hanna se sent chez elle. Tout est si familier ici, et si paisible.

— Je t'ai commandé du bœuf sauté au soja noir fermenté. Est-ce que tu veux des toasts aux crevettes et graines de sésame ? demande Diana en gagnant la cuisine.

— Est-ce que le pape est catholique ?

Hanna lui emboîte le pas au cas où elle pourrait se rendre utile, mais se fait renvoyer d'un geste catégorique au salon. La voix de Diana résonne dans la cuisine carrelée :

— Ça se passe bien, au travail ?

— Super. J'ai passé toute la journée en studio avec un groupe qui enregistre son deuxième disque. Ils ne jurent plus que par les *concept albums* ; ils m'ont joué tous leurs morceaux l'un après l'autre pour que je « saisisse leur narration ».

— Je n'ai pas compris un seul mot de toute ta phrase.

— Les chansons, au fil de l'album, sont censées raconter une histoire. Le premier titre, c'est un rap sur un mec qui a perdu mille livres. Ensuite, il lui arrive plein d'aventures, et à la fin il retrouve sa liasse de billets derrière sa télé.

— Fascinant ! J'ai vraiment hâte d'entendre ça.

Hanna éclate de rire. Sa mère n'aime que le classique. Ou plutôt « les » classiques : Abba, Elton John, Cliff Richard...

— Ça sort en avril, je te l'offrirai.

— Deux mois ? Je ne sais pas si j'aurai la patience d'attendre deux longs mois ! répond Diana, qui lui tend un plateau-télé et une paire de baguettes.

— Tu n'as pas faim ? s'étonne Hanna en découvrant une cuillerée de riz et un minuscule morceau de poulet égarés au milieu de l'assiette de sa mère. Mais enfin, maman ! s'écrie-t-elle quand elle remarque ses joues creuses. Tu as perdu combien de kilos ?

Hanna n'en revient pas ; elle aurait dû s'en apercevoir dès son arrivée, mais pour elle sa mère ne change jamais : menue, avec des mensurations parfaites, même si ses hanches sont légèrement plus rondes que sa poitrine. Lorsque Hanna évoque sa mère, elle se l'imagine âgée d'environ trente-cinq ans, vêtue à la mode des années 1990, éclatant de rire aux dernières frasques de sa fille.

Aujourd'hui, pourtant, elle voit surtout les rides sur son visage, la peau tirée sur ses pommettes et, sous ses yeux, des cernes plus sombres qu'à l'accoutumée.

Diana baisse la tête en se mordant la lèvre inférieure. Une grosse larme coule de son œil gauche et vient s'écraser sur la faïence blanche.

— Maman, tu es malade ? Je suis vraiment inquiète, là ! s'exclame Hanna en mettant les deux plateaux de côté.

Elle s'agenouille à ses pieds, lui prend les mains et les presse dans les siennes en la suppliant de la regarder.

— Je suis allée à l'hôpital ce matin. Je sais que ça va te faire un choc mais, surtout, pas de panique. Voilà… j'avais remarqué une grosseur dans mon sein et ils me l'ont extraite pour faire une biopsie.

Hanna sent le sol s'écrouler sous elle ; prise de vertige, elle chancelle, même si son cerveau refuse de saisir toutes les implications de cette nouvelle. Elle secoue la tête de droite à gauche, ce qui accroît la nausée qui vient de se déclarer.

— J'ai dit : pas de panique. Pas tout de suite, en tout cas, ajoute Diana en l'enlaçant chaleureusement. Ils ont l'air à peu près sûrs qu'il s'agit d'un cancer, mais il reste des tas de tests et d'examens avant de poser un diagnostic précis.

— Pourquoi tu ne m'as rien dit, nom de Dieu ?

Une colère sourde lui gonfle la poitrine, mais contre qui, contre quoi ? Contre sa mère qui n'a pas voulu partager son angoisse ? Contre la maladie ? Contre la planète entière ? Elle n'en sait rien, mais elle préfère cette rage au sentiment d'impuissance qui l'a submergée un instant plus tôt.

— Je voulais éviter que tu te fasses du mouron, je préférais attendre d'être certaine. Je n'aurais pas supporté que tu te ronges les sangs à cause d'un kyste bénin.

— Les médecins t'ont expliqué ce qu'ils proposent comme traitement ? Oh ! J'aurais tant voulu t'accompagner à l'hôpital !

Passer la journée à écouter un rappeur qui a paumé son fric au lieu de soutenir sa mère dans ces moments difficiles, quelle perte de temps monumentale !

— J'ai un nouveau rendez-vous jeudi, annonce Diana en lui serrant l'épaule, j'espère qu'ils pourront m'en dire plus à ce moment-là. Allez, ma puce, mange avant que ça refroidisse.

# 11

*30 novembre 2004*

Joe Garfield s'enfonce dans le fauteuil de cuir et croise les bras. Il scrute Richard avec intérêt, ses pattes-d'oie se creusent lorsqu'il plisse ses yeux bruns.

— Tu as bien fait de te décider aussi vite. Tu sais, quand on tombe sur une tumeur qui ne demande qu'à grossir, il faut opérer avant qu'il ne soit trop tard.

Cette métaphore agace Richard. La vie de Hanna et de sa mère ne tourne plus qu'autour de la maladie. Bien sûr, le cancer qu'évoque Joe n'a rien d'anatomique. Il parle du directeur de la branche immobilière : on s'est aperçu qu'il touchait des commissions occultes des promoteurs. Pourtant, dès que le mot « tumeur » est prononcé, l'esprit de Richard vagabonde vers l'Angleterre.

Tout n'est pas rose non plus de ce côté-ci de l'Atlantique. Il a fallu licencier la moitié des cadres dirigeants du secteur en question, ce dont il se serait bien passé, et leur trouver des remplaçants se révèle plus ardu encore. D'où ce rendez-vous avec Joe pour planifier les prochaines semaines.

— On doit reconstruire la structure au plus vite, annonce Richard, qui se lève afin d'aller contempler la vue sur le quartier financier. Je vais nommer un directeur provisoire le temps que nos chasseurs de têtes fassent le plein.

— C'est parfait, dans ces circonstances, approuve Joe en jetant un coup d'œil à l'organigramme encore incomplet posé sur le bureau. On ne doit surtout pas laisser filer les contrats quand le marché est à ce niveau de croissance.

Ce n'est pas la première fois qu'ils abordent le sujet. Tous deux ont été surpris de voir les prix de l'immobilier augmenter de manière exponentielle, même s'ils se méfient de la trop forte inflation sur la valeur des terrains. L'entreprise a décidé d'une stratégie d'investissement à court terme et surveille le marché comme du lait sur le feu, prête à désinvestir massivement en cas de menace de récession. Mais que se passerait-il si le krach boursier se produisait et qu'il soit déjà trop tard ? Cette question hante Richard. C'est pourquoi il tente de diversifier le plus possible les prises d'intérêts. En même temps, il serait idiot de fermer la branche la plus lucrative de la holding. Bref, il est vital de dénicher le candidat idéal.

— Tu as eu des nouvelles de Daniel ? demande Joe en avisant la photo de la famille Maxwell sur le bureau de chêne, avant de prendre le cadre doré pour l'observer plus à son aise.

— J'ai réussi à retrouver sa trace dans un hôtel de luxe du côté de Miami. Il refuse catégoriquement de retourner en désintox.

Richard se gratte la tête, l'air accablé. Quel mois pourri ! Et ça ne devrait pas s'arranger dans l'immédiat.

— C'est un vrai boulet pour la compagnie, répond Joe, qui repose la photo. Il va falloir découvrir un moyen de s'en débarrasser si on ne veut pas rester à sa merci pour l'éternité. Ne nous voilons pas la face : il est accro, il ne s'en sortira jamais. Je vois d'ici la réunion d'urgence parce qu'il a vendu toutes ses parts dans le but de se payer de la drogue. Ça nous pend au nez, tu sais…

— Nos avocats ont concocté un projet de contrat stipulant mon droit de préemption, rétorque Richard en se frottant énergiquement les tempes. Le jour où il se décidera, je trouverai des liquidités sans problème.

— Tu vas peut-être devoir lui faire une offre qu'il ne pourra pas décliner.

— Voyons, dit Richard en éclatant de rire. C'est de Daniel qu'on parle, pas de Sonny Corleone !

— Pourtant, il faut se préparer au pire. En affaires, pas de sentiments, c'est ma devise. Maintenant, je rentre à la maison rejoindre ma chère et tendre, et on s'habille pour cette saloperie de gala.

— On dirait que ça t'amuse autant que moi…

— Crois-moi, je suis sûrement la personne que ça ennuie le plus dans tout New York.

— Alors, on se voit au Waldorf Astoria à 8 heures, mon vieux. Si tu croises un pingouin endimanché, ce sera moi.

— Et moi, je serai le pauvre hère avec à son bras la plus belle femme de la soirée – puisque tu n'as pas réussi à convaincre Hanna de t'accompagner.

Joe lui adresse un sourire compatissant. Il sait que les derniers mois ont mis le couple dans une situation impossible.

— Je suis désolé de ne pas pouvoir danser avec elle. Embrasse-la bien de la part d'Emily et moi.

— Sans faute.

Richard reconduit Joe à la grande porte de chêne. Après l'avoir refermée doucement, il sort son téléphone, vérifie l'heure à sa montre et appuie sur « Contact favori ».

— Salut.

Cette voix douce lui remonte tout de suite le moral. Il se laisse tomber dans son fauteuil, qu'il fait rouler en arrière pour poser ses pieds sur le bureau.

— Coucou, mon amour. Comment va Diana ?

— Plutôt bien aujourd'hui. Elle a réussi à avaler un peu de soupe et on est même allées faire un tour dans le parc.

Il serre les poings en entendant son ton mélancolique. Il n'a qu'une envie, balancer le téléphone et se ruer à l'aéroport le plus proche. Il doit garder son calme, pourtant.

— C'est de bon augure, tout ça. J'espère pouvoir venir d'ici à deux semaines, dès qu'on aura remplacé le directeur du département immobilier. Joe t'envoie ses amitiés, se dépêche-t-il d'ajouter afin de changer de sujet – inutile d'importuner Hanna avec ses problèmes professionnels. Il comptait bien t'inviter à danser au gala de ce soir, il est effondré.

— Ah oui ! c'est vrai. J'avais complètement oublié que c'était aujourd'hui, gémit-elle, comme au bord des larmes, ce qui vaut à Richard de se mordre les lèvres. Ça m'embête vraiment de manquer ça.

— Hé ! tu n'as aucune raison de culpabiliser, je croyais qu'on était d'accord là-dessus, la gronde-t-il gentiment. Tu t'ennuierais à mourir de toute façon. Moi, je vais arriver, faire mon discours et dégager en vitesse pour rentrer à la maison.

— Richard, tu n'as pas le droit de te comporter comme ça et tu le sais très bien. Si les tables sont réservées à prix d'or, c'est seulement parce que toutes ces dames meurent d'envie de danser avec toi.

— Et moi, ma chérie, il n'y a qu'une seule personne que je voudrais inviter ce soir. En son absence, je ferai tapisserie.

— Je t'aime, dit-elle d'un ton qui laisse deviner son sourire triste.

— Je t'aime aussi. Allez, essaie de te reposer un peu.

La voiture s'arrête devant l'imposant hôtel de style Art déco. Richard gagne l'entrée, où son assistante l'attend en robe longue argentée, ses cheveux auburn tirés en un haut chignon qui met en valeur son visage avenant.

— Tu es en retard.

— Pas ma faute, répond Richard, les mains en l'air comme pour se rendre à l'ennemi. Ça ne fait que une heure que je suis parti du bureau. Qu'est-ce que j'ai manqué ?

Alors qu'ils s'approchent de la salle immense, Lisa redresse le nœud papillon de Richard et lisse sa veste afin qu'il fasse une apparition irréprochable.

— Ta mère était très déçue de ne pas t'avoir à sa table, et j'ai dû t'excuser auprès d'un millier de donzelles qui voulaient figurer dans ton carnet de bal.

— Ça existe toujours, ça ?

— Si oui, il doit être aussi rempli que ton répertoire téléphonique. Bon, tu as un prompteur sur ton pupitre et Jon Stewart a bien chauffé la salle avec son humour habituel. Alors, à toi de jouer… y a plus qu'à.

— Dit comme ça, ça a l'air facile comme tout.

Il lui adresse un grand sourire, mais repousse ses mains quand elle tente de le recoiffer.

— Laisse… je cultive un nouveau look clodo.

— Très réussi, murmure-t-elle. Pour ton speech, pas d'angoisse, personne n'écoutera, soit parce qu'ils se seront bourré la gueule au dîner, soit parce qu'ils essaieront de repérer quelles bottes ils vont aller lécher ensuite. Tu fais office de court-métrage avant le grand film.

Une heure plus tard, Richard se retrouve au bar, un verre de whisky à la main, entouré de gens qu'il connaît à peine. Ce troisième dîner de la fondation créée à la mémoire de Leon J. Maxwell doit permettre de recueillir des fonds pour aider les familles des victimes du 11 Septembre. C'est uniquement pour cette raison qu'il reste dans les parages. Avec près de mille invités payants, le gala devrait rapporter plus de trois millions de dollars.

— Mon chéri, te voilà enfin, je t'ai cherché partout. Ne me dis pas que tu es venu seul !

Caroline rejoint son fils, resplendissante dans une robe de soirée vert bouteille, ses cheveux ondulant sur ses épaules dénudées.

— Bonsoir, maman, dit Richard en effleurant à peine sa joue des lèvres. Eh bien, si, tu vois, je n'ai amené personne. Tu sais très bien que Hanna ne peut pas quitter Londres en ce moment.

— Tu devrais trouver une jeune fille pour t'accompagner lors de ce genre d'occasions, le réprimande-t-elle. Arriver en célibataire, ça fait mauvais genre.

— Ça m'est complètement égal, répond-il avant de siffler son whisky.

— Mais, mon chéri, ça va durer encore longtemps ? Je ne supporte pas que tu te présentes sans cavalière à une soirée caritative. Il te faut une assistance féminine. Tu travailles bien trop pour avoir le temps de t'occuper des détails, dit-elle en enlevant une poussière imaginaire de la manche de Richard. Les habitués commencent à se poser des questions.

— Je me fous comme de l'an quarante de ce que disent les gens ! s'exclame-t-il un peu trop fort, sous le coup d'une colère sourde. Diana va mourir. Tu crois que Hanna devrait prendre l'avion et la laisser toute seule, peut-être ?

— Elle devrait se tenir aux côtés de son compagnon, comme toutes les femmes normales.

— Parce que, tout ce qui compte, c'est les apparences, hein ? lâche-t-il d'un ton amer.

— Non, mais quand on aime un homme on a envie de le suivre partout, d'être à ses côtés. Quand as-tu vu Hanna pour la dernière fois ?

— Je l'ai eue au téléphone en début de soirée.

Il garde un ton neutre mais ferme, pourtant Caroline insiste :

— Eh bien, réfléchis un peu. Si Hanna est dans l'incapacité de nous honorer de sa présence à des événements aussi importants que celui-ci, il serait préférable de compter sur une amie pour la remplacer, réplique-t-elle sèchement.

Elle se saisit d'une coupe de champagne sur le plateau d'un serveur et presse la main de son fils.

— Je ne cherche pas à te critiquer, mon chéri, mais je me fais du souci. En dehors de ton travail, tu passes ton temps dans des avions ou en Angleterre. Avec tes responsabilités, il te faut une femme qui s'occupe de toi.

Cette dernière phrase fait mouche. Sans Hanna, il se sent boiteux, et il lui est difficile de jouer son rôle en société. Non pas qu'il soit incapable de se débarrasser de toutes les jeunes filles bonnes à marier qui semblent faire la queue pour l'approcher – d'ailleurs il les envoie balader sans le moindre scrupule –, mais plutôt parce qu'il souffre profondément de son absence.

Ils n'ont pu former un couple « normal » que si peu de temps avant que Diana ne se découvre une tumeur au sein. Pendant les dix mois qui ont suivi, celle-ci est passée par toutes les étapes : espoir, angoisse et, pour finir, désolation. Bien sûr, il comprend que Hanna reste avec sa mère puisque les médecins ne pronostiquent que quelques mois de sursis. Le rôle du gros égoïste qui pourrait les séparer, bien sûr qu'il n'en veut pas.

Il se sent tellement coupable quand il se prend à rêver qu'elle vienne quelques jours à New York, ou qu'ils passent un après-midi en tête à tête à Londres, sans l'omniprésence de Diana. Dans un recoin sombre de son âme, dont jamais il n'admettrait l'existence devant quiconque, il a besoin de la toucher, de partager des soirées romantiques, et surtout de lui faire l'amour. Depuis un certain temps, il n'a connu d'épanouissement sexuel qu'avec sa main droite…

— Vous avez discuté de vos projets pour après ? reprend Caroline.

— Après la mort de Diana, tu veux dire ? Je ne crois pas que Hanna puisse concevoir la vie sans elle, alors comment elle va réagir, où elle voudra aller, c'est le cadet de ses soucis.

— Elle refusera toujours d'habiter Manhattan ?

— J'en sais rien, répond Richard en secouant lentement la tête afin de mettre un terme à cette discussion, qui ne demande qu'à dégénérer. Comment veux-tu que je pense à l'avenir avec tous ces doutes, ces « oui, mais », ces « si jamais »… Je dois me concentrer sur le présent, jour après jour, et faire tout mon possible pour mon Hanna chérie.

# 12

*7 février 2005*

Sur les murs crème de la chambre, le soleil semble jouer entre les ombres des branches d'arbres. La bouche sèche, la poitrine amaigrie, la respiration sifflante, Diana dort, sa fille assise à côté du lit.

L'année qui vient de s'écouler n'a été qu'une longue descente en pente douce, si douce parfois que Hanna s'est mise à croire à la rémission. Elle n'a pas flanché en entendant le diagnostic « cancer de stade quatre », puis le traitement a été compliqué par l'apparition de métastases. Alors que la maladie se généralisait ont été prononcés des mots comme « soins palliatifs », « quelques mois à vivre », « peut-être quelques semaines » et, finalement, « dignité de la patiente ». Tous les espoirs de Hanna se sont dégonflés, tels des ballons de baudruche oubliés dans le froid après une fête d'anniversaire.

Comme il n'y avait plus qu'à attendre, la semaine précédente elles ont accepté un transfert dans cet établissement spécialisé. Ni l'une ni l'autre ne désiraient passer ces derniers jours dans l'environnement stérile d'un hôpital. Au Saint Luke Hospice, une élégante demeure de style georgien au milieu d'un grand parc, la réglementation est plus souple : Hanna reste aussi longtemps qu'elle le souhaite, mère et fille se promènent dans les jardins et voient percer les premières fleurs sur les pelouses. Ici, Diana pourra mourir sereinement, et non entourée de machines et de leurs bips incessants.

— Elle dort ? s'enquiert Claire Larsen sur le seuil.

Elle fait mine de ne pas remarquer les traits décomposés de Hanna et ses vêtements froissés.

— Oui, ça fait un moment déjà, elle ne devrait pas tarder à se réveiller.

Hanna se lève et s'étire – son dos la fait souffrir et elle a des fourmis dans les jambes.

— Comment va-t-elle ? demande Claire, un sac Hermès dans une main, un Dictaphone dans l'autre.

— Aujourd'hui, elle est plutôt à côté de la plaque, mais hier elle a été lucide pendant des heures, on a eu une discussion passionnante. Mais… c'est quoi, ça ? Qu'est-ce que vous mijotez, toutes les deux ? continue Hanna alors que Claire s'est empressée de cacher le magnétophone derrière son dos.

— Rien du tout, réplique celle-ci avec un petit rire joyeux. Tu nous ferais passer pour deux gamines cachottières avec tes questions. C'est un secret, j'ai promis de ne rien révéler.

— Tu peux tout me dire, je ne le répéterai à personne.

— Ma cocotte, si je te le disais, je me trouverais dans l'obligation de t'exécuter afin de garantir ton silence. Alors arrête ton interrogatoire.

— Bon, d'accord. De toute façon, elle me fait moi aussi profiter de sa grande sagesse. Hier, elle m'a raconté des épisodes de sa vie. Elle n'a que très peu de regrets, tu sais.

Hanna se souvient de leur conversation dans la véranda chauffée donnant sur la pelouse, et du petit filet de voix de Diana entrecoupé par son souffle court :

« Tu es ce qui m'est arrivé de mieux dans la vie, ma puce. Quelle chance j'ai eue de t'avoir ! Je remercie le ciel de ta naissance, tu es mon chef-d'œuvre.

— Tu en rajoutes peut-être un chouïa, mais j'accepte le compliment », a répondu Hanna, gênée devant tant d'exagération.

Une aide-soignante a apporté un plateau avec du thé et de l'eau et l'a posé sur une petite table devant elles, mais Diana poursuivait :

« Quand j'ai épousé Philip, j'étais tellement éprise de lui que j'en perdais la tête. J'étais certaine que l'amour pouvait faire tomber tous les obstacles. »

Elle a indiqué d'un doigt le verre d'eau avec une paille, que Hanna a porté à sa bouche. Puis elle a fermé les yeux, comme pour se remémorer sa vie new-yorkaise. Sa fille tenait à en savoir plus :

« Et ce n'est pas le cas ?

— Non, ma puce. Je n'aurais jamais dû l'épouser. Je savais très bien que j'allais détester vivre à Manhattan, et encore plus jouer le rôle de femme de banquier. J'ai vraiment cru que notre passion suffirait. »

Hanna a battu plusieurs fois des paupières, des larmes lui picotaient les yeux. Sa mère n'avait que très rarement évoqué Philip, et encore moins leurs quelques années de mariage. Peut-être parce qu'elle voulait épargner sa fille, ou parce que prononcer ces mots la meurtrissait. Hanna commençait à pencher pour la deuxième option.

Diana est parvenue à contrôler sa respiration et a repris :

« J'aurais voulu pouvoir remettre notre couple sur les rails, ne serait-ce que pour toi. Parce que je n'ai jamais, au grand jamais, regretté de t'avoir mise au monde. Je sais que ta relation avec ton père s'est dégradée et je suis sûre que c'est ma faute.

— Certainement pas ! a protesté Hanna en serrant la main froide et parcheminée de sa mère. Si j'avais dû vivre là-bas et en souffrir autant que toi, ça aurait été bien pire. »

Par la vitre, sa mère regardait les oiseaux perchés dans un arbre dénudé. Parfois, ils descendaient en piqué par groupes de deux ou trois puis remontaient rapidement sur une branche plus haute. Leurs ailes claquaient dans l'air frais.

« J'ai brisé le cœur de Philip. Du coup, il est devenu amer, cynique… Tout ça à cause de moi. Si je l'avais aimé assez, je l'aurais laissé me quitter avant que notre relation dégénère », a terminé Diana tandis qu'une larme roulait sur sa joue, formant une trace brillante sur sa peau translucide.

Hanna, la gorge nouée, lui tenait la main. Finalement, elle s'est mouchée en tentant de reprendre ses esprits. Il leur restait tellement à se confier, et elles avaient si peu de temps. Chaque seconde qui passait lui rappelait que bientôt il ne subsisterait que le souvenir de sa mère. Elle a mis ces confidences de côté afin d'y repenser plus tard, dès qu'elle serait prête. Pour le moment, elle risquait d'ouvrir les vannes à des sanglots incontrôlables.

Le sommeil, ces temps-ci, est devenu une denrée rare : le soir impossible de s'endormir, et dans la journée Hanna donnerait tout en échange d'une sieste. Cette nuit, elle réussit à sombrer un peu après 4 heures du matin. À l'aube, elle est réveillée par le matelas qui s'affaisse d'un côté. Encore somnolente, elle met plusieurs secondes à comprendre pourquoi. Richard, en costume-cravate, est étendu là, sa tête sur l'oreiller, les yeux braqués sur elle.

— Coucou, dit-il dans un souffle.

— Désolée, je ne suis pas venue t'attendre à l'aéroport...

— Chut, murmure-t-il en posant un index sur la bouche de Hanna. Il fallait que tu dormes.

Elle embrasse son doigt et ils se contemplent longuement. Elle lit dans le regard de Richard l'inquiétude de la voir amaigrie, les traits tirés. Il continue :

— Mon père est venu me chercher, on a même eu le temps d'avaler un petit déj' rapidos avant qu'il me dépose ici.

— C'est gentil de sa part.

— Il t'embrasse. Ils nous invitent à dîner demain soir, si ça te dit.

— Je ne sais pas, il va peut-être falloir que j'aille voir maman.

Ils s'enlacent, la jambe de Hanna autour de la cuisse de Richard, un bras en travers de son torse. Les yeux clos, elle enfouit son visage dans son costume, dont l'odeur de laine se mêle aux effluves boisés de l'eau de toilette. Quand il reprend la parole, elle se laisse bercer par ses mots réconfortants :

— On décidera en temps voulu, d'accord ? On fera ce qui t'arrange et je les appellerai pour les prévenir. Ça n'a aucune importance. À part Diana, rien n'a d'importance.

Hanna, dont la tête se soulève au rythme de la respiration de Richard, lui déboutonne distraitement la veste pour coller son oreille au plus près de son cœur. La chaleur de son corps lui parvient à travers le coton de la chemise, et des sensations évanouies depuis des semaines commencent à renaître.

Elle redresse la tête, rampe sur le drap afin de placer son visage en face de celui de Richard, s'approche si près que tout devient flou. Avec les seins pressés contre lui, un désir soudain la transperce comme une flèche. Elle veut plus…

Surpris par ce baiser presque sauvage, duquel toute douceur a disparu, il écarquille les yeux et essaie de deviner quelle mouche l'a piquée. Ça fait plusieurs mois déjà qu'il n'est plus question de sexe quand ils se retrouvent ; elle se contente de l'enlacer, l'embrasser tendrement.

Ce matin, pourtant, elle a des fourmis dans tout le corps, elle le titille de sa langue, le force à ouvrir la bouche, à répondre à ce baiser passionné. Lorsqu'ils sont sur le point de manquer d'air, au lieu de s'écarter, elle resserre encore son étreinte, jusqu'à ce que ses poumons soient en feu.

C'est lui qui doit se dégager, pantelant, et il rougit de constater que son érection se plante dans le bas-ventre de Hanna. Il n'ose même pas croiser son regard, il préfère se concentrer sur le papier peint.

— Désolé.

Sans un mot, elle lui prend le menton et l'oblige à la fixer dans les yeux ; il semble perplexe, presque perdu. Une fois sûre d'avoir toute son attention, elle se penche, promène ses lèvres sur les siennes, d'abord doucement, puis avec plus d'insistance, lui faisant percevoir la violence de son désir.

Elle tire sauvagement sur sa chemise, la dégage du pantalon, lui passe la main sur le ventre. Ces caresses ne le calment en rien, son érection devient douloureuse.

Hanna défait la chemise de Richard et lui retire son pantalon avant d'enlever frénétiquement son pyjama. Sentir la peau de son homme contre la sienne accélère son rythme cardiaque – une réaction viscérale, d'une intensité extraordinaire.

— Tu es sûre ? J'ai presque l'impression de te violer, murmure-t-il.

Elle le fait rouler, il se retrouve au-dessus d'elle. De ses deux mains avides, elle le positionne comme il faut.

— Au contraire, c'est moi qui te force, dit-elle en fermant les yeux tandis qu'il la pénètre, qu'il glisse en elle. J'en ai besoin, Richard, j'ai besoin de toi, continue, s'il te plaît, continue...

# 13

*3 juillet 2005*

Hanna porte son chagrin comme une couverture de plomb – confort et douleur à parts égales, puisque la souffrance est si constante qu'elle en devient presque apaisante. Elle peut compter sur sa peine comme sur le soleil pour l'accompagner tout au long de la journée. Le soir, en chien de fusil dans le lit de son enfance, elle laisse la blessure la consumer, émettant des sanglots étranglés, les poings serrés comme pour boxer l'angoisse des nuits blanches.

Un combat perdu d'avance.

Un mois après la mort de Diana, il semblait naturel qu'elle n'ait pas fait son deuil, et elle ne se posait pas de questions sur son moral au plus bas. Richard était retourné à New York une semaine après l'enterrement en la suppliant de le suivre, mais les souvenirs et l'obligation de s'occuper de la succession et du logement l'empêchaient de quitter Londres. Son amoureux parti, elle se sentait abandonnée, seule au monde, au point d'être incapable de lui parler au téléphone ou de répondre à ses mails sans sombrer dans un trou noir, et d'inventer mille excuses pour qu'il ne vienne pas la voir. Elle voulait surmonter sa dépression sans qu'il en soupçonne l'ampleur.

Puis le temps a passé, la fraîcheur printanière a cédé la place à une vague de chaleur précoce, mais elle était toujours aussi malheureuse. Elle ne sortait plus de son appartement qu'en cas d'urgence et rentrait le plus vite possible. Elle ne se maîtrisait plus.

Début juin, elle a touché le fond. Elle a décliné toutes les invitations, inventé tous les prétextes possibles et imaginables pour ne pas dîner chez les Larsen ni parler à Richard. Leur compagnie ne lui rappelait que trop ce qu'elle avait perdu. À voir cette famille si unie, la jalousie lui brûlait le cœur et la minait encore plus. Elle finissait par se détester elle-même.

Au travail, son rédacteur en chef lui a adressé un blâme pour multiples retards et journées d'absence. Et elle a acquiescé. Oui, en effet, elle se montrait apathique, pas du tout pro, elle se fichait de tout. D'ailleurs, toutes ces critiques ne faisaient que confirmer ce qu'elle savait déjà : elle était nulle.

Ce dimanche matin, à 11 heures, elle somnole encore, les cheveux ternes et gras, dans un pyjama tire-bouchonné qu'elle n'a pas changé depuis dix jours. Les coups frappés à la porte, tels les battements d'une grosse caisse, accompagnent la mélodie lancinante de son chagrin. Elle n'a même pas l'énergie de sortir de son lit afin de s'en occuper.

Puis elle perçoit une voix féminine :

— Hanna, je sais que tu es là !

Elle ferme les yeux en priant pour que l'importune s'en aille, qui qu'elle soit. Alors qu'elle replonge la tête dans son confortable oreiller de plume, elle entend une clé tourner dans la serrure et la porte s'ouvrir d'un coup sec.

Bon. Elle a de la compagnie.

Des pas traversent l'appartement, s'approchent en résonnant de plus en plus fort. Elle se résigne à affronter sa visiteuse et à devoir se débrouiller pour qu'elle décampe au plus vite. Est-ce si difficile à comprendre, qu'elle puisse préférer rester seule ?

— Pouah, ça pue ici, fait Ruby sur le seuil de la chambre.

Elle repère tout de suite son amie, en position fœtale sous des draps qui n'ont pas été lavés depuis au moins trois semaines.

— Dégage…, lâche Hanna d'un ton monocorde, presque funèbre.

— Désolée, mais je reste. J'ai passé mon dernier oral, j'ai tout le temps qu'il faut pour t'envoyer sous la douche, répond-elle avant d'écarter brusquement les rideaux, faisant virevolter quelques moutons de poussière.

Ruby, d'habitude si calme et réfléchie, affiche une mine renfrognée de mauvais augure, elle semble prête à s'énerver. Hanna cligne plusieurs fois des yeux, essaie de s'habituer à la clarté matinale.

— Laisse-moi me rendormir, je suis crevée.

— On se fait tous un sang d'encre. Tu n'as pas appelé Richard depuis une éternité, tu ne rends jamais visite à papa et maman, tu ne m'as pas écrit un seul texto pour savoir si j'avais réussi mes exams. C'est pas du tout ton genre.

Que répondre ? Elle n'a pas donné de nouvelles, et alors ? Les inquiétudes des Larsen, elle s'en tape. Chez eux, elle se sentirait comme un coucou, qui s'installe dans le nid des autres pour l'empoisonner d'une jalousie et d'une douleur toxiques. Ils devraient se réjouir qu'elle demeure à l'écart. Elle n'a plus de mère à chérir, à laquelle s'accrocher, et ça la fait enrager.

— Je suis fatiguée, c'est tout. Les nerfs un peu à vif, rien de bien grave, prétend-elle en remontant le drap par-dessus sa tête. Ça va, je te dis.

C'est vrai, en tout cas, que cette chambre sent très mauvais.

— Non, ça ne va pas. Absolument pas. Laisse-moi t'aider, s'il te plaît..., dit Ruby d'un ton qui laisse deviner qu'elle étouffe un sanglot.

— Il faut juste que je me repose un peu, je me sentirai mieux demain.

— Tu es allée voir un psy, au moins ?

— Pas la peine. Je sais très bien ce qui cloche, c'est juste que je m'en fiche.

— Pourquoi tu refuses d'appeler Richard ? Il devient fou, à force.

Le visage de Ruby se contracte, elle se mord les lèvres.

— Que veux-tu que je te dise ? lâche Hanna dans un murmure.

Chaque nuit, lorsqu'elle finit par s'assoupir, c'est en prononçant le nom de Richard, et elle se réveille avant l'aube avec son image à l'esprit, une pensée qui lui serre le cœur comme un étau.

— Il t'aime, il commence à perdre la boule.

— Il est mieux sans moi. Je n'arriverais qu'à l'entraîner dans ma dépression, gémit-elle en laissant sa tête retomber sur l'oreiller.

— Accepte qu'il vienne te voir, il en meurt d'envie.

— J'peux pas.

Les larmes, qui coulent si facilement ces temps-ci, vont bientôt déborder, elle doit serrer les paupières pour tenter de les retenir.

Depuis qu'elle ne connaît plus que des nuits blanches ou presque, elle a eu le temps de réfléchir à leur avenir ; or elle n'en voit aucun. En cinq mois, ils ont passé peu de temps ensemble, et à chaque fois c'est lui qui a fait l'aller-retour. Deux jours par-ci par-là, volés à son planning surchargé, mais qui n'ont pas permis à Hanna de résoudre cet énorme dilemme : malgré tous ses efforts pour s'adapter, jamais elle ne pourra habiter New York.

Un vrai cul-de-sac. Ils sont condamnés à reculer. Elle ne vivra jamais aux États-Unis et lui ne peut pas travailler à Londres. Un jour ou l'autre, il faudra bien rompre le cercle vicieux.

Elle n'est pas sûre d'en avoir la force.

Deux semaines plus tard, elle ferme le dernier carton avec du gros scotch marron, quand la sonnette annonce l'arrivée des déménageurs. Avec, bonne surprise, un quart d'heure d'avance. Elle leur ouvre grand la porte.

Son cœur s'arrête lorsqu'elle découvre Richard accoudé au chambranle, en train de se passer une main dans les cheveux, le costume si fripé qu'on dirait qu'il a dormi dedans.

C'est sans doute le cas.

— Qu'est-ce que tu fais là ?

Il entre d'un pas déterminé, sans faire attention aux boîtes empilées dans l'entrée.

— C'est quoi, ces conneries ? demande-t-il, une enveloppe à la main. Tu voulais me larguer par courrier ?

— Je ne savais pas comment t'expliquer...

— Et le téléphone, ça existe, non ? Ou alors tu aurais pu attendre de me voir en personne. Mais une lettre, putain ! Une lettre ? s'exclame-t-il, rouge de colère, avant de commencer à déchirer l'enveloppe en petits morceaux. Qu'est-ce que tu crois, enfin ? Qu'est-ce que...

Il remarque les cartons de déménagement.

— Tu... t'as trouvé un autre appart ?

Elle secoue lentement la tête. Il se plante devant elle et tend la main vers son visage. Elle ne peut s'empêcher de reculer d'un pas.

— Alors qu'est-ce qui se passe ?

— Je quitte Londres, j'ai décidé de partir en voyage.

— Pourquoi tu ne m'as rien dit ? T'allais juste disparaître comme ça ?

— Je t'ai envoyé une lettre.

Elle a la nausée, elle s'exhorte au calme. Pas question qu'il devine qu'elle est à deux doigts de sombrer.

— Encore une saloperie de lettre ? s'emporte-t-il, avant d'ajouter, d'une voix brisée : S'il te plaît, ma chérie, ne fais pas ça.

Elle va se mettre à pleurer, ou vomir, ou les deux. Elle court à la salle de bains, claque la porte et pousse le verrou. Longtemps, très longtemps, agenouillée sur le carrelage glacé, la tête au-dessus des toilettes, les mains tremblantes, elle est secouée de haut-le-cœur.

Quand elle émerge enfin, il est au téléphone, il donne des ordres en criant à l'un de ses employés. Il a dû ouvrir aux déménageurs, qui ont envahi les lieux et commencent déjà à transporter des meubles dans la camionnette garée au beau milieu de la rue.

Tandis qu'ils font passer son lit dans le couloir, ce qu'elle aimerait par-dessus tout, c'est s'y jeter, s'y recroqueviller, s'enterrer sous la couette et rester au garde-meuble avec toutes ses affaires.

Planté au milieu du salon, le visage crispé, Richard suit de ses yeux étincelants le moindre de ses mouvements. Elle en perd contenance et, pour rompre le silence, annonce de but en blanc :

— Je prends l'avion demain à Heathrow.

— Tu vas où ?

— À Sydney.

— Je viendrai te voir.

— Pas question ! Je dois m'en sortir toute seule.

— Je ne peux pas te laisser t'isoler comme ça.

Toute colère semble avoir abandonné Richard. Elle se rend compte que, malgré son état, c'est à elle de se montrer forte.

— Je n'en vaux pas la peine.

— Tu en vaux mille fois la peine, dit-il dans un souffle. Jamais je ne pourrai te quitter.

Elle s'approche de lui, lui entoure la taille de ses bras maigres, et colle la joue contre son torse. Tous deux sont bouleversés. Elle relève le menton afin de voir son visage et s'aperçoit que lui aussi laisse couler ses larmes sans retenue. Elle se dresse sur la pointe des pieds et dépose un baiser léger sur sa bouche.

Elle s'écarte, va chercher son sac et se dirige vers la porte d'entrée.

Incapable de jeter un dernier regard en arrière – l'expression de Richard la ferait changer d'avis –, elle ferme les yeux, abaisse la poignée et ouvre la porte d'un geste brusque. Elle attend que les gonds aient cessé de grincer, pour être sûre qu'il l'entendra distinctement :

— Richard, je suis vraiment désolée.

## 14

*4 mars 2006*

— Tu es sûr ? C'est vraiment ce que tu veux ?

Richard plante son regard dans celui de Daniel, à la recherche de la moindre trace de doute. D'une main tremblante, ce dernier porte son verre à sa bouche, ses lèvres tressaillent. Ses tics ont empiré en un an ; désormais, impossible de déceler quels mouvements sont intentionnels.

— Je ne veux plus faire partie de la holding, je ne peux même pas entrer dans les locaux. Putain ! je n'arrive même pas à me promener dans Manhattan sans avoir une attaque de panique.

Daniel souffre de « batophobie », une peur irraisonnée des hauts bâtiments – maladie particulièrement handicapante à New York. Cette pathologie s'est déclarée subitement, après une énième cure de désintoxication, alors qu'il avait enfin décidé de ne plus retoucher à la drogue. Dès qu'il a pénétré dans le hall de Maxwell Enterprises, il s'est écroulé de tout son long et il a fallu appeler une ambulance.

— À quoi va te servir tout cet argent ? s'enquiert Richard – il doit faire un effort pour se souvenir que Daniel n'est plus un gamin : il a déjà vingt-trois ans.

— À vivre dans un endroit sans le moindre immeuble, et ensoleillé toute l'année, répond Daniel, avec un sourire à peine perceptible.

— Un choix restreint, dis donc.

Ils se sont donné rendez-vous ici, au Stone Creek Inn, dans les Hamptons, pas très loin de la maison dont Daniel a hérité à la mort de Leon. C'est là qu'il habite officiellement, puisqu'il ne peut plus supporter de poser un pied en ville, mais il a mis la résidence en vente, tout comme ses parts de la société.

Sinon, il squatte chez l'un, chez l'autre de ses amis ou connaissances, s'impose assez longtemps pour lasser ses hôtes. Même si, en ce début d'année, il a déjà fait un séjour dans une clinique spécialisée, il continue de consommer de la drogue à l'occasion.

— D'abord, je vais voyager un peu, voir du pays, quoi. J'ai pas vraiment envie de rester aux États-Unis pour l'instant.

— Et ta petite copine, elle en pense quoi ? demande Richard, qui a oublié le nom de l'élue du moment.

À sa décharge, il faut dire que Daniel en change tous les mois et qu'elles se ressemblent toutes : blondes, taille mannequin, et pas mécontentes de crouler sous les cadeaux hors de prix.

— Marie et moi, on s'est séparés. Elle commençait à parler de se fiancer, d'acheter une maison…, explique le jeune homme en frémissant d'horreur. D'un coup, j'ai cru voir ma vie défiler devant mes yeux.

Richard se tait. Depuis que Daniel s'est désengagé de l'entreprise, c'est lui qui redoute une vie toute tracée, des décennies de travail acharné. Il préfère ne pas y penser.

La salade d'avocat est appétissante, tous deux l'avalent rapidement, puis Daniel s'empare d'un petit pain, qu'il tartine généreusement de beurre, et l'engloutit en une bouchée.

— À propos d'anciennes copines, t'as des nouvelles de Hanna ?

Richard prend son temps pour répondre ; il boit une gorgée de vin, repose avec soin son verre sur la nappe blanche amidonnée.

— D'après Ruby, elle est toujours en train de voyager.

— Elle n'essaie jamais de te joindre ?

— Pas vraiment, non.

— Peut-être que je vais la croiser, quand je serai à l'étranger, dit Daniel en louchant sur l'énorme steak que la serveuse vient d'apporter. Ça serait marrant, non ?

— Le monde est vaste, Daniel, autant s'attendre à trouver une aiguille dans une meule de foin, rétorque Richard, avec une nuance de moquerie qu'il a du mal à dissimuler.

— Quand même, ça serait super. Elle me manque, c'est l'une des rares personnes que j'avais vraiment envie de voir quand j'étais en désintox.

— Elle te rendait visite tous les trente-six du mois, alors que moi je me déplaçais toutes les semaines, réplique Richard avec un sourire pincé.

— On peut pas l'oublier, cette fille. Et puis elle m'envoyait des mails.

Richard ne se souvient que trop des mails, des textos, des lettres, des cadeaux… sans parler des retrouvailles passionnées.

— Ça m'étonnerait qu'elle traîne dans un repaire d'opiomanes à Marrakech, lance-t-il.

Daniel, le bras agité d'un violent spasme, fait tomber son couteau. Il se cale sur sa chaise et prend une profonde inspiration. La serveuse lui en apporte aussitôt un propre, et il lui ordonne d'un geste impérieux de lui verser le fond de la bouteille de vin.

— On dirait que j'ai touché une corde sensible, fait-il à l'adresse de Richard, qui hausse les épaules et termine son plat avant de croiser ses couverts sur son assiette.

— Rien de grave. De toute façon, on est là pour parler de tes projets. Où veux-tu que je transfère l'argent ? Lundi, dès que ton avocat me transmet les papiers signés, je dois procéder au virement.

— T'as qu'à le mettre sur mon compte.

— Ton compte courant ? As-tu la moindre idée de la somme que ça représente ?

— J'suis pas complètement crétin. J'ai un conseiller financier, tu sais.

Richard esquisse un sourire désabusé. Peut-être que Daniel va s'en sortir après tout.

# 15

*20 janvier 2007*

Le porche déborde de ballons et de banderoles, comme si on avait assemblé un arc-en-ciel de guingois et avec des couleurs trop flashy. Au-dessus de la porte, les quatre lettres R U B Y scintillent de toutes leurs paillettes rose bonbon. En bas du perron, Hanna se cramponne nerveusement à un paquet cadeau aux motifs pourpres. Elle entend les vibrations de la musique, et distingue par les fenêtres les éclats de lumière des spots et de la boule à facettes : les festivités ont bel et bien commencé.

Elle n'est pas sûre de réussir à franchir le seuil.

Tom a juré qu'il ne la quitterait pas d'une semelle de toute la soirée mais, comme il a promis d'interpréter un morceau en l'honneur de Ruby, il est venu en avance pour installer son matériel. Elle ne devrait pas rester seule plus de quelques minutes avant de retrouver son garde du corps personnel.

Mais quelques minutes suffiraient. Elle n'a pas vu Claire et Steven depuis son retour à Londres, en novembre dernier. Elle redoute leurs reproches.

— Bon, tu entres ou quoi ? demande Ruby en ouvrant la porte d'un geste excédé. Ça fait des heures que t'es plantée là.

— Bon anniversaire, ma cocotte !

Hanna sourit en montant les marches deux à deux. Elle l'enlace et la serre bien fort.

— Je suis tellement contente que tu sois venue ! J'avais peur que tu te dégonfles, chuchote Ruby.

— Et que je manque la chanson de Tom ? J'ai trop hâte de te voir jouer la groupie hystérique.

— C'est pas de l'hystérie, répond-elle en piquant un fard. Je trouve qu'il chante bien, c'est tout.

— Que tu dis..., fait Hanna avant de lui tendre son cadeau. Tu ne dois pas le montrer à tes parents. C'est juste un petit truc sympa à porter la nuit, dit-elle avec un clin d'œil.

— Une nuisette sexy ?

— Oh ! non ! s'exclame Hanna en rougissant à son tour. C'est mignon, c'est classe, bref, parfait pour une demoiselle, mais Claire et Steven ne le verraient pas du même œil.

Dans l'entrée, elle est submergée par la sensation d'être en terrain connu, un peu comme dans un rêve dont les souvenirs reviennent par bribes. Tout est comme avant.

— Tom voulait te voir dès ton arrivée, il est au sous-sol, précise Ruby en lui prenant la main et en l'entraînant vers l'escalier. Il va jouer d'ici à une demi-heure.

— Il t'a dit quelle chanson ce sera ? demande Hanna, gardant son blog en ligne de mire.

— Non, il veut me faire la surprise.

En bas des marches, elles entendent quelques notes de guitare. À leur apparition, un immense sourire illumine le visage de Tom.

— Salut, toi.

— Coucou.

Hanna se sent comme un petit enfant qui vient de retrouver son doudou. Enfin, elle parvient à respirer normalement.

— Tu lui as dit ? fait-il à Ruby, les sourcils légèrement froncés.

— Pas encore. J'attendais qu'on soit tous les trois.

— Me dire quoi ? s'inquiète Hanna.

— Papa et maman veulent te voir, lâche Ruby, qui cherche le regard rassurant de Tom.

— Là, tout de suite ?

Hanna croyait avoir un peu de temps devant elle, elle n'est pas prête. Comment vont-ils réagir ?

Tom se lève et replace délicatement sa Gibson sur son support, puis prend les deux jeunes filles par les épaules.

— Ça va aller. De toute façon, ça devait se produire un jour ou l'autre, non ?

— Mais je ne me suis pas préparée, je ne saurai pas quoi leur dire.

— C'est l'endroit idéal : en pleine fête, tu ne t'entendras même pas penser.

Hanna recule d'un pas et se laisse tomber sur un gros sofa rembourré. Son cœur bat de plus en plus vite. Comment expliquer son absence à Claire ? Son thérapeute lui a répété de retisser des liens, de renouer le dialogue, et pourtant, le moment venu, elle préférerait se dérober, reporter l'inévitable. Ils vont la rejeter, elle verra le mépris dans leurs yeux…

— Ils savent que je suis là ?

Sa dernière attaque de panique remonte à plusieurs mois, mais elle reconnaît tout de suite les symptômes. Elle doit contrôler sa respiration, chasser toute pensée négative. Qu'est-ce qui lui a pris d'arrêter les anxiolytiques ?

— Je leur ai dit que tu arrivais d'une seconde à l'autre, ils ont vu Tom et…

— Ils sont ravis de ta venue, aucune raison de t'inquiéter, intervient celui-ci.

— C'est pas toi qui as largué leur fils, lui fait remarquer Hanna. Bien sûr qu'ils seront contents de te voir, toi.

— On sait tous à quel point tu étais déprimée, ajoute Ruby en lui caressant les cheveux pour la réconforter. Tu n'étais pas toi-même mais, là, ça va mieux, non ? Et Richard ne t'en veut pas, mes parents non plus.

Hanna ferme les yeux, se persuade que tout se passera bien, qu'on ne lui veut aucun mal. Elle se répète le mantra que son psy lui a enseigné : « Mon cœur bat, je suis vivante, je peux y arriver. » Elle inspire profondément par le nez, expire par la bouche, et réitère l'opération de plus en plus lentement afin de retrouver un rythme cardiaque régulier.

— C'est bon, ne vous tracassez pas. Ça faisait un petit bout de temps que je n'avais pas eu de crise d'angoisse, tiens.

Ruby se mord les lèvres, effrayée.

— Je vais leur dire de rester dans leur coin, tu n'es pas obligée…

— Ça ira, affirme Hanna d'un ton qu'elle espère rassurant. Il n'y a que le premier pas qui coûte. Après tout, vous êtes comme une seconde famille pour moi.

Elle a à peine terminé sa phrase que Ruby se jette à son cou.

— Je suis tellement contente que tu sois revenue pour de bon, tu m'as tellement manqué !

— Tu m'as manqué aussi, répond-elle, les larmes aux yeux, en la serrant fort sur son cœur.

Quand Hanna a enfin le courage de se lancer, elle trouve Claire seule dans la cuisine. Elle a l'impression de remonter le temps, de revenir de sept ans en arrière et d'avoir à nouveau dix-sept ans, quand elle était si peu sûre d'elle, de sa place dans la société, avec un énorme complexe d'infériorité face au clan Larsen et à leur inébranlable confiance en eux.

L'absence de Richard lui fait l'effet d'un coup de poignard. Où qu'elle pose le regard, elle voit un rappel de tout ce qu'elle avait, de tout ce qu'elle a perdu. Un tel amour jeté à la poubelle sans autre forme de procès ? Quelle bêtise ! Plus que jamais, elle voudrait que les aiguilles de l'horloge repartent en sens inverse, afin de redevenir cette jeune fille insouciante, qui plaisantait avec les Larsen, qui aidait sa mère en cuisine...

— Bonsoir.

Claire se retourne et aussitôt, la main sur le cœur, elle affiche un sourire radieux.

— Oh ! Hanna, tu es là, je n'arrive pas à le croire !

Elle lâche son torchon, contourne avec précipitation l'îlot central et l'enlace affectueusement. Hanna commence par se raidir de surprise – cet enthousiasme lui semble insensé –, puis elle ne peut s'empêcher de serrer Claire entre ses bras, de poser sa tête sur son épaule et de laisser échapper quelques larmes. Ça fait si longtemps qu'on ne l'a pas étreinte ainsi. Ce qu'elle a perdu lui revient crûment en mémoire : non seulement sa mère, dont la mort l'a anéantie, mais aussi Richard.

Elle relève la tête au bout d'un long moment et essuie ses joues mouillées. Claire la prend par le haut des bras et recule d'un pas pour mieux la contempler, un sourire mélancolique aux lèvres.

— Tu m'as atrocement manqué. C'est la dernière fois que tu disparais comme ça, d'accord ?

Hanna opine du chef à travers ses larmes. Claire la tire dans la cuisine et ferme la porte ; elles ont besoin de discuter, et la basse obsédante qui sort de la chaîne hi-fi ne favorise pas l'intimité.

— Je suis vraiment désolée, dit Hanna, qui déglutit afin d'éviter de craquer. Je ne sais pas ce qui m'a pris.

— Ce n'était pas ta faute, tu étais en deuil de ta mère. J'ai compris que tu devais te détacher du quotidien, mais j'ai prié chaque jour pour que tu nous reviennes.

— Comme la fille prodigue ? demande-t-elle en s'efforçant de garder un ton enjoué, alors que ses yeux humides la trahissent.

— Comme un membre de la famille, qu'on aime plus que tout. Tu en es consciente, j'espère ?

— J'avais tellement peur que vous me preniez en horreur quand j'ai déguerpi.

— Enfin, Hanna ! Jamais je ne pourrais te détester.

Claire pleure elle aussi. Des larmes teintées de mascara serpentent le long de ses joues. Toutes deux auront besoin d'une bonne retouche de maquillage avant de réapparaître en public.

— Je n'ai rien à te reprocher, tu étais si malheureuse, si déprimée, tu essayais de te raccrocher à un objectif impossible. J'espère que tu as pu trouver un peu de paix intérieure en Australie.

Les yeux clos, Hanna repense à son séjour à Sydney. D'abord, elle s'est sentie perdue, elle s'est rendu compte que la souffrance qu'elle tentait de fuir l'avait suivie à l'autre bout du monde. Le réveil a été rude, mais, petit à petit, elle a réussi à sortir du trou noir. Ça a été un processus lent, difficile, avec de multiples rechutes, néanmoins elle a fini par émerger au grand jour.

— J'essaie d'acquérir une certaine sérénité. Plus facile à dire qu'à faire, admet-elle.

— Parle-moi un peu de ton nouveau travail. D'après Ruby, ça a un rapport avec des « blogs », mais je n'ai aucune idée de ce que ça veut dire.

— Une de mes anciennes collègues a monté un site Internet de critique musicale, explique Hanna. Je suis chargée du rock, donc c'est génial. Pour le moment, je suis toute seule, mais je vais recruter des pigistes pour me seconder.

— C'est formidable de te voir pétiller de joie rien que d'en parler, constate Claire, ravie.

— C'est grâce à ce job que je ne suis pas devenue complètement folle. Je m'y suis accrochée quand tout le reste partait en vrille.

— Tu aurais pu compter sur nous aussi. Souviens-toi bien de ça si jamais tu as la moindre baisse de forme.

Lorsque Hanna réalise à quel point son abandon a meurtri les Larsen, son anxiété la reprend. Si Claire s'est autant inquiétée, qu'a-t-elle fait subir à Richard ?

— Je te le promets. Merci d'être si compréhensive, si…

Elle est interrompue par la porte qui s'ouvre brusquement, laissant s'engouffrer des accords de musique. Toutes deux se retournent. En pantalon gris et pull bleu, ses cheveux blonds lui retombant sur le front, Steven repère sa femme.

— Ah ! tu es là. Je crois que Ruby s'attend à ce qu'on les rejoigne pour le concert, annonce-t-il en souriant avant de prendre conscience qu'ils ne sont pas seuls. Oh ! désolé, je ne voulais pas vous déran…

Dès qu'il reconnaît Hanna, il demeure bouche bée. Claire fait diversion :

— Tu vois, Steven, elle a tenu sa promesse, elle est venue pour l'anniversaire de Ruby.

Hanna comprend qu'il est partagé entre deux émotions. Va-t-il célébrer son retour ou se mettre en rogne parce qu'elle les a laissés tomber ? L'issue de l'alternative reste incertaine.

— Bonsoir, Steven.

— Hanna, répond-il sèchement.

Du coin de l'œil, elle aperçoit les grands gestes de Claire, mais n'en saisit pas le sens. Quoi qu'il en soit, il ajoute :

— Comment ça va ?

— Bien, merci, répond-elle d'un ton qui lui semble faux, si guindé qu'elle ne s'étonne pas du regard intrigué de son interlocuteur.

— On s'est tous fait du souci pour toi… surtout Richard.

— Steven ! prévient Claire.

— Pas de problème, il a raison. Comment va Richard ?

Steven s'approche de Hanna. Elle se sent minuscule par rapport à son mètre quatre-vingt-dix. Il la fait tellement penser à son fils – même port de tête, même voix, mêmes tics de langage – que réconfort et nostalgie s'entremêlent dans son cœur.

— Je ne vais pas te raconter d'histoires. Il a beaucoup souffert, déclare-t-il d'une voix mesurée, comme s'il tentait de se contrôler. Pendant longtemps, il était aussi déprimé que toi, mais ça va mieux. Il va de l'avant, il s'est résigné à l'évidence : votre histoire est terminée.

Cette phrase la terrasse. C'est trop tard. Pour se sortir de sa dépression, elle a anéanti son couple et le respect de Richard à son égard. Une nouvelle montée de larmes lui pique les yeux et Hanna serre les paupières. C'est l'anniversaire de sa meilleure amie aujourd'hui et, même s'il lui en coûte, elle fera tout son possible pour partager l'humeur festive.

# 16

*12 mars 2008*

Hanna fait-elle exprès de les retarder ? Tom devient fou avec ses incessants allers-retours de la voiture à l'appartement, d'abord pour vérifier qu'elle a éteint le chauffage, puis pour s'assurer qu'elle a débranché son sèche-cheveux, enfin pour être certaine d'avoir bien réactivé l'alarme après l'avoir coupée les deux fois précédentes.

Elle ne fait que repousser l'inévitable. Le savoir ne réduit en rien son anxiété.

— T'es sûre de vouloir y aller ? demande Tom.

— Pas vraiment, non.

Elle lutte contre une nausée insidieuse. Elle a connu bien pire.

— On n'est pas obligés d'y passer des heures. On assiste à la cérémonie, on se rince le gosier à l'œil et on rentre faire la fête tous les deux.

Hanna rit sous cape. « Faire la fête tous les deux », ces temps-ci, ça signifie « boire une tasse de thé devant le JT ». Certains soirs, elle se sent bien plus vieille que ses vingt-cinq ans.

— Je ne peux pas laisser tomber les Larsen. Je leur ai promis d'amener une célébrité en chair et en os au mariage.

Une « célébrité ». Tom inspecte son rétroviseur. Il est bien suivi, comme d'habitude, par le 4 × 4 noir de son conseiller en sécurité. Lorsqu'elle a fait la connaissance de ce Damon, Hanna a trouvé l'idée très drôle ; elle n'arrêtait pas de citer les répliques de Whitney Houston dans *Bodyguard*. Elle aimerait beaucoup voir le garde du corps porter Tom hors d'atteinte d'une menace quelconque, ça la mettrait de bonne humeur pour toute la journée.

— Ils veulent juste que je détourne l'attention des paparazzis, marmonne-t-il.

Avec l'avènement des téléphones à appareil photo intégré, il se fait sans cesse pourchasser dans la rue. Il se plaint régulièrement de « ne pas pouvoir pisser un coup sans atterrir sur un site people le lendemain matin ».

— Tu restes avec moi tout le temps, hein ? demande-t-elle en allumant l'autoradio – avant de regretter son geste, car le *drum and bass* envahit la voiture à plein volume.

— Comment tu supportes ce genre de bouse ?

— Tu préfères écouter du Fatal Limits ? répond-il avec un petit sourire. Peut-être que j'en ai dans la boîte à gants...

— Le nouvel album ? fait-elle, méfiante.

— Ça dépend. Est-ce que par « nouvel album » tu entends la version qui vient d'être enregistrée, mais pas encore mixée et très loin d'être pressée ?

Il continue de tapoter en rythme sur le volant au son de la cacophonie qui sort de la stéréo.

— Bien sûr que non, lâche-t-elle, pince-sans-rire. Je n'ai qu'une envie, c'est d'écouter toutes vos vieilles chansons que je connais par cœur.

Il lui tape la cuisse et se penche afin d'ouvrir la boîte à gants. Un million de CD entassés se déversent à droite, à gauche, sur les jambes de Hanna, sous son siège, et elle doit se tortiller dans tous les sens pour les ramasser. Tom ignore ses remontrances et choisit une pochette blanche, complètement anonyme. Elle réussit tant bien que mal à les remettre en place et à refermer le petit volet en se jurant de ne plus jamais l'ouvrir. Tom insère le CD dans le lecteur.

Des accords de clavier mélodieux adoucissent enfin l'atmosphère. Il attend quelques minutes avant de solliciter son avis.

— Ça change du précédent…

C'est tout ce qu'elle se permet pour l'instant. Sourcils froncés, elle écoute attentivement et remarque que le groupe d'ordinaire plutôt axé sur les guitares n'a pas lésiné sur les arrangements technos, avec une basse électrofunk sur l'ensemble des morceaux.

— On voulait se renouveler, explique Tom avec un haussement d'épaules censé exprimer sa nonchalance.

Hanna semble si concentrée qu'il choisit de se taire.

Durant l'heure qui suit, jusqu'à ce qu'ils parviennent à destination, ils ne disent mot. Elle est même surprise quand Tom coupe le moteur. Là, elle relève la tête et reprend ses esprits : ils sont arrivés, et dans quelques instants ils vont assister au mariage du fils aîné des Larsen après une année de fiançailles.

Hanna soupire, les yeux rivés sur le tableau de bord, puis elle se souvient qu'elle a abandonné le droit de réagir de la sorte trois ans plus tôt. Les Larsen ont entièrement raison de passer à autre chose. Quant à Richard, elle l'a supplié, elle lui a répété en boucle que leur couple n'avait aucun avenir, qu'elle ne voulait pas qu'il la suive en Australie.

Tout le monde doit aller de l'avant, alors pourquoi est-elle si déprimée ?

— Prête ?

Tom retire la clé de contact et se regarde dans le rétro, retrousse la lèvre supérieure et se frotte les incisives de l'index, comme s'il avait un bout de salade coincé.

— C'est parti, répond-elle.

Elle ouvre la portière, lisse sa robe bleue sur ses cuisses. Ses talons aiguilles s'enfoncent dans le gravier, rendant la marche plutôt pénible. Tom la considère, l'air moqueur.

— Arrête avec ton petit sourire narquois, McLean, grogne-t-elle. Sinon, tu devras me porter.

— Ce serait avec plaisir, mais je pars bientôt en tournée mondiale, je ne voudrais pas me froisser un muscle.

Ils sont conduits au lieu de la cérémonie et s'assoient au dernier rang en espérant – chacun pour une raison différente – ne pas se faire repérer.

Hanna profite des quelques minutes avant le début du mariage proprement dit pour observer sans être vue, ravie de rester anonyme. Au premier rang elle aperçoit Steven et Ruby, Claire et sa mère Lilian, toujours bon pied bon œil malgré ses quatre-vingt-quinze ans.

Puis les battements de son cœur commencent à s'accélérer.

En face de leurs parents, à droite de la salle, Richard et Nathan ont du mal à tenir en place. L'aîné donne un coup de coude dans les côtes de son cadet, qui répond par une tape sur le bras. Claire se penche afin de leur glisser un mot, qui les fait éclater de rire. Quand Richard se tourne de profil, Hanna croit à une apparition : le soleil généreux qui se déverse par la fenêtre crée un halo derrière sa tête.

Il est aussi beau que dans son souvenir. D'un œil expert, elle suit la ligne parfaite de son nez, de sa bouche pleine, de sa mâchoire carrée. De là où elle est, elle ne peut distinguer s'il est rasé de près – sûrement, tel qu'elle le connaît –, mais lui revient l'image de sa barbe naissante lors de leurs petits déjeuners au lit, des vêtements éparpillés autour du lit... Quelques larmes lui montent aux yeux.

Richard s'incline et murmure à l'oreille d'une jeune femme assise avec la famille. Celle-ci tend la main pour lisser la veste de son costume. Hanna retient son souffle : Richard regarde la fille et lui sourit gentiment. Elle est déjà au courant pour Meredith, la fiancée dont Ruby lui a parlé, mais, avant qu'elle n'ait pu trouver quel comportement adopter face à cette scène touchante, la marche nuptiale retentit et toute l'assemblée se retourne afin d'assister à l'arrivée de Lucy, la promise de Nathan, qui descend l'allée centrale au bras de son père, suivie d'un long cortège de demoiselles d'honneur. Le regard braqué vers l'arrière, les invités repèrent surtout la présence de Tom. Nombre d'entre eux sortent leur téléphone pour prendre des photos, ignorant ostensiblement la future mariée. Hanna est contrariée – amener une star n'était peut-être pas une si bonne idée, en fait.

— Désolée, on dirait que tu es découvert, souffle-t-elle à Tom, qui feint de ne pas remarquer les flashs.

— C'est tout le temps pareil, répond-il en vérifiant par-dessus son épaule qu'un employé de la sécurité est toujours planté dans un coin, faisant de son mieux pour demeurer invisible. Ne t'inquiète pas, c'est pour toi que je suis là.

Devait-elle assister au mariage ? Ils ont pesé le pour et le contre des jours durant. Dans un premier temps, elle a cru que les Larsen l'avaient invitée par obligation, en espérant qu'elle s'abstiendrait. Mais Claire puis Nathan l'ont appelée pour la supplier d'accepter en lui promettant qu'il n'y aurait aucun malaise entre elle et Richard. Claire a même suggéré que Tom l'accompagne, une idée sans doute soufflée par Ruby, toujours sous le charme.

Après l'échange des anneaux, l'assemblée migre dans la salle à manger pour le déjeuner. Tom et elle ont été placés avec des jeunes gens entre vingt et trente ans, au centre de la pièce, mais Hanna ne peut s'empêcher de jeter des coups d'œil à la table d'honneur, d'essayer de repérer Richard, puis d'admirer longuement son physique sublime.

— Arrête de le mater, lui souffle Tom. Il va finir par s'en apercevoir.

Hanna rougit et détourne une fois de plus le regard. Elle se demande comment gérer la suite des événements. Encore huit heures à tenir… elle va sûrement finir par se ridiculiser.

— Rappelle-le-moi de temps en temps.

Elle se tourne vers son voisin de gauche, un certain Mosh, qui tente de la distraire avec une anecdote de mauvais goût où il est question de Nathan, d'une brosse à dents oubliée et d'un « balai de chiottes ». Elle se félicite d'avoir fini son parfait au chocolat avant qu'il ait commencé son récit.

Après le dessert viennent les discours. Quand, en tant que témoin, Richard se lève, Tom la prend par les épaules et elle se penche vers lui en le remerciant mentalement de son soutien. Entendre son ex parler du « grand amour », même sur le ton de la plaisanterie, fait aussi mal qu'une lame plantée dans le cœur. Les lèvres de Richard remuent doucement et il hausse les sourcils pour souligner une boutade qui fait s'esclaffer toute l'assemblée. Lorsqu'il porte un toast aux mariés en buvant une gorgée de champagne, sa pomme d'Adam proéminente monte et descend sous sa peau lisse. Hanna est comme hypnotisée.

L'après-midi tire à sa fin et, au coucher du soleil, les invités gagnent la salle de bal, où un orchestre joue des morceaux de variété, que Tom et Hanna jugent plutôt divertissants. Petit à petit, quelques rares courageux, repus et pompettes, s'avancent sur la piste, encore un peu hésitants.

Tom se rend aux toilettes après avoir promis de revenir très vite. Elle se retrouve seule au bar et commande une bière dans l'espoir de se désinhiber.

— Salut.

Richard. Accompagné de Meredith – elle paraît toute frêle face à l'imposante stature de son fiancé. L'espace d'un instant, le cerveau de Hanna reste entièrement vide, la panique l'envahit tandis qu'elle cherche désespérément que répondre.

— Salut.

Pas la réplique du siècle, mais au moins elle ne passe pas pour une demeurée.

— Je te présente Meredith Devries. Meredith, voici Hanna Vincent.

Elle lui serre la main, surprise par la douceur de sa peau, et surtout par la mollesse de son poignet.

— Enchantée, ajoute Hanna, qui n'en revient pas de sa propre courtoisie – automatisme dû à son éducation, sans doute.

— Moi de même. Tu es une amie de Lucy ?

Donc, Richard ne lui a rien dit... Intéressant. Pour la première fois depuis le début de la conversation, Hanna lève les yeux vers lui, qui évite de croiser son regard, mais semble fixer sa bouche. Sans savoir pourquoi, elle s'humidifie les lèvres du bout de la langue.

— Non, répond-elle, je suis une copine de Ruby.

L'explication en vaut une autre.

— Qu'est-ce que j'ai raté ?

La voix de Tom lui fait l'effet d'un grand verre de limonade fraîche un jour de canicule. Elle lui prend la main.

— J'ai fait la connaissance de Meredith.

— Oh ! incroyable ! s'exclame la jeune femme. C'est toi, le chanteur, là... Ma sœur adore vos disques.

Un grand sourire illumine son visage. Hanna dresse mentalement la liste de toutes les raisons qui lui font détester les jolies Américaines.

— Merci. Et toi, tu es fan de musique ?

— En fait, j'en écoute presque jamais, lui chuchote-t-elle à l'oreille, comme si elle lui confiait un secret.

Hanna n'a jamais levé les sourcils aussi haut. Si elle voulait cacher sa surprise, c'est raté. Elle réussit à capter le regard de Richard, qui lui adresse un grand sourire. Auquel elle répond sans la moindre gêne.

Malgré le niveau déplorable de l'orchestre, Tom et Hanna se mettent à danser en faisant les andouilles. Elle se tord de rire quand il se lance dans une parodie de John Travolta en sautant d'un bout à l'autre de la pièce – évidemment, un certain nombre de téléphones portables passent en mode vidéo. Elle ne peut que le remercier en son for intérieur ; il l'a assistée dans l'épreuve d'aujourd'hui, il n'hésite pas à se ridiculiser dans l'unique but de la faire rigoler, c'est un ami, un vrai.

Lorsque Ruby rejoint la piste de danse, Hanna lui indique par gestes qu'elle doit se rendre aux toilettes. Elle veut la laisser seule avec Tom, que la jeune fille ait au moins ce tête-à-tête à décrire à ses copines quand elle rentrera à la fac. Elle s'éloigne alors qu'ils entament une version très personnelle de la macarena.

Il se fait tard et les convives quittent peu à peu les lieux. Il n'y a pas un chat dans les toilettes à la déco élégante, où de jolies serviettes, du savon anglais hors de prix et de la lotion hydratante attendent les invités – ni sèche-mains électrique ni Pouss'mousse pour les hôtes de Chalkley Manor.

Au moment de ressortir, elle tombe sur Richard, les traits crispés.

— Je peux te poser une question ?

Il la fait reculer dans la pièce en lui prenant le poignet. Le cœur de Hanna tambourine dans sa poitrine. Ils ont bu toute la soirée et elle se demande s'il oserait ce genre d'intrusion à jeun.

— Oui, dit-elle dans un souffle, comme si sa vie en dépendait – c'est la seule réponse qui lui vient à l'esprit.

— Tom et toi, vous niquez ?

Elle ouvre grand les yeux, et la bouche à s'en décrocher la mâchoire. L'espace d'un instant, elle est furieuse. De quel droit s'immisce-t-il dans sa vie privée ? Et de façon aussi grossière ? Puis elle entrevoit pourquoi cette supposée liaison le taraude, et son visage se radoucit.

— On est juste amis.

Elle constate à quel point il est soulagé, mais son indignation la reprend subitement : il sort avec une fille alors qu'elle est toujours célibataire.

Par sa faute à elle, mais quand même…

— En fait, puisque c'est si gentiment demandé, je n'ai « niqué » avec personne depuis trois ans.

Le calcul est simple, elle n'a eu aucun partenaire depuis leur rupture.

Il s'approche d'elle. Ils ne sont plus qu'à quelques centimètres. Elle se raidit. Un pas de plus et ils se trouveraient collés l'un à l'autre. Elle n'aurait plus qu'à lever le menton, lui à baisser le sien, et leurs lèvres se rencontreraient dans un baiser mémorable. Tous deux respirent de plus en plus fort ; ils sont tout près du passage à l'acte.

— Avec personne ? Comment ça se fait ? demande-t-il d'une voix tendue en serrant les poings, comme s'il se retenait de la caresser.

Hanna hésite. La réponse joue sur sa langue, danse sur ses lèvres, mais si elle répond honnêtement elle trahira ses sentiments. Est-elle prête à avouer ? Elle ne peut s'empêcher de se pencher vers lui et, même dans sa robe de soirée, elle se sent nue, à vif, si vulnérable. Il cherche à croiser son regard ; elle éprouve alors le besoin de s'ouvrir à lui et d'admettre la vérité :

— Parce que je n'ai jamais aimé que toi.

Elle voit son expression passer de la perplexité à la rage la plus crue. Elle redoute tant sa réaction qu'elle recule d'un pas. Il laisse échapper un grondement furieux, puis se tourne et donne un grand coup de poing dans le miroir, qui éclate en mille morceaux dans le lavabo et sur le carrelage.

Quelques secondes passent, qui semblent des heures. Aucun des deux ne bouge ; ils sont pétrifiés par la révélation de Hanna et la réaction de Richard. Enfin, il se frotte le poing, elle essaie de le toucher, là où des gouttes de sang commencent à perler, pour tenter de calmer sa douleur.

Sa douleur physique, au moins.

— Tu n'as pas le droit…, lâche-t-il, l'air encore plus féroce, avant de déplier ses doigts blessés et de lui lever le menton. Pas le droit de revenir dans ma vie comme si de rien n'était en déclarant que je suis ton seul amour. Avoue que tu as menti.

Elle secoue la tête, elle refuse de dire une chose pareille.

— Putain, Hanna ! La fille que j'ai demandée en mariage est à dix mètres d'ici et elle ne se doute de rien. Tu veux peut-être que je lui brise le cœur, comme tu as brisé le mien ?

— Non. Je suis désolée.

Les larmes coulent à flots, inondant ses joues. Tout ce qu'elle a dit est vrai.

Richard tend sa main ensanglantée afin de caresser l'ovale de son visage et d'essuyer ses larmes, puis il atteint sa bouche. Il laisse son pouce errer sur ses lèvres d'un geste si doux qu'elle ne le perçoit qu'à peine. Il est au bord de craquer, elle le sait. Elle se tient coite, craignant qu'il ne cède à son désir.

— Je vais partir d'ici. Et essayer d'oublier tout ce que tu viens de dire.

Des lèvres, il effleure sa joue. Elle doit faire un effort surhumain pour ne pas s'approcher et l'embrasser.

— Ne me suis pas, ne m'adresse plus la parole, ajoute-t-il. Sinon, je ne crois pas être capable de me retenir.

— D'accord, murmure-t-elle, immobile comme une statue parmi les débris de glace à ses pieds.

Il recule jusqu'à la porte sans la quitter des yeux. Passé le seuil, il se retourne une dernière fois.

— Tu n'as jamais été aussi belle.

# 17

*19 février 2009*

Richard observe la liste des nouveaux contrats de location. Il écoute à peine le directeur du département immobilier, qui passe le trimestre en revue. Depuis la crise des *subprimes* l'année dernière, cette branche a connu une véritable hémorragie financière. Même les contrats les plus anodins doivent être surveillés de près.

La holding a durci ses conditions de prêt : la solvabilité du client doit être vérifiée et revérifiée, l'apport initial augmenté, et les bilans des compagnies locataires sont épluchés à la loupe pour s'assurer de leur viabilité.

— C'est quoi, ce compte-là ? s'interroge Seth Brown en pointant de l'index une toute petite ligne à la première page. « Buzz Media », rien que le nom sent le risque à plein nez, tu ne trouves pas ?

— C'est un site Internet, ils sont installés à Londres, répond Nick Martin, le responsable des locations, en repoussant une longue mèche brune qui lui tombe régulièrement dans les yeux. Ils ont eu notre feu vert dans tous les domaines comptables. Un de nos agents a rencontré leur représentante et m'a fait un rapport détaillé.

— La société existe depuis longtemps ? demande Richard en feuilletant le document pour trouver des détails sur la structure en question.

— Presque trois ans. Ce n'est pas une start-up. Une des fondatrices est venue de Londres pour créer un bureau à New York, c'est elle qui a négocié avec notre agent.

Maxwell Enterprises a toujours possédé des immeubles aux quatre coins des États-Unis mais, comme l'entreprise ne pouvait gérer l'ensemble de ses innombrables clients, elle a externalisé le tout-venant. Ce n'est que depuis peu que Richard doit s'en mêler ; il faut éviter à tout prix de signer avec une entité dont la rentabilité n'est pas clairement établie.

Les temps sont durs.

En bas de la page, il trouve un nom qui le cloue sur place. C'est bien la dernière personne qu'il s'attendait à voir louer des locaux en plein Manhattan.

Hanna Vincent.

— Et ces gens, ils ont l'intention de rester ? ajoute-t-il, la bouche sèche, les yeux fixés sur ce nom, toujours incrédule.

— Tout à fait. Ils sont en train de recruter un directeur pour la branche américaine. En CDI, selon leur représentante.

Richard se recule dans son fauteuil, le dos raide, et rumine la nouvelle sans s'occuper des questions qu'abordent les membres du comité de direction. Après toutes les horreurs qu'elle a proférées sur cette ville, ses refus répétés de déménager quand ils étaient en couple… elle habite ici et il n'en savait rien.

Avec un petit rire, il bat sa coulpe : il ne devrait même pas penser à elle. La dernière fois qu'il l'a vue, au mariage de Nathan, il lui a clairement intimé l'ordre de l'éviter. Alors pourquoi est-il surpris qu'elle ne l'ait pas prévenu ?

Il s'est montré si inflexible ce soir-là. Pourtant, apprendre qu'elle ne se trouve qu'à quelques kilomètres lui fait l'effet d'une bombe.

La vraie question, c'est pourquoi sa famille ne lui a rien dit. En fait, il connaît la réponse. Son père a bien vu dans quel état la rupture l'avait laissé. Il a même remarqué leur rencontre le jour des noces et n'a pas du tout apprécié que Richard ait suivi Hanna aux toilettes.

La porte de la salle de conférences s'ouvre et Lisa passe la tête en indiquant le téléphone qu'elle tient à la main. Richard rejoint son assistante et lui chuchote à l'oreille :

— C'est qui ?

— Meredith. Elle est avec ta mère, elle dit que c'est urgent.

Richard ferme la porte derrière lui et part s'isoler dans le couloir.

— Meredith ?

Il ne voulait pas prendre un ton aussi sec, mais ils ont eu cette discussion maintes fois : elle l'appelle trop souvent au bureau et ce qui, selon elle, « ne peut pas attendre » ne vaut pas toujours la peine de le déranger en pleine réunion.

— Richard, on est au Westchester Country Club. C'est superbe, ils proposent des prestations fabuleuses pour les mariages, explique Meredith pendant qu'en bruit de fond se font entendre les exclamations ravies de Caroline. Et ils m'ont donné le numéro d'un *wedding planner* absolument fantastique ! C'est un peu cher, mais sa société est la plus cotée ; il faut vraiment qu'on les appelle…

— Ça ne pouvait pas attendre ce soir ?

— Non, parce que je pars demain et on doit prendre rendez-vous tout de suite. Si on ne se met pas sur les rangs, ils vont être surbookés. Déjà qu'ils n'ont rien de libre avant juin 2011…, poursuit-elle, hors d'haleine tant elle s'enthousiasme.

Richard ferme les yeux et se demande pourquoi il doit être mêlé aux mille et un détails de la cérémonie.

— Alors passe-leur un coup de fil et fais de ton mieux, mais tu devras vérifier avec Lisa pour le jour et l'heure du rendez-vous.

Meredith pousse un hurlement de joie ; Richard écarte le combiné de son oreille, un petit sourire aux lèvres.

— Alors, on fixe une date à l'été 2011, c'est ça ?

Il doute de pouvoir supporter les appels « urgents » jusque-là.

— Bien sûr, il faut bien deux ans pour tout mettre au point.

Quelques coups de téléphone aux bonnes personnes lui ont permis de glaner d'autres informations sur Buzz Media et son bureau new-yorkais. Malgré la crise, la compagnie prospère ; l'abonnement à son site Web ne coûte pas grand-chose et il intéresse des tas de clients. On s'accorde à dire qu'il est judicieux de l'aider à se développer aux États-Unis.

En temps normal, ce n'est pas le genre de contrat dont Richard s'occupe. Les sommes engagées sont trop minimes pour qu'il y consacre davantage qu'un rapide coup d'œil et, de toute façon, il est clair que l'entreprise est saine. C'est pourquoi il s'interroge : que fait-il à l'arrière de sa berline, en route pour Tower 6, à se demander ce qui a pu décider Hanna Vincent à venir travailler dans cette maudite ville ?

Le chauffeur gare la voiture devant l'immeuble de bureaux.

— Attendez-moi, s'il vous plaît, j'en ai pour cinq minutes, lui dit Richard.

Tout ce qu'il veut, ce sont deux ou trois réponses. Ensuite, il pourra retourner à son travail, à sa fiancée, à ses projets d'avenir.

Des projets bien arrêtés.

Les locaux que Maxwell Enterprises loue à Buzz Media sont parmi les moins chers du centre-ville. Ils se trouvent au troisième étage, avec une vue un peu glauque, et, en sortant de l'ascenseur, il n'est pas étonné de voir des meubles bas de gamme et des papiers peints aux couleurs criardes.

La toute nouvelle réceptionniste – Amanda, d'après son badge – prend son travail très au sérieux. Elle inspecte le passe de Richard en détail avant de le laisser entrer.

— Vous trouverez Mlle Vincent dans le deuxième bureau à gauche. Je vais l'appeler pour la prévenir.

— Pas la peine, Amanda, répond-il, sachant qu'il obtient toujours ce qu'il veut quand il appelle les secrétaires par leur prénom. Hanna et moi, on est amis depuis longtemps, je préférerais lui faire la surprise, précise-t-il sur le ton de la confidence.

Il tourne le coin du couloir et pousse la porte entrouverte. La musique qui sort à plein tube d'une enceinte iPod le fait sourire. Hanna est de dos, debout devant un catalogue, les cheveux en cascade sur ses épaules.

Le souvenir d'avoir touché ces boucles soyeuses lui donne des fourmis dans les doigts. Il ignore cet effet inattendu et toussote afin de signaler sa présence. Hanna se retourne et se fige à sa vue. Il redoute un instant sa réaction. Accueil poli ou grande tirade courroucée ? À sa grande surprise, un magnifique sourire éclaire son visage.

— Tu m'as fait peur ! s'exclame-t-elle, les yeux brillants, une main sur la poitrine comme pour calmer les battements de son cœur.

— Pas fait exprès, répond-il. Je peux revenir plus tard...

— Sûrement pas. Ça me fait plaisir, affirme-t-elle en contournant son bureau pour s'arrêter à un mètre de lui.

— À moi aussi.

C'est fascinant, elle n'a pas changé du tout. Le teint de sa peau douce, laiteuse, tranche avec ses pommettes roses et ses yeux bruns toujours aussi vifs. Elle est restée la jeune fille qu'il a rencontrée des années auparavant. Il détourne le regard de sa silhouette en se souvenant qu'il est censé être furieux. Difficile, pourtant... elle a l'air si ravie de sa visite.

— Alors, quel bon vent t'amène ? C'est Claire qui t'a dit que j'étais à New York ?

— Non. En fait, il se trouve que vous louez des locaux qui appartiennent à Maxwell Enterprises. Je viens vérifier que tout va bien. Enfin, que Buzz Media va bien, pas Hanna Vincent en personne, ajoute-t-il en tentant de garder son sérieux.

Elle rit, replace une mèche de cheveux derrière son oreille et s'assied sur un coin du bureau.

— Ton rapport sera élogieux, tu crois ?

— Je ne sais pas encore. Pourquoi tu ne m'expliquerais pas ta présence ici, pour commencer ?

Il conserve un ton nonchalant, mais il veut vraiment en savoir plus. Il tire une chaise et s'installe, les coudes sur les genoux.

— Je me suis fait rouler dans la farine, admet-elle en haussant les épaules. À force de flatteries, ma patronne a réussi à me persuader d'ouvrir la branche new-yorkaise de la boîte. Aucun collègue n'était partant, ils ont tous des bébés ou la bague au doigt, et ma double nationalité a fait le reste. J'ai à peine eu le temps de réfléchir que j'étais déjà en train de récupérer ma valise à la sortie de l'avion, à me demander comment j'avais bien pu atterrir ici.

Il étouffe un petit rire. Hanna au beau milieu du terminal de JFK, surprise de se trouver à New York malgré son obstination à éviter cette ville, l'image est plutôt comique.

— Tu loges où ?

Elle commence à balancer les jambes et il remarque la jupe courte qui laisse apparaître ses cuisses fermes.

— Je squatte l'appartement de Claire et Steven. À mon avis, le quartier a moins bonne réputation depuis mon arrivée.

— Trop de fiestas et de cocaïne ? plaisante Richard, qui essaie de détacher son regard des genoux de Hanna.

— Non, pas assez de manucures et de coupes de cheveux, dit-elle en cachant ses mains derrière son dos pour éviter qu'il ne s'y intéresse de trop près. Et surtout, il semble que les baskets ne soient pas recommandées, passé l'âge de vingt ans.

— C'est Olivia qui t'a briefée ? lance-t-il en se souvenant des critiques incessantes de la fameuse marâtre.

Elle secoue la tête en souriant.

— Oh ! ce que je peux être mal élevée ! J'ai oublié de te demander des nouvelles de Meredith. Comment va-t-elle ?

— Très bien. Elle devient assez bizarre avec le mariage à organiser. J'espère qu'elle ne va pas se transformer en fiancée de Frankenstein.

Il guette la réaction de Hanna sur son visage, mais elle demeure calme, attentive, souriante.

— Toutes les filles rêvent du jour J. Elle a bien le droit à quelques caprices, non ? répond-elle tranquillement.

Il commence à se demander si elle joue un rôle. Ou alors il se fait des illusions.

— Toi aussi, tu en rêves ?

À peine ces mots sont-ils sortis de sa bouche qu'il voudrait les ravaler. Hanna ne sourit plus du tout.

— Je ne m'autorise pas à fantasmer, Richard. J'essaie de me concentrer sur le présent.

Un désir de la prendre dans ses bras, de sentir son corps contre le sien, lui vrille les entrailles. La fille qu'il a connue fin 1999 et celle qui a subi la mort de sa mère se mélangent devant ses yeux. Cette vulnérabilité le ronge. Comme un homme de Cro-Magnon, il voudrait l'attraper et la cacher au fond de sa caverne, loin des bêtes sauvages. Il s'efforce de garder un ton léger :

— Tu penses rester longtemps ?

— Cinq mois minimum. Je dois tout organiser et je n'ai toujours pas trouvé le futur directeur qui nous conviendrait.

— Appelle ma DRH, elle peut te filer quelques tuyaux.

Il sort son téléphone et griffonne le numéro sur un post-it. Elle lui sourit avant de tendre le bras. Au moment où ses doigts saisissent le morceau de papier, leurs peaux se touchent, et elle retire sa main comme sous l'effet d'une brûlure. Le papier se déchire en deux.

— Désolée, s'excuse-t-elle, les yeux baissés. Je suis un peu nerveuse.

— Pas de problème. De toute façon, faut que j'y aille. Ravi de t'avoir revue.

— Pareil. Merci d'être passé.

— Tu viendrais dîner avec moi la semaine prochaine ? Histoire de rattraper le temps perdu, de se donner des nouvelles…

Il n'a pas l'impression d'avoir prononcé ces phrases, c'est comme si elles avaient jailli de nulle part, mais jamais il ne les regretterait ; l'idée de passer une soirée avec elle lui donne de doux frissons.

— Pourquoi pas ? Ça me ferait plaisir.

— C'est toi qui choisis le restaurant.

Il faut qu'il parte d'ici au plus vite, avant de se compromettre. Il écrit son numéro de portable sur un bout de papier – mais peut-être s'en souvient-elle ; il n'en a pas changé depuis des années. Il le lui passe en faisant attention à ne pas effleurer ses doigts, car un nouveau contact entre eux serait fatal.

— À bientôt.

Il s'en retourne par le couloir et remercie le ciel que l'ascenseur arrive en deux secondes. Là, il pose son front sur le miroir glacé en évitant son propre regard. Mais à quoi joue-t-il, bordel ?

Concrètement, il est en train de foutre sa vie en l'air.

Une fois de plus.

Le Cherry Blossom Café se situe à un jet de pierre de son appartement. Hanna l'a choisi parce qu'elle connaît bien les propriétaires et qu'elle apprécie l'atmosphère très cool qu'ils ont su créer.

Ils programment des événements tous les soirs, au sous-sol : groupes de rock, lecture de littérature, pièces de théâtre montées pour l'occasion… On ne sait jamais à quoi s'attendre. Il suffit d'arriver, de commander et d'espérer que le spectacle en vaudra la chandelle.

Du coup, Richard et elle ne se sentiront pas obligés de meubler les silences, un avantage qui a pesé dans sa décision. Elle redoute un peu l'intimité d'un dîner en tête à tête trop formel, et préfère éviter l'adrénaline d'une salle de concert. Voilà donc le juste milieu. Ils seront assis autour d'une table, mais pas seuls au monde pour autant.

Elle adore cet endroit depuis la première fois qu'elle en a franchi le seuil, il y a quelques mois. Elle errait toute seule dans le quartier qui venait de l'accueillir, pas très à l'aise, comme une petite nouvelle à l'école, mais dès qu'elle a poussé la porte elle s'est sentie chez elle. Elle a été séduite par les murs bleu nuit, le plancher brut, la déco sans prétention et l'accueil chaleureux d'Alonso et de sa femme.

En entrant, elle salue Elaine de la main. Arborant une choucroute sixties et une robe aux motifs géométriques qui épouse ses formes généreuses, la patronne prend la commande d'une grande tablée au fond de la salle. Elle lui indique la place réservée à l'arrière, à un ou deux mètres de la scène. Hanna réprime un rire quand elle s'aperçoit que la poésie est à l'honneur ce soir, et qu'ils seront au premier rang. Elle espère que Richard ne va pas s'enfuir en courant.

Elle est arrivée la première ; cette pensée la réconforte et toute nervosité l'abandonne. Deux vieux amis qui se retrouvent pour dîner et discuter, pas de quoi s'inquiéter…

Et puis elle voit Richard.

Son sang ne fait qu'un tour, et elle a l'impression que de l'acide coule dans ses veines. Son cœur bat à se rompre. Le désir – le besoin, même – transperce son corps comme des stalactites acérées. Elle admire son profil alors qu'il se penche au-dessus du bar, elle détaille la ligne parfaite de sa mâchoire, de l'oreille au bout du menton, soulignée par l'ombre d'une barbe naissante. Il accepte la bière qu'Alonso lui tend et, d'aussi loin qu'elle se trouve, elle remarque que la commissure de ses lèvres se relève et que même ses yeux sourient, gage de sincérité.

Il prend son demi et se retourne. Elle le voit de face à présent, en pantalon noir et chemise blanche. Peut-être est-il venu directement du boulot et a-t-il décidé d'enlever sa cravate et de remonter ses manches pour paraître moins guindé. Il a même déboutonné le haut de sa chemise, révélant l'amorce de son torse et quelques poils noirs à peine bouclés.

La voix d'Elaine arrache Hanna à sa contemplation :

— Tu veux aller t'asseoir ?

— Oui, répond-elle avec un sourire, on dirait bien que mon invité est là. Je ferais mieux d'aller le saluer.

— Alors allez vous installer, je t'apporte un verre. Sancerre ?

— Oui, parfait.

Quand elle s'approche, Richard la remarque enfin et descend de son tabouret. Les manches de sa chemise sont toutes froissées, mais elle ne peut s'abstenir d'admirer ses avant-bras musclés, sa peau mordorée et ses poils bruns.

Ces mains sur son corps, ces lèvres douces sur les siennes... les réminiscences l'assaillent, elle inspire profondément afin de reprendre contenance. Il lui suffirait de faire un pas pour coller son oreille sur son torse. Elle se pince pour s'en empêcher.

— Tu veux boire quelque chose ? demande-t-il en se penchant pour l'embrasser sur la joue.

Ce contact d'à peine une seconde suffit à enflammer tout le corps de Hanna.

Ce dîner, quelle idée !

Comment a-t-elle pu penser une seule seconde qu'elle allait affronter la soirée sereinement ? Elle a cru que ce serait là l'occasion de se racheter, de se faire pardonner sa disparition soudaine. Elle désirait lui présenter ses meilleurs vœux pour Meredith et lui... Mais au lieu de ça, la voilà propulsée dans le passé – ces quelques mois radieux où leur désir mutuel atteignait des sommets. Avant la maladie de sa mère.

— Merci, mais Elaine a déjà pris ma commande. On va s'asseoir ? propose-t-elle d'un ton calme et mesuré – si elle joue parfaitement son rôle de simple amie, son cerveau suivra peut-être.

Elle le précède. Sans Richard en ligne de mire, elle retrouve une certaine tranquillité d'esprit… l'espace de deux secondes, le temps qu'ils prennent place de chaque côté de la table de bistrot, où une bougie éclaire leurs visages.

— Je ne crois pas être déjà venu ici, dit-il en s'emparant du menu pour y jeter un coup d'œil. Ça a l'air sympa.

— Je pensais que tu connaissais, comme c'est tout près de chez tes parents.

Il prend une gorgée de bière en levant les yeux de la liste des plats.

— Non, on a probablement testé tous les autres restaus, mais pas celui-ci. Ils sont ouverts pour le petit déj' ?

— Je crois. Je ne leur ai jamais posé la question, je mange rarement avant midi.

— Oui, je me souviens, dit-il avec un grand sourire.

— Je n'ai jamais eu l'occasion de m'excuser, bredouille-t-elle. Pour la lettre. Et la façon dont je t'ai quitté.

Il ne sourit plus. Il repose soigneusement le menu sous plastique et en lisse les plis de la paume, le temps de réfléchir. Puis il la regarde, l'air on ne peut plus calme.

— Tu tiens vraiment à en parler ?

Elle opine de la tête. Même s'ils ne se revoient plus jamais – ce qui risque bien d'arriver à cause de sa bêtise et de sa précipitation à mettre les pieds dans le plat –, elle tient à lui proposer les seuls sentiments qui lui restent : ses regrets.

— Je veux que tu saches à quel point j'ai apprécié ton soutien, dit-elle. Quand maman était malade, tu m'as maintenue à flot. Je connais l'adage, on fait d'abord souffrir ceux qui nous aiment, mais je n'ai aucune excuse pour t'avoir abandonné comme ça, explique-t-elle en tripotant nerveusement son verre, ses doigts glissant sur les gouttes de condensation. Si ça peut te consoler, ce dont je doute fort, j'ai bien envie de me botter le cul.

Il rit discrètement.

— Je ne suis pas sûr de mériter la médaille d'or sur ce coup-là. Je ne suis pas très fier non plus de la façon dont je t'ai traitée au mariage de Nathan. En temps normal, je ne suis pas si violent quand je vais aux toilettes.

Vision fugitive d'un sol carrelé couvert de débris de verre.

— Je l'avais bien mérité.

— N'y pense plus. C'est digéré, tout ça. Ce qui est fait est fait. J'espère qu'on en est sortis un peu plus philosophes, tous les deux.

Cette mansuétude la sidère. Soit il a vraiment franchi un cap, auquel cas elle devrait se réjouir, soit il joue son rôle comme un pro.

— Alors, l'Australie ? Raconte.

Sa manière de changer de sujet la fait sourire et elle décide d'accepter la branche d'olivier si généreusement tendue.

— Ça me paraît bizarre, maintenant. Tu sais, un peu comme les souvenirs d'un Noël dans mon enfance. Quand j'y pense, j'ai l'impression de voir une autre Hanna, qui aurait vécu ma vie pour quelques mois, explique-t-elle avec un haussement d'épaules. Je ne sais pas… je suis peut-être un peu schizo.

— Tu restais en contact avec des amis, quand même ?

Devant ce ton léger, elle le scrute, mais les yeux de Richard ne trahissent rien.

— Avec Ruby, bien sûr. Et j'étais obligée de correspondre avec Jamie et Natalie pour le boulot. J'ai croisé

Tom une fois, quand les Fatal Limits ont fait un concert à Sydney. Un désastre ! Je me suis bourré la gueule et j'ai sangloté toute la nuit. Ils refusaient de me laisser rentrer seule à la maison, ils avaient peur que je fasse une connerie.

Un éclair illumine le regard de Richard. Elle tente de l'analyser mais, en fait, c'est sans doute la bougie qui lui joue des tours. Elle boit une gorgée avant d'enchaîner :

— J'ai mis un certain temps à comprendre qu'on ne peut pas fuir éternellement la dépression, et en fin de compte j'ai réalisé que je devais rentrer. Je repoussais l'inévitable. De toute façon, c'est toujours agréable de retrouver les gens qu'on aime.

Elle l'observe nerveusement, gênée d'avoir prononcé ces mots. Il a dû se faire les mêmes réflexions, aussi souvent qu'elle. Il soutient son regard un peu trop longtemps. Ce léger malaise la décide à changer de sujet :

— Parle-moi de Meredith. Elle a l'air sympa.

— On s'est rencontrés à une expo de peinture.

Le visage crispé de Richard trahit sa tension.

— Je suis sûre que Caroline l'adôôôre, lâche-t-elle d'un ton snob pour essayer de décrocher un sourire.

— Apparemment, elles partagent la même passion pour les lieux de réception hors de prix.

— À quand les noces ?

Il hausse les épaules et redevient sérieux.

— Pas avant 2011. Il faut qu'on affine le calendrier.

Quand Elaine apporte leurs plats, il change encore de sujet. Il se met à expliquer comment la crise financière a impacté Maxwell Enterprises et pourquoi ils doivent consolider leurs bénéfices. Elle lui demande des nouvelles de Daniel et s'efforce de réprimer ses larmes lorsqu'il détaille les problèmes de ce dernier et la vente de ses parts.

Peut-être à cause de l'alcool, ou grâce au soulagement après avoir avoué leurs remords, l'atmosphère s'est bien détendue au moment où commence la récitation de poèmes. Elaine a débarrassé leur table, ne laissant que leurs boissons. D'abord placé dos à la scène, Richard retourne sa chaise et la rapproche de celle de Hanna. Celle-ci sent le coton de sa chemise contre son bras nu. Devrait-elle s'écarter ?

Une telle proximité la déstabilise.

— S'ils essaient de me faire monter sur scène, tu viendras à mon secours, hein ? lui susurre-t-il à l'oreille.

— Au contraire, je vais te désigner comme volontaire, répond-elle avec un sourire sournois. J'ai trop hâte d'entendre ton poème sur la crise des *subprimes*.

— T'as raison, j'imagine déjà le premier quatrain : « Ô fonds de pension, / Crise qui nous ruina, / Plus d'sous à l'horizon, / On est dans le c… »

— Chut, fait-elle en lui donnant une petite tape sur le bras, avant de retirer sa main, toute gênée. Je te jure, si tu continues, je t'amène devant le micro manu militari.

— C'est toi qui as commencé…

Il s'interrompt, car une femme vient d'apparaître sur scène, dans un grand frou-frou de jupe longue pour un effet plus dramatique.

Ils gardent le silence tandis qu'elle déclame, accompagnée d'un batteur de *steel drum* un peu trop enthousiaste. Elle ne trahit ni trac ni embarras, et même si Hanna ne s'intéresse que de très loin à la poésie, malgré son diplôme de littérature, elle est ébahie par la façon dont cette passionnée se lance à corps perdu dans son texte. Même Richard se tient à peu près tranquille, et il parvient à dissimuler ses fous rires naissants derrière deux ou trois quintes de toux.

Hanna, elle, est raide comme un piquet – il est si près qu'elle n'arrive pas à se décontracter. Comme s'ils étaient toujours en couple, son corps est attiré du côté de Richard, elle aimerait poser la tête sur son épaule. Il a sa cuisse à seulement trois centimètres de la sienne. Elle ne peut s'empêcher de jeter des coups d'œil à sa main posée sur son pantalon Gucci ; elle aimerait la voir bouger, s'approcher d'elle, de sa peau…

Ressent-il une pulsion aussi forte que la sienne ?

Elle se mettrait une gifle ; elle n'a pas le droit d'entretenir de telles pensées. Il est fiancé, plus question de fantasmer.

Son cerveau a beau raisonner, sa chair insiste. Sa position rigide lui fait mal au dos. Elle s'imagine collant la joue contre son torse, gagnée par sa chaleur. Elle brûle de sentir sa cage thoracique se soulever, d'entendre le rythme rassurant des battements de son cœur.

Dieu merci, le spectacle se termine.

# 18

*28 août 2009*

Quand Richard se gare sur les graviers du parking, il fait déjà presque nuit. Il prend le temps de se composer une figure afin de masquer sa nervosité. Allez, tout va bien se passer.

De toutes les œuvres caritatives de la fondation Maxwell, celle qui le touche le plus, c'est ce Camp Leon. Il n'est pas question ici de paillettes, de se montrer dans ses meilleurs atours, de « voir et être vu » ; seuls comptent les enfants, les fils et filles de ceux qui ont péri – ou ont à peine survécu – lors du drame du 11 Septembre. Il les voit grandir depuis six ans. Certains ne trouvent pas leur place dans la société et jouent les ados rebelles, d'autres deviennent en grandissant des jeunes gens exceptionnels et reviennent en tant que moniteurs. Quoi qu'il en soit, tous occupent une place à part dans son cœur.

En 2002, la fondation a acheté ce terrain abandonné. La première année, ils ont reconstruit les cabanes en bois et ont sécurisé la zone en asséchant le vieil étang mal entretenu. En 2003, ils ont organisé la première série de séjours, gratuits pour les orphelins du World Trade

Center. Pour certains c'était la seule occasion d'échapper à l'air malsain de la ville, pour d'autres de se comporter en enfants insouciants pour la première fois depuis des lustres. La seule différence avec d'autres camps de vacances, c'est que l'équipe compte de nombreux thérapeutes afin d'aider les petits à s'ouvrir et à parler de leur deuil dans un environnement calme.

— Richard, t'es arrivé ! s'exclame Ruby en courant pour lui sauter au cou et le serrer très fort, un sourire radieux aux lèvres. T'entends la musique ? C'est le délire, les gamins adorent !

Ce concert, c'est une première. En mars dernier, dans les locaux de Buzz Media, il a confié à Hanna que certains ados en avaient ras la casquette des activités habituelles. Six étés de suite, ils avaient fait du canoë, de l'escalade et de la natation. Richard voulait leur proposer une nouveauté, mais était à court d'idées.

Elle a tout de suite imaginé un séjour « spécial musique » réservé aux treize/dix-huit ans. Elle a même offert de s'occuper de tout. Cinq mois plus tard, après avoir suggéré aux gens du milieu qu'il était temps de lui renvoyer l'ascenseur pour divers services rendus, elle a pris huit jours de congé afin de mettre en place des ateliers dédiés, et surtout organiser un « vrai » concert le dernier soir. Le seul regret de Richard, c'est qu'il a dû travailler, donc rester à Manhattan, jusqu'à aujourd'hui.

— Ça a l'air super.

Il serre sa sœur dans ses bras en se retenant de critiquer sa tenue – minijupe et marcel très échancré. Après tout, il fait presque trente degrés. Et il a du mal à l'accepter, mais elle a vingt ans, la petite dernière…

— Elle est où, Meredith ?

Ruby ignore qu'elle vient de remuer le couteau dans la plaie. Richard lève les yeux au ciel au souvenir de la discussion houleuse qu'il a eue avec sa fiancée avant qu'elle ne parte pour les Hamptons.

— En vacances, dit-il, en souriant pour contrebalancer la sécheresse de sa réponse.

— Oh ! la pauvre ! fait-elle, sincèrement apitoyée. Elle va rater une soirée géniale.

Il réprime un petit rire. Il aime tendrement Ruby et s'émerveille qu'elle ne trouve jamais de défaut à personne.

— Je lui montrerai des photos. Et sinon, tu t'es bien amusée ?

Elle rayonne de bonheur en repensant à ces derniers jours. C'est sa première année en tant qu'animatrice ; la confiance que Richard lui a témoignée la comble de joie. Il se félicite de l'avoir appelée, sur la suggestion de son ancienne baby-sitter.

— C'était trop cool. Les enfants sont formidables et Hanna m'a laissée participer à toute l'organisation. Elle courait partout et, quand elle ne gérait pas les groupes pour le concert, elle était toujours avec les gamins, à bavarder ou jouer au base-ball.

Quand on parle du loup…

En entendant ce rire qu'il connaît si bien, il réagit au quart de tour.

Hanna est en pleine discussion avec un moniteur et fait de grands gestes en souriant jusqu'aux oreilles. Sa vitalité donne envie à Richard de courir la prendre dans ses bras. Tout comme Ruby, elle est en tenue d'été. Ses fesses sont mises en valeur par un short coupé dans un vieux jean, et un tee-shirt sans manches qu'elle a noué au-dessus du nombril révèle son bronzage. Elle a pris le soleil ces derniers temps, ça se voit de loin.

Richard les rejoint et remarque avec satisfaction le sourire qui l'illumine quand elle l'aperçoit. Les derniers rayons du soleil donnent à la peau de Hanna des reflets cuivrés.

— Te voilà ! s'exclame-t-elle. Alors, qu'est-ce que t'en penses ?

— T'as fait un boulot incroyable. Le directeur n'arrête pas de me téléphoner pour demander si tu pourrais remettre ça l'an prochain.

Elle a un rire un peu rauque, sexy en diable.

— Je suis partante, tu sais. Le courage de ces enfants, c'est inouï.

— Je ne sais pas comment te remercier pour tout ça.

Il brûle de la serrer dans ses bras mais, depuis leur réconciliation, ils prennent garde à laisser une bonne distance entre eux, comme s'ils savaient tous deux que s'aventurer dans les eaux marécageuses du contact physique ferait s'écrouler le fragile barrage qu'ils ont laborieusement mis en place.

— Je ne m'en serais jamais sortie sans mon bras droit, Ruby Larsen ici présente ! dit-elle en attrapant cette dernière par les épaules. J'envisage sérieusement de lui confier la direction de Buzz Media New York.

Elle plaisante, cependant elle n'a toujours pas réussi à recruter le candidat idéal. Ce qui tombe bien, car, du coup, elle doit rester plus longtemps que prévu aux États-Unis. Richard n'est pas certain qu'elle se donne un mal fou pour chercher la perle rare mais, s'il ne tenait qu'à lui, elle mettrait fin à son contrat avec les chasseurs de têtes et accepterait de rester indéfiniment.

Elle fait à nouveau partie de sa vie et c'est bien agréable. Avec elle, il peut discuter sans tabous, et elle ne cesse de lancer des idées nouvelles. C'est la première personne qu'il a envie d'appeler quand sa journée se passe mal. Ou bien, d'ailleurs. C'est son amie. Probablement sa meilleure amie, et la savoir dans la même ville que lui suffit à maintenir son moral au beau fixe.

— Il faut que j'aille m'occuper du prochain groupe. On se voit plus tard ?

— D'accord, acquiesce-t-il de bonne grâce, sachant qu'il doit faire le tour du camp pour prendre des nouvelles de tous les enfants. Je vais essayer de te coincer avant le feu d'artifice.

Alors que des musiciens jouent le dernier morceau du concert, Hanna discute avec des donateurs en costume-cravate ou robe du soir. Visiblement, ça ne la dérange pas de répondre à leurs questions et d'accepter leurs compliments vêtue d'un short et d'un tee-shirt.

À l'écart, Richard l'observe. Voir sans être vu, l'idéal en l'occurrence. Un jour, Meredith a jugé Hanna « zinzin ». Une description qui en vaut une autre mais, si elle voulait déprécier la bonne copine de son fiancé, l'adjectif n'a pas eu l'effet escompté. Il adore ce grain de folie.

Pour tout dire, ce mariage le stresse. Même si elle a plus d'un an devant elle pour tout organiser, Meredith redouble d'efforts, passe des week-ends entiers avec les *wedding planners* et soudoie le futur époux afin qu'il teste avec elle un traiteur X ou un pâtissier Y.

— Pas question que je fasse un discours !

Maintenant que les instruments se sont tus, la voix de Hanna résonne dans l'air nocturne. Richard l'imagine, petite silhouette frêle sur la scène immense, bégayant ses remerciements à une liste interminable de sponsors.

— Tu mérites tous les éloges, pourtant, répond Mimi Flynn, une mère de famille riche comme Crésus, veuve depuis le 11 septembre 2001 et très, très généreuse. Mon fils m'a raconté tes prouesses pour recruter toutes ces célébrités.

— Sean n'est pas très objectif, mais merci quand même, dit Hanna avec un petit rire qui ressemble à une toux

– nul besoin d'apercevoir son visage pour comprendre qu'elle rougit.

Jusque-là simple spectateur, Richard se décide à les rejoindre et détourner l'attention du petit groupe sur lui. Il garde Hanna à l'œil en remerciant tout le monde pour leur aide précieuse. Il connaît bien la plupart d'entre eux, puisqu'ils demeurent en contact avec la fondation toute l'année, et il ne peut se contenter des civilités d'usage. Ce sont ses amis, après tout.

Hanna dit un dernier mot à Mimi et s'adresse à l'assemblée des donateurs :

— Je crois que le feu d'artifice va commencer d'un moment à l'autre. Des rafraîchissements vont vous être servis.

Des murmures satisfaits se font entendre. Alléché par l'odeur du champagne et des petits-fours, le groupe se dirige vers la tente qui lui est réservée.

Il ne reste plus qu'eux deux.

— Coucou.

Hanna, qui a la chair de poule, se frotte les bras. L'air nocturne a beau être doux, sa tenue n'est plus vraiment adaptée une fois le soleil couché.

Si seulement il avait sa veste sur lui, il pourrait la lui passer autour des épaules, mais il l'a laissée à l'arrière de sa voiture.

— Tu as l'air gelée.

— La chaleur humaine est partie se bourrer de canapés ! Ça allait tant que j'étais entourée. Sapée comme je suis, est-ce que je ressemble à une pauvre gamine qui vole des bouteilles de lait sur le perron des voisins ?

Elle frissonne carrément désormais. Elle ne pâlit pas, ne claque pas des dents, mais tremble assez pour qu'il se demande quelle attitude adopter. Il tente de justifier intérieurement ce qu'il se prépare à faire : « Si c'est juste une amie comme une autre, je n'ai aucune raison de ne pas la prendre dans mes bras pour lui frotter les épaules afin de la réchauffer, après tout. »

Le problème, c'est qu'elle n'est pas une amie comme une autre. En face de lui, le visage illuminé par les spots disposés sur la pelouse, se tient la Hanna qu'il a toujours connue, celle qui sprintait avec lui dans un jardin londonien, qui flirtait avec lui au réveillon, en 1999. Sa Hanna à lui.

— Viens là.

C'est un ordre plus qu'une suggestion. Sans lui laisser le temps de répondre, il avance d'un pas et l'attire contre lui.

« Elle est surgelée, ma parole ! » se dit-il. Il a l'impression de poser les mains sur de la glace, il aurait dû se décider plus tôt. Surtout que ça n'a rien de sensuel – en tout cas, c'est ce qu'il se répète.

Hanna s'apprête à parler, cependant sa voix est couverte par les premières explosions du feu d'artifice, dont les cascades d'étincelles vertes et pourpres provoquent des exclamations de surprise parmi la foule.

Dans les bras de Richard, elle est trop gênée pour bouger. Il la serre plus étroitement. Elle ressemble à un petit animal apeuré, assez curieux pour se laisser attraper par les humains, mais trop farouche pour supporter un contact prolongé. Quant à Richard, il voudrait qu'elle se détende – il a l'impression de tenir une stalagmite, rigide, inflexible.

Au tir des fusées suivantes, Hanna lève la tête, émerveillée. Son expression est bien plus fascinante que tous les miracles pyrotechniques qui se déroulent dans le ciel.

— Ça aussi, c'est grâce à toi ? demande-t-il.

— Prononcer « orphelins » et « 11 Septembre » dans la même phrase, ça décuple la générosité des gens.

Le coup d'œil qu'elle lui lance suffit à réveiller des sensations enfouies. Elle est réchauffée à présent, mais le besoin de la protéger est remplacé par une envie plus impérieuse, plus… animale. Il marche sur la corde raide et il le sait, mais il n'a plus l'habitude de subir un tel tourbillon de sensations, qui influe sur son rythme cardiaque et fait bouillir le sang dans ses veines. Ce tsunami émotionnel est-il vraiment préférable à la sécurité calme et rassurante d'une Meredith ?

— C'est toi qui t'es montrée extrêmement charitable, dit-il en lui levant le menton – il voit l'étonnement passer dans ses yeux. Tu t'occupes de tout depuis cinq mois, et je sais que tu y as consacré presque tout ton temps libre, sans parler de tes vacances.

Elle ne bouge pas d'un millimètre. Il se demande si elle craint autant que lui de casser les murs qu'ils ont érigés avec tant de soin. Chacun a signé un contrat avec le diable : ils ont promis de ne pas franchir le pas et, en échange, ils ont le droit de se voir régulièrement. Ils ne comptent pas répéter l'erreur de former un couple.

— Ça me plaît de me sentir utile…, murmure-t-elle.

La fin de sa phrase est inaudible à cause d'une nouvelle salve des artificiers. Cette fois, c'est lui qu'elle regarde, sa peau reflétant les couleurs qui fusent dans le ciel : orange, vert, rouge…

Il n'imagine même pas la laisser se dégager de son étreinte.

— Hanna, chuchote-t-il, si bas qu'elle ne l'entend pas.

C'est sans doute mieux ainsi, décide-t-il, puis il penche son front sur celui de Hanna, qui semble très surprise par l'expression de son visage. La comparaison avec le petit animal farouche lui revient en mémoire. Hanna ne lui appartiendra jamais, mais il lui suffit de la voir de temps en temps, de la surveiller de loin, de s'assurer qu'il ne lui arrive rien, et qu'elle est heureuse.

# 19

*9 février 2010*

Elle ignore comment elle a atterri dans un recoin de ce bar miteux, à se verser la lie d'une bouteille de vin. Son verre a bien servi ; il est couvert d'empreintes de doigts, de rouge à lèvres. D'un signe de tête, elle commande une autre bouteille au barman. Autant terminer la journée comme elle l'a commencée.

Dans un état lamentable.

Ce matin, ce n'est qu'une fois dans le métro, en équilibre sur la pointe des pieds pour s'agripper à la barre en métal au-dessus de sa tête – elle n'avait pas très envie de se retrouver projetée contre un autre passager –, qu'elle s'est rendu compte de la date. Son voisin lisait le *New York Times,* qu'il avait soigneusement plié en quatre pour ne gêner personne, et c'est là qu'elle est tombée sur les petits chiffres, en haut à droite de la page.

Elle n'avait pas eu d'attaque de panique depuis des années, mais elle a tout de suite reconnu les symptômes : accélération du rythme cardiaque, respiration difficile, impression qu'elle allait s'écrouler et se convulser sur le sol crasseux. Il n'y a pas de pire endroit pour faire une syncope ; elle n'a pu tenir bon jusqu'à la station suivante qu'au prix d'un effort énorme.

Sans savoir où elle se trouvait, elle est sortie du wagon, a remonté le quai en courant, s'est affolée quand sa carte a refusé d'actionner le portillon. Les doigts tremblants, prise de nausée, elle a à peine fait deux pas dehors avant de se courber en deux et d'arroser le trottoir des restes de son petit déjeuner.

C'était l'heure de pointe, les gens entraient et sortaient de la station en passant bien au large. Ils pensaient sûrement qu'elle avait trop bu la veille, ou bien qu'elle était folle, puisqu'elle parlait toute seule. Elle n'était pour eux qu'un léger désagrément – sans doute oublié avant même qu'ils montent dans la rame –, un petit échantillon de la myriade d'excentriques qui peuplent la ville.

C'est dans ce genre de situation que Hanna regrette vraiment Londres. Là-bas, elle aurait appelé Natalie, ou Tom, ou hélé un taxi pour aller se jeter dans les bras de Claire, et après moult câlins, et autant de tasses de thé brûlant, elle aurait fondu en larmes pour mieux se reprendre et affronter une nouvelle journée.

Seulement voilà, elle est en exil à Manhattan, son portable regorge de numéros, mais ce sont ceux de collègues et autres vagues connaissances, pas ceux d'amis à qui se confier ou demander de l'aide. Il n'y a personne parmi eux qui puisse comprendre pourquoi le 9 février est insupportable.

La journée a filé à toute allure. Café dans un *diner*, des heures à traîner dans une librairie à survoler des quatrièmes de couverture avant de reposer les ouvrages, déjeuner dans un bar miteux de SoHo. Comment s'est-elle retrouvée dans ce quartier ? Elle n'en sait rien, mais dans le Lower Manhattan, au moins, elle se sent un peu comme chez elle.

Et ce soir, depuis deux heures, elle noie son chagrin dans le bordeaux. Elle envoie balader les types qui lui font des avances en croyant avoir repéré une fille facile. Même dans son état, la dernière chose qu'elle souhaite, c'est baiser avec n'importe qui juste pour oublier la mort de sa mère.

Cinq ans plus tard, la voilà toujours au même point, à se demander comment elle a pu foutre sa vie en l'air de façon aussi magistrale. Elle jette un coup d'œil à sa montre et, malgré son taux d'alcool, essaie de calculer quelle heure il peut bien être à Londres. Trop tard pour téléphoner à Claire ou à Ruby, qui doivent dormir comme des loirs, au chaud sous la couette.

Ne reste qu'un numéro. Avant même d'avoir pesé le pour et le contre – comme si elle avait laissé son sens des convenances au fond de la bouteille –, elle le compose. Ça ne sonne que deux fois avant qu'il décroche.

— Hanna ?

Sa voix chaude et douce trahit malgré tout son inquiétude. Elle prend une gorgée de vin.

— Richard, ch't'appelle juste pour te dire à quel point ch'suis navrée.

— Tout va bien ?

Elle perçoit des conversations en bruit de fond – il est sans doute en train de dîner avec Meredith.

— Pour la façon dont ch't'ai quitté après la mort de maman. J'aurais jamais dû m'enfuir sans explication. Ça m'a obsédée toute la journée et je...

— Mon Dieu, je suis vraiment désolé, je n'avais pas réalisé quel jour on était.

Il est tourmenté, ça s'entend. À part elle, Richard est sans doute la seule personne au monde à se souvenir que Diana est morte un 9 février.

Elle émet un rire strident.

— J'aurais pas dû appeler. Ch'suis sûre que t'es avec Meredith, et ch'suis trop contente que vous vous soyez trouvés, tous les deux. Tu m-m-mérites d'être heureux.

— Tu as bu ?

— Un peu. Mais ch'te laisse... Retourne dîner avec ta fiancée...

— Tu es chez toi ?

— Non, dans un bar.

— Toute seule ?

— Oui.

— Bordel, souffle-t-il. Je t'envoie mon chauffeur pour qu'il te ramène chez toi. Tu es où exactement ?

Elle cherche autour d'elle un indice, mais à l'intérieur le nom du bar n'est inscrit nulle part. Puis elle avise le sous-verre.

— Au Murphy's. À SoHo.

— Ne bouge pas.

C'est un ordre. De toute façon, elle ne veut plus toucher au fond de rouge dans la deuxième bouteille. Tout ce qu'elle souhaite, c'est se retrouver dans son lit douillet, prête à tout oublier grâce à une bonne nuit.

Pendant le quart d'heure suivant, elle dessaoule un peu. Le barman lui apporte un comprimé et un verre d'eau. Elle l'avale en espérant diluer l'alcool dans ses veines, mais déjà la porte s'ouvre et le voici qui entre, son manteau noir en laine sur le bras.

— Richard ! s'exclame-t-elle, surprise. Je m'attendais à voir Jack.

— J'ai décidé de l'accompagner. Ça m'a fait une bonne excuse pour partir avant la fin des agapes.

Sans doute un mensonge afin qu'elle ne culpabilise pas. Malgré la lumière tamisée, elle remarque ses pattes-d'oie, plus profondes qu'à l'habitude.

— Meredith est avec toi ?

Elle déglutit. Le savoir en couple est une chose, mais les voir ensemble alors qu'elle est en pleine déprime serait catastrophique.

— Elle est chez ses parents. Je n'avais pour seule compagnie que trois cent cinquante représentants du gratin new-yorkais, explique-t-il en fronçant le nez. Alors quand je te dis que tu m'as rendu service, tu peux me croire. Allez, on te ramène.

Il décroche le manteau de Hanna du perroquet, le lui présente avant de l'ajuster sur ses épaules, sans doute avec un peu trop d'application.

Il émet un léger soupir, la fait se retourner et attache un à un les gros boutons. Cette fin de soirée est imprévue. Il s'était imaginé un dîner de luxe avec des gens extrêmement civilisés, un ou deux whiskys et... au dodo. Changement de programme. Il est électrisé, comme s'il était revenu à la vie rien qu'en apercevant Hanna. Des chatouillis nerveux lui picotent le corps comme un millier de fines aiguilles.

Il hésite un moment à lui prendre la main mais, en repérant deux clients accoudés au comptoir qui la dévisagent d'un air alléché, il ressent le besoin de marquer son territoire. Même s'il n'a aucun droit de propriété.

— Vraiment, c'est pas la peine, bredouille-t-elle, juste avant de se faire elle-même un croche-pied.

Voulant étouffer un éclat de rire, il produit une toux étranglée. Elle a l'air outrée.

— Tu trouves cha drôle ?

— Un peu, admet-il, mais je me retiens.

Il tente de la guider vers la sortie, cependant elle tire à droite, comme une voiture dont la direction serait faussée.

— T'as raison. Je ne voudrais pas être obligée de te gifler.
— Quelle joue ?
— Les quatre, répond-elle en essayant de ne pas trop loucher.
Comme elle titube, il se résout à la tenir fermement. Une fois qu'elle est installée à l'arrière de la voiture, le sommeil la gagne. Elle enfouit sa tête dans le manteau de laine et se remet à radoter.
— Tu te rappelles quand on s'est rencontrés ? T'étais vachement élégant dans ton beau smoking et moi j'étais fringuée comme une pouffe...
— C'est pas le souvenir que j'en garde. T'étais sexy à mort dans ton uniforme de serveuse, murmure-t-il, revoyant ses cheveux noirs, ses yeux cernés de khôl. J'avais trop hâte de te montrer ma PlayStation.
Elle rit entre deux hoquets.
— C'est une métaphore ?
— J'en sais rien, reconnaît-il en l'enlaçant et en lui caressant le haut du bras. En tout cas, j'étais impressionné par ta... fougue.
Jack doit s'arrêter. Même à 11 heures du soir, la voiture est coincée dans un embouteillage monstre. Richard se demande si elle tiendra jusqu'à son appartement sans s'assoupir.
— Ma fougue ? Je dois prendre ça comme un compliment ?
— Bien sûr.
Un ange passe. La nuque sur l'appuie-tête, Richard regarde au plafond. Que faire à présent ? Sachant que ce jour est particulièrement douloureux, il tient à ce qu'elle rentre chez elle sans encombre. Si seulement il pouvait la mettre au lit et s'assurer qu'elle dort, il aurait l'impression d'avoir accompli sa mission. Il ne peut que s'en vouloir

– et en vouloir aux amis de Hanna – de l'avoir laissée seule un 9 février.

Vingt minutes plus tard, lorsque Jack se gare devant l'immeuble dans l'Upper East Side, Hanna est tellement silencieuse que Richard la croit déjà dans les bras de Morphée, mais elle lève aussitôt la tête.

— Merci de m'avoir ramenée.

Sur le coup, il ne saisit pas. Puis il comprend qu'elle a l'intention de rentrer seule. Ça ne va pas du tout.

— Ce serait sans doute plus sûr que je t'accompagne là-haut.

— À mon avis, à cette heure-ci, tous les camés et les assassins sont retournés chez eux. Le seul risque, c'est de tomber sur Mme Van Kemp qui prend un air dégoûté chaque fois qu'elle remarque mes tennis. Elle trouve que je fais tache.

— Allez... pour me faire plaisir.

Elle accepte et commence à se battre avec sa ceinture de sécurité. Il contient un petit rire et se penche par-dessus ses cuisses pour lui apporter son aide.

— Arrête de te moquer, dit-elle en lui donnant une petite tape sur le bras.

Richard est venu assez souvent dans l'appartement de son père pour que le concierge le reconnaisse. Il lui adresse un signe de tête tandis qu'il soutient une Hanna chancelante jusqu'à l'ascenseur. Elle a l'air si jeune, si vulnérable, même sous l'épaisseur de son gros manteau. Ce besoin de la protéger n'est-il dû qu'à sa frêle silhouette ? Cela dit, c'est peut-être raisonnable, face à un monde somme toute bien dangereux.

Il attrape la clé dans le sac de Hanna et la glisse dans la serrure. Dans l'entrée, il appuie sur l'interrupteur d'une main, tout en la soutenant toujours par la taille de l'autre. Elle se débarrasse de ses chaussures, qui atterrissent sur le carrelage avec un bruit sourd. Il lui retire ensuite son manteau et le pend délicatement à un cintre.

— Tu veux fouiller tout l'appart, histoire de t'assurer que Jack l'Éventreur n'est pas planqué dans le sèche-linge ? demande-t-elle avec un regard amusé.

— Le plus effrayant, c'est la gueule de bois qui t'attend demain matin.

Il va chercher à la cuisine un grand verre, le remplit d'eau et le pose sur la table de chevet dans la chambre d'amis qu'elle occupe. Hanna est en train de défaire son chignon, ses cheveux flottent sur ses épaules. Il évite de fixer les superbes boucles brunes.

— Tu as des analgésiques quelque part ? Je t'en sors deux ou trois et je m'en vais.

Elle bat des paupières et croise son regard dans le miroir.

— Dans l'armoire à pharmacie.

Il pénètre dans la salle de bains attenante, s'étonne qu'il n'y ait ni crèmes ni produits de maquillage envahissant les bords du lavabo, et rapporte une boîte de paracétamol.

Elle est assise sur la couette, adossée à la tête de lit. Il dépose gentiment deux comprimés sur sa langue et incline le verre afin qu'elle boive. Il ne peut s'empêcher de lui passer une main dans les cheveux.

— Ça fait du bien, dit-elle, les yeux fermés, alors qu'il lui caresse la tête. Tu peux rester un peu ?

— Mets-toi au lit, conseille-t-il avant d'entreprendre de descendre la fermeture Éclair de sa robe – un geste si intime qu'il doit se contrôler pour ne pas réagir de façon exagérée. Ça ira mieux après une bonne nuit de sommeil.

— T'es si gentil, murmure-t-elle en calant la tête au creux de son cou. Et tu sens super bon. T'as toujours senti bon, même le matin avant la douche. C'est un des trucs qui me manquent le plus.

— Vraiment ?

Il essaie de prendre sa remarque à la légère, mais, tandis qu'elle se tortille pour enlever sa robe, une érection instantanée lui cloue le bec.

— Ferme les yeux, je me change.

L'impératif n'est pas très convaincant, et surtout il arrive trop tard. Richard obéit, cependant, en s'enfonçant les ongles dans les paumes pour ne pas être tenté de la toucher. Si jamais il aperçoit l'arrondi parfait de ses seins, il est foutu.

Elle se démène dans ses habits, ses gesticulations font grincer le sommier, mais Richard reste aussi immobile que possible, combat une irrépressible envie d'ouvrir les yeux. Est-elle toujours aussi belle que dans son souvenir ?

Jamais il ne se serait imaginé capable de tromper sa partenaire. Il va épouser une femme qui lui fait totalement confiance et il tient à mériter cet honneur. Il a honte des pensées indéfendables qui tourbillonnent dans sa tête.

— Ça y est, je suis habillée. Merci pour tout.

Elle se renverse sur le lit, ses cheveux s'étalent sur la taie de coton blanc.

— De rien.

Elle commence à faiblir, à battre des cils. L'air paisible, elle est prête à sombrer dans un profond sommeil. Il tend une main vers elle, écarte une mèche qui lui barre l'œil. La peau de Hanna est si soyeuse sous ses doigts calleux. Elle soupire, et l'érection de Richard augmente à la vue de ses lèvres rouge sang.

Il se penche et effleure sa bouche de la sienne. Elle ouvre grand les yeux, le fixe quelques secondes. Puis elle se pend à son cou, l'attire contre elle pour l'embrasser avec avidité. Chaque millimètre du corps de Richard se réveille, le plaisir le transperce, du sexe au bout des doigts de pied.

Il lui caresse le cou, s'arrête sur sa poitrine. Et quand elle commence à gémir, il s'autorise le sentiment le plus effrayant qui soit.

L'espoir.

Le décor semble soudain passer en technicolor ; elle dessaoule plus vite qu'avec un seau d'eau glacée sur la tête. À la seconde où leurs lèvres se joignent, elle sait qu'elle vient d'atteindre le point de non-retour. Richard est le soleil. Elle, sortie de son orbite, subit la force d'attraction de son astre et brûle en s'en rapprochant.

Le matelas s'affaisse sous leur poids, lui au-dessus, ses hanches frottant contre les siennes, et elle ne peut s'empêcher de remuer son bassin, l'érection de Richard pointant au-dessus de son pubis. Il caresse tout doucement la courbe de son flanc. Les mamelons de Hanna durcissent, le haut de ses cuisses est déjà mouillé.

— Hanna, tu crois que…, souffle-t-il contre sa joue.

Elle ferme les yeux et s'abstient de répondre, elle le veut tout à elle. Elle accentue le mouvement de ses hanches pour lui faire oublier ses scrupules.

Et ça marche.

Il lui remonte le tee-shirt jusqu'au cou, exposant ses seins, qu'il contemple longuement en passant la langue entre les lèvres. Elle sent le sexe de Richard se contracter davantage. Ses tétons durcissent encore lorsqu'il les titille, et un plaisir intense lui chauffe l'entrejambe.

Hanna est alors distraite par son propre monologue intérieur. La crainte de passer à l'acte malgré l'existence de Meredith vire rapidement au martyre à l'idée qu'ils s'en abstiennent, car s'interrompre maintenant serait insupportable. Au fond, elle sait qu'ils agissent mal, mais elle enterre cette pensée sous le besoin absolu qui excite toutes ses terminaisons nerveuses.

Impossible de le regarder dans les yeux. Elle ignore ce qu'elle y discernerait – et même ce qu'elle souhaiterait y voir. Y découvrirait-elle le désespoir, ou une envie aussi puissante que la sienne ? Elle redoute surtout d'y lire le regret, la tristesse, ou un soupçon de pitié. Elle fondrait en larmes.

Or elle ne veut pas pleurer. Elle est trop heureuse, hors d'atteinte du chagrin ou des remords ; elle a attendu trop longtemps ce moment : Richard qui lui mordille le bout des seins, les mouille de sa salive…

Mais il faudrait que son esprit cesse de jacasser.

Richard a deviné ses appréhensions. Il lui lève le menton afin qu'elle ne puisse plus éviter son regard. Elle comprend qu'elle s'est trompée, que les regrets ne sont pas de la partie, quand ses yeux noisette croisent les iris émeraude de Richard, le noir de ses pupilles, qui envoient un éclair de désir à travers les paupières mi-closes.

— Je voudrais…

Comme lui, elle ne peut terminer sa phrase, exprimer ce besoin. Inutile. Il place les mains sur ses fesses et lui ôte son shorty, qu'il fait descendre lentement le long de ses cuisses. Quasi nue, elle sent son envie monter d'un cran. Sous l'effet de l'air froid sur sa peau moite, elle se cambre comme pour combler le vide entre eux. Ses cuisses humides s'ouvrent dès que les doigts de Richard les y incitent tendrement.

Sensation divine.

Il caresse la peau si douce en haut des jambes, malaxe sa chair, puis lui écarte les genoux et glisse son corps sur le sien en exerçant une pression jusqu'à ce qu'elle se relâche et l'invite à la pénétrer. Elle émet un gémissement sourd, suppliant, et soulève les hanches pour amener Richard à introduire ses doigts en elle.

Après quoi, il se décale, pose les lèvres sur son clitoris, sort sa langue, et elle cambre les reins au rythme des ondes de plaisir qui l'envahissent – sensation de vertige qui n'a rien à voir avec le vin qu'elle a bu, mais tout à voir avec le savoir-faire de son partenaire. Elle brûle de le toucher, plonge les mains dans ses cheveux et les lui tire jusqu'à ce qu'elle entende un râle étouffé.

Elle ouvre grand les yeux, puis la bouche, et un son s'échappe, entre cri et sanglot. Richard enfonce un troisième doigt, elle se serre contre lui, le plaisir croît encore et encore, au point que ses jambes sont prises de tremblements.

Dès qu'il retire ses doigts, elle se sent vide. Il met une jambe entre les siennes, le genou contre le mollet de Hanna. Elle tâtonne pour trouver le bouton de son pantalon, gauchement, fiévreusement, et arrache la braguette, comme une enfant surexcitée qui déchire l'emballage d'un jouet pour son anniversaire. Maintenant que la fermeture Éclair est descendue, Hanna essaie de lui baisser le pantalon, mais en vain, si bien qu'il doit l'aider en remuant les fesses.

Il se charge de finir de l'ôter. Les mains de Hanna accompagnent le mouvement puis remontent le long de ses jambes ; elle perçoit les muscles d'acier sous la peau ferme et tendue.

— Enlève ton haut, souffle-t-il.

Il s'agenouille et se défait de sa chemise. Elle passe son tee-shirt par-dessus sa tête et, dans sa hâte d'être entièrement nue, l'envoie très loin sur le plancher. De ses mollets puissants, il lui encadre les cuisses, les emprisonne. Elle voit la silhouette de son érection sous le boxer noir.

D'un doigt, elle trace une ligne qui descend vers les testicules. Le sexe de Richard durcit encore, son gland dépasse désormais. Elle se penche pour y lécher une perle de liquide préséminal, et il émet un grognement sourd. Elle recommence, puis fait tournoyer sa langue autour de son gland, qu'elle embrasse, qu'elle suce, qu'elle prend dans sa bouche en baissant le caleçon de Richard sur ses hanches. Il l'attrape par la nuque et la fait bouger en rythme. Elle passe la langue le long de son sexe, le suce, l'embrasse, le goûte…

— Arrête.

Il lui tient la tête et elle relève les yeux, croise enfin son regard. Elle l'a toujours en bouche. Il a les lèvres luisantes, entrouvertes, et la respiration saccadée.

— Je veux entrer en toi.

Ces mots font à Hanna l'effet d'un shoot d'héroïne. En constatant que son érection remonte sur ses abdominaux bien dessinés, elle se jette sur son boxer, qu'elle meurt d'envie de lui arracher.

— Couche-toi, dit-il.

Il la fait s'étendre sur les draps soyeux. Il se débarrasse de son caleçon demeuré autour de ses chevilles et s'allonge sur elle, coince fermement sa tête entre ses mains. Elle est comme un animal pris au piège.

Elle mouille presque trop. Les hanches de Richard s'enfoncent dans ses cuisses souples tandis qu'il ajuste son corps sur le sien. Il fait une pause, qui semble durer une éternité, avant de la pénétrer d'une seule poussée.

Il l'embrasse et elle découvre son propre goût sur les lèvres de Richard. Il se retire et se frotte contre elle tel un archet sur les cordes d'un violon. Elle serre fort les paupières, essaie de réprimer son envie de hurler de plaisir.

— Ouvre les yeux, je veux te voir, dit-il d'une voix moins contrôlée que ses mouvements d'avant en arrière.

Sentir Richard entre ses cuisses, c'est le paradis. Elle se contracte tout en encerclant sa taille de ses jambes pour l'attirer en elle.

Elle a l'impression de se noyer. Va-t-il la sauver ou lui enfoncer la tête sous l'eau ?

— Tu vas jouir ?

La respiration de Richard se fait âpre, ses mouvements deviennent désordonnés, elle sait qu'il approche du but. Elle ouvre la bouche, mais perd ses mots sous les caresses de Richard, qui dessine de petits cercles autour de son clitoris, l'amenant au plaisir avec la précision d'un artiste.

Elle crie, enfouit la tête dans son cou, embrasse sa gorge moite. Il s'écroule sur elle, étouffant les gémissements de Hanna qui s'agrippe à lui de toutes ses forces.

Les râles de Richard s'amplifient dans son oreille. Elle sait qu'il est sur le point d'atteindre l'orgasme rien qu'au changement de rythme de sa respiration. Il murmure de doux serments en arrivant au summum de sa jouissance tandis que, tout contre lui, elle est à nouveau secouée de spasmes. Ils s'accrochent l'un à l'autre et restent un long moment à onduler ensemble, comme esclaves de leurs sensations.

Puis tout est fini.

Elle berce les hanches de Richard entre ses cuisses trempées. Leurs halètements se calment, tous deux prennent de grandes inspirations tandis qu'ils redescendent et que la réalité les frappe de plein fouet.

Nue sous l'homme qui a une telle emprise sur elle, son sexe dur toujours en elle, Hanna se dit qu'elle doit avoir une sale mine, entre ses cheveux dans tous les sens et son maquillage malmené par toute une journée de crises de larmes, d'alcool et de sexe.

Il se retire d'un mouvement du bassin. Elle laisse sa tête retomber sur le matelas ; elle fixe le plafonnier, attend que l'ampoule lui brûle la rétine. Même en fermant les yeux, elle les voit toujours, fantômes d'un couple qui aurait pu être.

— Il faut que je te dise..., commence-t-il d'un ton gêné.

Ses consonnes sont heurtées, ses voyelles traînantes. Hanna cligne des paupières plusieurs fois ; les images imprimées sur sa rétine passent du noir au blanc et lui piquent les yeux. Il roule sur lui-même, tend la main vers elle, et suspend son geste.

— Non, répond-elle d'une voix rauque.

Elle déglutit avec difficulté, elle a l'impression d'avoir de la laine dans la gorge. Tout ce qu'elle veut, c'est qu'il la prenne dans ses bras.

— Je suis désolé. Je n'avais pas le droit, dans l'état où tu étais.

— Je le voulais autant que toi.

Elle se mord l'intérieur de la joue. La douleur la rassure.

Il se couche sur le dos, le coude en travers du visage afin de cacher ses yeux. Elle se permet de le contempler, du cou puissant aux muscles parfaits sous la peau lisse. Une minute plus tôt, ce corps d'athlète était pressé contre le sien, il déclenchait un feu brûlant dans toute sa chair. À présent, elle frissonne.

— Viens là, dit-il en l'attirant à lui.

Elle ferme les paupières en battant des cils. Elle souhaiterait le voir partir, mais elle a besoin qu'il reste. Le savoir si proche et si loin à la fois la torture. Seule solution : se laisser gagner par le sommeil, céder à ses sirènes, ne plus penser à rien, son envie d'oublier plus forte que jamais.

Quand elle s'éveille, Hanna tente de se persuader qu'elle a fait un rêve érotique à cause de tout l'alcool qu'elle a ingurgité la veille. Le problème, c'est que la douleur entre ses jambes n'est pas imaginaire – inutile de regarder sous le drap pour avoir des preuves de leurs occupations nocturnes. L'odeur de Richard lui remet tout en mémoire avec des détails saisissants.

Elle se passe la main dans les cheveux, mais ils sont trop emmêlés – logique, après une nuit de sexe effréné et de rêves agités. La lumière du jour transperce les rideaux légers, se fraie un chemin au-dessus de la tringle pour éclairer le plafond.

— Je ne voulais pas te réveiller, dit-il tout doucement en s'asseyant à côté d'elle sur le lit.

Il ne porte que le pantalon et la chemise blanche de la veille.

— Tu t'en vas ?

— J'ai une réunion hyper importante à 7 heures.

Il le regrette, elle l'entend au-delà des mots. Il se penche, l'embrasse légèrement sur le front. Elle réfléchit à une réponse appropriée, mais son cerveau n'a toujours pas compris qu'elle ne dormait plus.

— Ah bon !

— On peut se voir ce soir ? demande-t-il, effleurant la joue de Hanna de sa bouche. Il faut qu'on parle.

Elle se mordille la lèvre inférieure. La réalité la frappe comme un boomerang. Il faut qu'ils discutent, ça, c'est sûr. D'un nombre incalculable de sujets. Elle ne saurait par où commencer.

— Je mène des entretiens d'embauche toute la journée, se souvient-elle. Je devrais pouvoir me libérer vers 6 heures.

— Des entretiens d'embauche ?

Le front de Richard se ride, elle le caresse d'un doigt. Ce simple contact suffit à raviver son désir.

— Pour trouver un remplaçant et me permettre de rentrer à Londres. Pas le bon moment, peut-être ?

Avec eux, ce n'est jamais le bon moment.

— Je viens te chercher à 6 heures. Ne prends pas de décision trop hâtive.

— Pourquoi ?

Les sous-entendus de Richard sont comme une croûte qu'elle voudrait arracher, quitte à ce que ça saigne.

— Parce que je veux que tu restes avec moi.

— Je ne suis pas du genre à tromper qui que ce soit. Et toi non plus.

C'est ce qu'ils viennent de faire, pourtant.

Un muscle tressaille dans sa joue lorsqu'il baisse les yeux sur elle. Dans le clair-obscur de l'aube, la peau de Richard a la couleur chaude du cuivre. Elle voudrait le couvrir de baisers de la tête aux pieds.

— Dans une semaine, quand Meredith revient, je lui annonce que tout est fini entre elle et moi.

Hanna a soudain l'impression que son cœur a des ailes et qu'il vient de s'envoler hors de sa poitrine. Même si elle est heureuse de les entendre, ces paroles lui font l'effet d'une bombe. En vingt-quatre heures, elle qui n'avait plus rien pourrait tout récupérer.

— D'accord, murmure-t-elle.

Elle s'assied, le drap tombe et découvre ses seins. Comme l'œil de Richard s'allume, elle se dépêche de se couvrir jusqu'aux épaules.

— J'ai tellement envie de te toucher, admet-il, les poings serrés. Mais jusqu'ici, j'ai tout foutu en l'air.

— Non…

— Écoute-moi. Tu sais que je t'aime. Je t'ai toujours aimée et tu ne mérites que la première place dans ma vie. Je n'aurais pas dû coucher avec toi alors que j'étais toujours avec elle.

— Tu étais bourré. Comme moi.

— Ce n'est pas une excuse, répond-il en se passant nerveusement la main dans les cheveux. Laisse-moi tout arranger de façon correcte. Restons amis, rien de plus, jusqu'à la semaine prochaine.

— Ça me paraît faisable, dit-elle avec un soupir de soulagement.

Ça lui a pris toute la journée, mais elle a réussi à dénicher le candidat idéal. Comme elle, Paul Spence vient du journalisme musical et sa connaissance encyclopédique de la scène new-yorkaise rivalise avec celle de Hanna. Elle est même un peu triste de ne pas pouvoir travailler avec lui, ils se sont bien entendus dès la première minute. Elle a passé la moitié de l'entretien à l'interroger sur les derniers concerts qu'il a vus et ils se sont gentiment taquinés sur les mérites comparés de tel ou tel groupe.

— Enchantée de t'avoir rencontré, Paul, lui dit-elle devant l'ascenseur. On te rappelle très bientôt.

De retour dans son bureau, elle se hâte d'attraper son manteau et de l'enfiler pour sortir. Plus qu'une demi-heure avant de revoir Richard.

Comment a-t-elle pu supporter d'être séparée de lui aussi longtemps ? Comme un sculpteur, il a transformé la terre grise et flasque de son existence en œuvre d'art.

Son portable sonne à 6 h 05. Elle sourit en identifiant les premiers accords si reconnaissables de « Last Nite », des Strokes, qui s'échappent de son sac à main – Richard s'est amusé à reprogrammer ses sonneries de téléphone pendant qu'elle dormait. Elle adore ces preuves d'humour malgré la gravité de leur situation.

— Allô !

— Hanna ?

Il a le souffle court. En bruit de fond, elle entend la cacophonie urbaine habituelle : moteurs ronronnants, coups de Klaxon, et éternels hurlements des sirènes de police.

— T'es sorti du bureau ? demande-t-elle sans chercher à dissimuler son enthousiasme.

— Changement de programme.

— Ah bon ? Mais tu passes quand même me prendre ?

Son exaltation se dissipe, comme du sable qui glisserait entre ses doigts.

— Meredith a eu un accident, lâche-t-il d'un ton monocorde.

Hanna fronce les sourcils, se demande quoi répondre – un mot rassurant, une phrase pacifique ? – alors que son esprit est envahi par une peur panique.

— Je pars tout de suite la rejoindre dans le nord de l'État. Ça a l'air grave.

Richard a ajouté cela d'une voix brisée et elle brûle de le toucher, mais elle ne sent que le vide, et l'amertume de sa désillusion.

— Je ne sais pas quoi dire, je suis navrée.

— Je t'appelle dès que j'en apprends davantage. Laisse-moi un peu de temps, d'accord ?

Elle inspire à fond.

— Ne pense qu'à Meredith et donne-moi vite des nouvelles.

— Je t'aime, lâche-t-il d'un ton désespéré.

Elle essaie de se raccrocher à ces mots. Cependant, comme l'enfant qui attrape une bulle dansant dans les airs, elle a peur qu'ils n'éclatent dès qu'elle les touchera du doigt.

— Moi aussi.

Qu'ajouter à cela ? Bien sûr, son cerveau est près d'exploser tant elle a de choses à lui dire, mais elle devra attendre. Il faut le laisser partir, il appartient toujours à Meredith. Jusqu'à ce qu'il coupe le lien, c'est Hanna l'intruse, celle qui observe de l'extérieur.

Le sentiment de culpabilité qu'elle a tenté de faire taire toute la journée prend des proportions éléphantesques. Cet accident est-il une punition divine ou de la malchance pure et simple ?

Sans doute un peu des deux.

Une semaine plus tard, elle quitte son bureau, son manteau serré autour de la taille afin d'affronter l'air glacial. Il fait déjà presque nuit, le ciel nuageux prend une teinte grisâtre et, même si le temps est sec, l'atmosphère annonce la neige. La vie à New York va lui manquer, avec son amplitude thermique extrême – la canicule étouffante de l'été, les mordorés étincelants de l'automne. Elle adore toujours autant Londres, sa ville de cœur, mais New York, c'est autre chose : une histoire d'amour tourmentée.

Le vent fouette la Deuxième Avenue, elle remonte son col et regrette l'écharpe qu'elle a oubliée devant son ordinateur. Une berline vient se ranger le long du trottoir. Elle regarde s'ouvrir la portière arrière avec intérêt.

— Hanna.

Richard sort de la voiture côté trottoir et elle s'approche ; il a l'air si fatigué, il est pâle, les cheveux ébouriffés. Elle voudrait l'enlacer, le serrer de toutes ses forces.

— Je croyais que tu étais toujours à l'hôpital.

Sept jours sans se voir, et ils n'ont réussi à s'appeler que quatre ou cinq fois. Il passe ses journées avec sa fiancée, pour lui tenir compagnie, s'occuper de sa couverture maladie et arranger son transfert à New York. C'est sans doute dans ce but qu'il est en ville.

— J'ai dû recruter une infirmière, explique-t-il du ton monocorde qu'elle a entendu toute la semaine, comme s'il ne s'autorisait aucun sentiment. Demain, ils ramènent Meredith ici en hélicoptère.

— Comment va-t-elle ?

Question idiote. Ils ne seraient pas là si elle allait bien.

— Elle ne bouge pas beaucoup. D'après les médecins, ça prendra du temps, mais avec des soins intensifs on peut espérer la voir bientôt sur pied.

— Bonne nouvelle.

Les joues de Hanna rosissent, giflées par le vent, tandis qu'un flocon de neige danse nonchalamment devant ses yeux, pas pressé d'atteindre le sol.

— J'espère, oui, répond-il d'un ton embarrassé.

La neige s'intensifie.

— Je pars la semaine prochaine, indique Hanna. Contre mon gré, tu t'en doutes.

Ne pas pouvoir le toucher, quel martyre ! Il semble lui-même agité.

— Bon sang, ma chérie, pourquoi tu restes plantée là ?

Avant même qu'il ait terminé sa phrase, elle est dans ses bras. L'étreindre chaleureusement ne suffit pas, pourtant. Elle voudrait pouvoir s'infiltrer en lui, qu'ils ne soient qu'une seule et même personne.

— Dans quelle merde on est !

Elle lève la tête. Lui aussi a les larmes aux yeux.

— Il faut que j'aide Meredith à tenir le coup. Elle ne peut pas rester seule, il faut la surveiller en permanence. Mais dès qu'elle est guérie, je lui dis tout et je prends le premier avion pour Londres.

Elle enfouit la tête dans le manteau humide de Richard, des perles de neige luisent parmi les fibres laineuses.

Il vient de lui offrir davantage qu'elle n'avait osé espérer, presque la promesse d'un avenir à deux. Pourtant, il reste de longs mois à supporter l'absence, à se poser des questions. Cette seule pensée la rend malade.

— Je t'aime…

Elle se tait un instant, cherchant les mots appropriés.

— … mais on ne peut pas continuer tant que tu es fiancé à une autre. Je me suis trouvée du mauvais côté et, faire souffrir quelqu'un autant que moi j'ai souffert, ça me tuerait.

— Je sais, je suis quelqu'un d'horrible…

— Pas du tout, le coupe-t-elle en s'efforçant de sourire. Les circonstances sont juste contre nous. Au moins, après mon départ, on ne sera pas tentés de se voir.

— Tu sais qu'ils ont inventé ces petits machins qu'on appelle des avions…

— Ne fais pas l'idiot. Tant que tu es avec Meredith, nous devons cesser notre relation. Viens me retrouver quand tu auras tout arrangé. J'ai toujours la même adresse et je sais que tu as mon numéro de portable.

— Ça peut durer des mois.

— J'attendrai.

Il lui relève le menton et baisse le sien, leurs fronts se touchent.

— Promis juré ?

Il est si proche qu'elle se perd dans le vert de ses yeux. Elle doit faire un effort surhumain pour ne pas l'embrasser.

— Promis juré.

# 20

*15 juin 2010*

Quelque chose clochait, mais Hanna ne s'en est aperçue qu'avant-hier. Assise dans le jardin, spectatrice d'une lutte épique entre Tom et son barbecue à gaz, elle tentait de ravaler son fou rire quand elle a décelé un premier indice : les symptômes d'une indigestion alors qu'elle n'avait encore rien mangé, malgré une faim de loup. Elle s'est tenu le ventre d'une main protectrice et son amie Natalie s'est empressée de déclarer d'un ton docte : « Toi, t'es enceinte. »

A suivi une longue discussion sur les probabilités d'avoir ses règles pendant la grossesse, puis une chasse aux pharmacies ouvertes le dimanche. Natalie est finalement revenue avec trois tests de marques différentes, mais aussi un sac plein de « vitamines prénatales » et une énorme boîte de mouchoirs pour les crises de larmes à venir.

Aujourd'hui, Tom conduit Hanna au prestigieux Portland Hospital, où il lui a pris rendez-vous pour une échographie. Malgré des protestations outrées, il a soutenu mordicus qu'elle méritait les meilleurs médecins et qu'il allait régler la première facture. La voiture file le long de

Regent's Park, dont les pelouses sont parsemées d'Anglais à moitié nus qui veulent absolument profiter d'une courte vague de chaleur sur la capitale. Hanna se demande si la météo est aussi caniculaire à New York. Malgré l'air conditionné, elle n'arrive pas à se rafraîchir, même en s'éventant le visage de la main.

— Tu lui as annoncé ou pas encore ?

— Non, je me disais que ça pouvait attendre, admet-elle d'un ton détaché. Il me faut une preuve concrète avant de l'appeler.

Elle imagine déjà Richard sautant dans le premier avion et la soulevant de terre avec une déclaration d'amour en bonne et due forme, mais elle redoute ce coup de fil. Et si ses rêves ne se réalisaient pas ? Elle ne l'a pas vu depuis quatre mois, quand elle lui a suggéré de ne pas essayer de la joindre avant d'être prêt. Elle a l'impression de tricher, de forcer le destin.

Comme elle a évité les Larsen de peur qu'ils ne lui apprennent sa décision de rester avec Meredith pour de bon, elle n'a eu aucune nouvelle. L'attente est déjà pénible, se savoir rejetée serait cent fois pire.

— Trois tests de grossesse, ça suffit pas comme preuve ? objecte Tom – une fossette se creuse au coin de sa bouche. Tu aurais dû lui dire à ce moment-là.

— Et s'il en veut pas, de cet enfant ?

Elle vient de mettre des mots sur son pire cauchemar, ce qui ne l'aide pas à décompresser.

— C'est pas lui qui décide, réplique-t-il en lui prenant la main et en caressant sa paume. Même s'il se dérobe, je serai toujours là pour toi.

Elle sent son cœur se serrer. Elle ne mérite vraiment pas d'avoir un ami comme Tom.

La voiture pénètre dans le parking privé de l'hôpital. Devant l'entrée principale, des paparazzis font le pied de grue, adossés au mur, dans l'espoir qu'une célébrité émerge du Portland Hospital, véritable repaire de stars enceintes.

— Tu es sûr de vouloir m'accompagner ? Ils pourraient te reconnaître.

Si les photographes aperçoivent Tom, tous deux sont condamnés à faire les gros titres de la presse people.

— Personne ne me verra, je me suis arrangé pour me garer tout près d'une porte de service. On entre au pas de course, pareil pour sortir. De toute façon, j'ai apporté ça, ajoute-t-il en tirant une chose informe de sa poche.

Il enfile le bonnet noir sur ses boucles blondes et Hanna éclate de rire. Il a le chic pour détendre l'atmosphère, que ce soit en la demandant en mariage dès la nouvelle de sa grossesse – réponse : « Ça va pas, non ? » – ou en coiffant un bonnet de laine un jour de canicule. Elle remercie le ciel de son dévouement.

L'argent de Tom fait des miracles : on le laisse garer sa voiture à l'endroit le plus discret, et ils sont conduits sans attendre au lieu de l'examen. Nul besoin de patienter dans une salle sordide ni de remplir des tas de questionnaires. Une ou deux signatures et la voilà couchée sur un lit, tee-shirt remonté, jean baissé, un gel glacial étalé sur le ventre.

— Vous devez avoir bien hâte de voir le bébé, dit l'opératrice à Tom.

Seule Hanna rougit en comprenant la méprise.

— Ah ça oui ! fait-il, imperturbable, avant d'adresser un clin d'œil à « sa femme ».

— Bon, je vais observer l'échographie, m'assurer que tout va bien, et ensuite je tournerai l'écran vers vous et vous montrerai ce qu'il faut regarder, dit l'experte d'un ton calme et rassurant. Vous en êtes à quatre mois, c'est bien ça ?

— Oui, je crois, répond Hanna, qui demeure nerveuse.

— Dans ce cas, vous n'allez pas discerner grand-chose, mais je vais vous aider à repérer le plus important.

Hanna considère son ventre, déjà visiblement arrondi, tout brillant à cause du gel, et se demande comment elle a pu ignorer son état.

Tom se penche vers elle et lui prend la main tandis que la sonde glisse d'avant en arrière et de droite à gauche. Il a l'air si anxieux qu'elle lui serre les doigts avec un sourire confiant.

— Bien, tout a l'air en ordre.

Quel soulagement ! Hanna n'a découvert l'existence de ce fœtus qu'avant-hier, mais, désormais, toutes ses pensées tournent autour de cet être pas plus gros qu'une pomme.

Elle peut enfin apercevoir l'écran.

À la vue de cette image en noir et vert, elle n'en revient pas : la silhouette de son bébé se dessine nettement. Elle s'attendait à voir une vague forme de haricot, mais elle distingue bien la tête, les jambes et les bras minuscules qui s'agitent en réaction aux mouvements de la sonde. Une envie de pleurer lui picote les yeux.

Tom laisse échapper quelques larmes. Hanna a la gorge sèche. Impossible de parler.

C'est son bébé. Son bébé à elle – enfin, à eux. Il répond à ses souhaits les plus chers. Plus rien au monde ne compte en dehors de ce minuscule bout de chou.

— Il a l'air en pleine forme. Il mesure environ douze centimètres. Sans la date de vos dernières règles, je ne peux pas être plus précise mais, dans votre dossier, j'ai inscrit le 3 novembre comme date du terme.

— Il va naître avant Noël !

La joie de Tom est contagieuse, Hanna lui fait un grand sourire. Elle imagine déjà le nourrisson emmitouflé dans sa tenue rouge et blanc, si mignon, tout entouré d'amour. Son plus merveilleux cadeau.

— Je vais vous donner quelques captures d'écran, dit l'opératrice en immobilisant la sonde avant d'appuyer sur une touche du clavier.

Malgré la concentration qui se lit sur son visage, la tâche lui donne du fil à retordre.

— Il refuse de prendre la pose. Quel tempérament !

Le cœur de Hanna se gonfle de fierté maternelle, elle en jubile d'avance ; la voilà enceinte d'un enfant en bonne santé, plein d'énergie, adorable. Et dans cinq mois, elle sera mère.

Maman.

— Il est trop beau, dit Tom en penchant le visage pour mieux voir.

Le bébé recommence à bouger les bras, comme s'il leur faisait coucou.

— Elle est trop belle, tu veux dire, corrige Hanna, incapable de détourner le regard.

Cinq mois, ça semble si long. Elle commence mentalement une liste des « choses urgentes » : déménager, préparer la chambre, acheter des multitudes de gadgets – dont elle n'aura jamais l'utilité…

— Parfait. Je vais transmettre votre dossier et vous adresser à l'obstétricien. Vous devez prendre rendez-vous avec lui d'ici huit jours. Quant à moi, ajoute la technicienne, il faudra que je pratique d'autres examens à la vingtième semaine.

Elle tend les photos à Tom, qui s'en saisit avidement.

— Et voilà, papa. Les premières d'une longue collection !

Tom rit et ne juge pas utile de rectifier. Hanna se demande s'il ne commence pas un peu à considérer cet enfant comme le sien. Serait-ce une bonne chose ? Elle ne tient pas à compliquer encore sa relation avec Richard.

Pourtant, si elle y réfléchit bien, au cas où le vrai père refuserait de la soutenir, il est préférable de garder Tom dans les parages. Elle ne veut pas rester seule dans ces circonstances et il a l'air si content. Ce n'est pas comme s'il y avait quoi que ce soit de romantique entre eux, ils sont juste amis. Et sa présence la rassure.

— Tom, je t'interdis d'en parler à Ruby, du moins pas avant que j'aie averti Richard, d'accord ?

Si les Larsen l'apprenaient avant le père, quelle catastrophe !

— Je serai muet comme une tombe. En revanche, je vais être dans l'obligation de lui commander un tee-shirt Fatal Limits taille naissance.

— Ce bébé sera le plus cool du quartier. Normal, avec un parrain pareil…

— Sérieux, je serai son deuxième papa ?

Si le premier pouvait partager cet enthousiasme…

— Oui, enfin, coresponsable devant Dieu, si tu veux, répond-elle, ce qui ne semble pas modérer l'extase de Tom. Ton rôle, c'est de le gâter à mort et de l'emmener boire le moment venu.

— Boire, vraiment ?

— Oui, tant que c'est du lait premier âge, pour l'instant, précise-t-elle en prenant la main qu'il lui tend. En attendant, j'aimerais un massage de pieds chaque soir et de bons petits plats faits maison.

— Tope là, conclut-il avec un clin d'œil.

Elle s'autorise un petit accès d'espoir. Si Tom se montre aussi emballé, peut-être que Richard va sauter de joie.

Après l'échographie, Hanna ne retourne pas au bureau. Elle veut se recentrer, mesurer les implications de sa grossesse et se préparer à passer ce coup de fil décisif. Elle a prévu d'appeler Richard à 17 heures – midi pour les New-Yorkais, au moment où elle a une chance de le trouver seul dans son bureau.

Elle marche de long en large dans son appartement, incapable de penser à autre chose, ou même de s'asseoir. Dans la cuisine, elle nettoie les plaques de cuisson déjà rutilantes, puis elle s'attaque à sa chambre, où elle range ses piles de tee-shirts par couleurs.

Surtout, ne pas réfléchir.

5 heures. Elle tergiverse. Si elle l'appelle tout de suite, elle aura l'air trop pressée, sur les nerfs, et il peut avoir une réunion qui s'éternise un peu. Quand la petite main de l'horloge murale indique 5 h 10, elle déglutit en regrettant l'absence de Tom, qu'elle a renvoyé chez lui. C'est le coup de fil le plus stressant de sa vie.

5 heures et quart. Elle sent comme des petites bulles sous son estomac. On dirait qu'elle fatigue le bébé avec ses atermoiements. Elle se caresse le ventre. En fait, c'est surtout pour son bébé qu'elle doit avertir Richard. Et Richard est en droit d'entendre la vérité.

Elle déverrouille son mobile et ouvre ses contacts. Elle appuie sur le petit téléphone vert et attend la numérotation automatique avant de porter l'appareil à son oreille.

Une sonnerie, deux, puis trois. Chaque seconde dure des heures, Hanna est nauséeuse, la gorge serrée.

— Allô !

Une voix de femme. Pas ce qu'elle avait prévu. Elle prend une profonde inspiration.

— Pourrais-je parler à Richard, s'il vous plaît ?

— De la part de qui ?

— Hanna Vincent.

Pause interminable. Elle s'apprête à répéter son nom quand la voix reprend :

— C'est la mère de Richard à l'appareil. Je doute que vous vous souveniez de moi.

— Si, bien sûr, madame Maxwell.

— Il n'est pas disponible pour le moment. Il est avec sa fiancée.

— Il faut vraiment que je lui parle, c'est très important, insiste-t-elle, surprise de sa propre véhémence.

— Rien n'est plus important que la santé de Meredith, répond sèchement Caroline. On vient d'annoncer à cette pauvre fille qu'elle demeurera handicapée toute sa vie. Quel que soit le but de votre appel, laissez tomber, vous n'arriveriez qu'à leur faire du mal.

Elle se tait un instant, comme pour permettre à Hanna de prendre la mesure de cette information, avant d'ajouter d'un ton cassant :

— Et ne l'appelez plus jamais.

Hanna se fige. Pendant de longues secondes, elle ne perçoit plus les battements de son cœur, ne respire plus. La réalité vient de lui tomber sur la tête comme une tonne de briques, ses certitudes vacillent. Ce n'est pas vrai. Ce ne peut pas être vrai. La dernière fois qu'elle a vu Richard, il était plein d'espoir, Meredith allait sûrement remarcher. Désormais, celle-ci aura toujours besoin de lui.

Hanna raccroche sans un mot, porte la main à son cœur, qui bat à se rompre.

Elle veut une confirmation écrite noir sur blanc. Elle ouvre son ordinateur portable et tape « Meredith Devries » dans le moteur de recherche. Les détails de l'accident s'affichent à l'écran. Le dernier article en date remonte à février et elle ne trouve aucun nouveau développement. Elle repense à la jolie blonde, si enjouée, si pleine de vie, et, quand elle l'imagine clouée dans un fauteuil roulant pour le restant de ses jours, son cœur se brise.

Impossible de prévenir Richard qu'il va être père alors qu'une autre compte autant sur lui. Si elle le rappelle, va-t-il quitter sa fiancée et se ruer à Londres ? Si oui, comment pourrait-elle le regarder en face ? Est-elle capable de le placer face à un tel dilemme : choisir entre la santé de Meredith et l'éducation de son enfant ?

Non. Pas question.

Il finirait par la détester – ainsi que leur bébé, peut-être – pour l'avoir forcé à choisir. C'est un homme bon, elle sait qu'il resterait d'instinct avec Meredith. C'est son altruisme qui l'a poussé à abandonner ses rêves californiens pour prendre la tête de Maxwell Enterprises après la mort de Leon.

Alors qu'elle compose un autre numéro, elle tremble de tout son corps, mais se calme dès qu'elle entend la voix de Tom.

— Il faut que je m'éloigne de Londres jusqu'à la naissance.

Elle ne s'enfuit pas, cette fois. Elle se retire et place l'existence des autres avant la sienne. Elle sait qu'elle doit couper tout contact avec sa deuxième famille, elle ne pourra jamais rendre visite aux Larsen avec son ventre arrondi. S'ils se risquaient à annoncer la nouvelle à Richard, il en aurait le cœur déchiré.

# 21

*25 avril 2012*

— « Ding Deng Dong ! »

Hanna tape la petite paume de Matty, dont le regard s'allume. Le geste le fait sourire aux anges. Elle recommence le couplet et il hurle de joie en secouant la tête de bas en haut pour qu'elle continue.

Il est réveillé depuis dix minutes, après une longue sieste, et il a l'air bien parti pour attendre le retour de Tom ce soir. Celui-ci a obtenu de Hanna la promesse de ne pas coucher son filleul avant qu'il ne rentre à sa villa sur les hauteurs de Nice ; il a hâte de constater à quel point le bébé a changé depuis la dernière fois.

Le vocabulaire de Matty se compose de mots de une ou deux syllabes, mais il comprend de mieux en mieux. Quand Hanna lui a demandé d'aller chercher ses chaussures, il est revenu avec sa paire de baskets, s'est planté devant elle sur ses petits mollets potelés, triomphant, et son visage est passé par toutes les expressions du bonheur.

— Bako ! ordonne-t-il.

Hanna lui saisit la main et entame « Bateau sur l'eau ». Comme toujours, il retient son souffle jusqu'à « Plouf, dans l'eau ! » avant de partir d'un cri mêlé de rires, qui redouble lorsqu'elle se bouche les oreilles d'un geste exagéré, comme s'il lui avait crevé les tympans.

Elle l'aime tant, ce petit garçon. Depuis la seconde où elle l'a tenu dans ses bras, juste après sa naissance, elle a l'impression qu'un soleil éclatant, caché trop longtemps derrière les nuages, s'est enfin montré. Son adoration enfle dans sa poitrine, lui serre le cœur à lui faire mal. Elle pourrait déplacer des montagnes pour son fils, étriper des dragons, anéantir des armées de gobelins. Rien n'est trop bien pour lui.

Elle a accouché dans une maternité toute proche de Nice, sans problème majeur. Bon augure ! Et, en effet, le caractère doux, toujours joyeux, de Matty en fait l'enfant le plus facile du monde. Non pas qu'il ne pleure jamais – elle est habituée à se relever la nuit afin de lui redonner sa tétine ou de lui préparer un biberon supplémentaire –, mais elle s'est conditionnée pour répondre à ses besoins, et sortir du lit à 3 heures du matin ne lui pose plus aucun problème. Elle a tellement de chance ; rien de ce qui concerne son fils ne ressemble ni de près ni de loin à une corvée.

Elle a bien essayé de chasser Richard de sa mémoire, mais il n'est jamais très loin, comme s'il flottait quelque part à l'orée de sa conscience. Elle a fait le bon choix, cependant. Elle en est persuadée. Meredith est condamnée au fauteuil roulant, tandis qu'elle contemple un avenir radieux avec son fils adoré – même s'il doit ne jamais connaître son papa.

À bientôt dix-huit mois, ce n'est plus un bébé. Matthew Richard Vincent, c'est son petit homme. Des boucles châtain clair, d'immenses yeux noisette qui suivent les moindres déplacements de sa mère. Elle s'estime heureuse d'avoir pu passer chaque journée avec lui depuis un an et demi, installée dans la résidence de Tom. Elle écrit une biographie des Fatal Limits, mais aussi des critiques pour Buzz Media – « The Buzz » pour les intimes.

Elle a transformé la serre – qui servait d'orangerie jusqu'à récemment – en lieu de travail. Son ordinateur trône au milieu d'un bureau vintage en bois blanc. Dans un coin se trouve un amas invraisemblable de jouets, tous en plastique et aux couleurs acidulées. Chaque demi-heure environ, elle fait une pause pour aller empiler des cubes, que Matty s'amuse à renverser en rigolant comme un fou.

— Tu te souviens de tonton Tom ? demande-t-elle en le prenant sur ses genoux et en respirant ses cheveux soyeux. Il adore te chanter des chansons.

— Blèbl, répond Matty.

Elle enchaîne à sa manière habituelle : elle prétend avoir compris et poursuit sur le ton de la conversation, comme si elle parlait à un adulte.

— Tu as raison, il a même enregistré un morceau spécialement pour toi.

« Dear Matty », sorti en février 2011, est passé disque de platine en très peu de temps. Tout le monde croyait qu'il s'agissait d'une chanson dédiée à une certaine Matilda, nouveau grand amour de sa vie. Seuls Hanna et le groupe savaient que Tom y déclarait sa passion pour son filleul nouveau-né. Dès qu'elle l'entend, des frissons la parcourent.

Le petit se met debout sur les genoux de sa mère et lui entoure le cou de ses bras dodus. Il a conservé ses bourrelets, comme s'il avait des élastiques autour des poignets, mais il grandit, devient plus fort et plus mince. Il ressemble de moins en moins à un bébé et se transforme en petit garçon, mais elle s'en console, car la personnalité de Matty s'affine au fil des jours.

Un bip de trois notes lui signale un texto. Elle repose son fils et prend son téléphone dans un coin de la pièce. Elle glisse son doigt sur l'écran.

Viens d'atterrir à Monte-Carlo. Devrais arriver d'ici deux heures.

Les Fatal Limits ont terminé leur tournée mondiale par l'Australie et Tom s'est accordé deux semaines de congé pour surfer et décompresser. Il est rentré à Londres il y a huit jours et n'a plus qu'un seul projet, rester un moment à Nice avec Hanna et son filleul. Ils doivent relire les dernières épreuves de sa biographie, mais comptent surtout passer du bon temps ensemble. Il a dû s'absenter trop fréquemment depuis la naissance de Matty.

Pour sa part, Hanna n'a fait que un ou deux sauts à Londres. Elle a gardé son appartement, parce qu'il faudra bien y retourner un jour ou l'autre, mais elle est installée en France pour l'instant. L'enfant se plaît dans le grand jardin à l'arrière de la maison, et il adore la plage. Ce mode de vie paisible leur sied à merveille.

En outre, elle ne risque pas de tomber sur les Larsen par hasard.

Champagne au frais. Menu du dîner : bâtonnets de poisson surgelés.

Elle envoie le SMS en souriant. Parmi ses fonctions de parrain, celle que Tom préfère, c'est goûter les plats de Matty. Quand il passe en coup de vent entre deux concerts, il lui donne à manger en se réjouissant des purées de toutes sortes préparées par Hanna – dont, le plus souvent, il avale plus de la moitié en jouant à « une cuillerée pour bébé, une cuillerée pour tonton ».

Prévois large. J'amène une invitée.

Voilà qui pique sa curiosité. Aux dernières nouvelles, Tom est célibataire, même si elle soupçonne qu'il a des rendez-vous fixes dans certaines villes lors de ses tournées. Elle espère qu'il finira par se mettre en couple avec Ruby, mais pour l'heure rien de concret. Serait-elle responsable ? En traçant une frontière entre sa nouvelle vie et les Larsen, elle a forcé Tom à choisir son camp. Non pas qu'elle se soit attendue à une décision tranchée. Elle-même reste en contact avec Ruby et Claire. Elle trouve d'ailleurs surprenant qu'elles aient pris son excuse bidon pour argent comptant – elle s'est inventé un contrat avec un « chanteur reclus » sur lequel elle est censée écrire un livre, stipulant l'interdiction formelle de révéler le moindre détail géographique. Claire a l'habitude des excentriques new-yorkais, c'est sans doute pourquoi elle s'imagine que tout est possible en ce bas monde. Quant à Ruby, elle est bien trop absorbée par sa thèse de doctorat en physique moléculaire pour se poser des questions. Quoi qu'il en soit, cacher l'existence de Matty s'est révélé facile.

Elle entend claquer la porte d'entrée. Matty se met à taper l'eau des deux mains en babillant.

— T'es là ? crie Tom dans le couloir.

— Dans la salle de bains mais, je te préviens, il y a eu un tsunami ici.

Après quelques secondes, Tom apparaît sur le seuil avec un grand sourire clownesque.

— Mon filleul !

Il se penche afin de serrer l'enfant dans ses bras, mais celui-ci l'éclabousse des deux poings. Tom et son tee-shirt hors de prix sont trempés.

Hanna pince les lèvres pour se retenir de rire. Le bébé semble un peu perturbé, autant par le changement dans la routine du soir que par l'accolade un peu trop enthousiaste de son parrain. Il commence à avoir peur des gens qu'il ne voit que rarement – Hanna espère que ça lui passera.

Elle prend Tom dans ses bras.

— Ça a été, le voyage ?

— Un peu long. J'ai dormi quasi tout le temps, répond-il en se frottant les yeux pour plus de véracité.

— J'imagine que ton amie a apprécié…

— Mon amie ?

— La personne qui t'accompagne, pour qui tu m'as demandé de préparer à manger.

— Ruby, tu veux dire ?

Il rit à gorge déployée alors que le sang de Hanna se glace dans ses veines.

— Ruby… Larsen ? demande-t-elle tout bas. Tu l'as amenée ici ?

— C'est une longue histoire. Il faut que vous discutiez, toutes les deux.

— Tu m'étonnes…

Ruby se tient sur le seuil de la salle de bains.

— T'avais dit que t'attendrais en bas, dit-il en la prenant par la taille. Ça sera pas facile de lui expliquer si vous vous mettez à vous crêper le chignon.

La gorge serrée, la panique l'empêchant de respirer, Hanna se sent trahie. Tom a ouvert les vannes et la petite vie tranquille qu'elle a organisée est en danger. À cause de la personne qui lui a le plus manqué.

— Ruby, je suis tellement…

Matty recommence à envoyer de l'eau partout, et cette fois il atteint le tee-shirt de sa tante. Mais celle-ci ne peut s'empêcher de sourire ; son visage se décontracte en une seconde.

— Il est magnifique.

Hanna opine de la tête, elle ne sait que dire.

— J'y crois pas, tu m'as même pas parlé de Matty. J'arrive pas à comprendre pourquoi tu me fais pas confiance. On est copines, enfin ! T'es ma meilleure amie et tu m'as baladée pendant des mois à me raconter des conneries sur un prétendu ermite de génie et combien c'est compliqué de retracer sa vie.

— Je suis du genre à me retirer du monde, lui fait remarquer Tom, ce qui lui vaut une tape sur le bras.

— Toi non plus, ne crois pas t'en tirer à si bon compte.

— Il n'y est pour rien. C'est moi qui l'ai supplié de se taire, intervient Hanna.

— Peut-être, mais il l'a annoncé au monde entier. Il a écrit une chanson pour ton fils, nom de Dieu ! Enfin, pour votre fils, à Richard et à toi.

Hanna n'essaie même pas de nier le fait. Plus Matty grandit, plus il ressemble à son père. Lorsqu'il a perdu ses cheveux noirs de nouveau-né, ils ont repoussé du même châtain clair que ceux de Richard quand il était enfant. Seuls ses yeux noisette lui viennent de sa mère.

— Bon, je peux le coucher ? On pourra discuter quand il sera endormi.

Hanna sort du bain son petit garçon qui gigote dans tous les sens et l'enveloppe soigneusement d'une serviette blanche bien moelleuse.

Ruby continue à contempler son neveu d'un œil attendri tandis qu'il mordille un coin de la serviette.

— D'accord, je vais défaire ma valise. Tu as une demi-heure.

Matty s'assoupit sur les genoux de Hanna alors qu'il termine difficilement le lait qu'elle lui a fait chauffer. Son petit corps s'affaisse et elle sent que sa respiration adopte le rythme lent du sommeil. Elle le soulève et le place délicatement dans son lit à barreaux, allume la veilleuse et le Babyphone avant de sortir et de refermer la porte en douceur.

Elle redoute le pire. Elle est furieuse contre Tom, qui l'a prise au piège sans préavis. Mais surtout contre elle-même. Par sa faute, son meilleur ami s'est longtemps trouvé dans une position intenable, d'autant plus s'il a repris contact avec Ruby. Elle a eu tort de lui demander de mentir pour elle.

Elle pénètre dans le grand salon ouvert. Un soleil orange se couche paresseusement à l'horizon, éclairant d'une lueur ambrée la pièce à vivre, mais aussi Tom et Ruby, ce qui leur donne un teint étrange, presque surnaturel. Ils sont assis côte à côte, la tête penchée vers l'autre, et discutent tout bas. Depuis combien de temps ça dure ? Ils ont l'air bien trop proches pour n'être ensemble que depuis quelques jours.

— Tu veux du vin ? demande-t-il en s'approchant, l'air conciliant.

Elle lui rend un faible sourire pour enterrer la hache de guerre.

— J'aimerais un verre de sancerre.

Elle boirait volontiers toute la bouteille, mais ce n'est pas ainsi qu'on gagne le titre de Supermaman.

Tom part à la cuisine et Ruby se lève, son visage rayonne malgré la faible clarté. Une force attire Hanna et, en une seconde, les voilà dans les bras l'une de l'autre. S'ensuit une pluie de récriminations, de mots gentils, de larmes et de colère.

Elles sont comme deux sœurs. Un amour inconditionnel les unit pour la vie.

— Je suis furieuse. Dis-moi pourquoi tu as fait ça, hoquette Ruby entre deux sanglots.

Hanna embrasse sa joue trempée de larmes.

— J'ai…

Elle a une boule dans la gorge, parler lui est presque impossible. Elle reprend après quelques secondes :

— Quand j'ai découvert que j'étais enceinte, j'ai appelé Richard pour le prévenir, mais c'est Caroline qui a décroché et qui m'a annoncé la nouvelle au sujet de Meredith.

— Quelle nouvelle ?

— Qu'elle ne pourrait plus jamais marcher.

Toutes deux respirent un peu mieux. Hanna entraîne Ruby par la main vers le canapé. Cette dernière semble perplexe.

— Mais Meredith va très bien. Juste après l'accident, d'accord, elle était en fauteuil, mais elle a guéri plutôt rapidement.

— Pas du tout. Caroline m'a appris qu'elle resterait handicapée à vie. C'est pour ça que je n'ai rien dit à Richard. Je n'aurais pas supporté qu'il la quitte pour moi.

— C'est faux, assène Ruby.

— Mais si, proteste Hanna. J'ai téléphoné, j'avais l'intention de lui annoncer ma grossesse.

— Non, à propos de Meredith. Caroline t'a menti.

Le cœur de Hanna s'arrête net. Pourquoi Caroline aurait-elle inventé cette histoire de handicap, enfin ? Ça n'a aucun sens… à moins qu'elle n'ait tenu à séparer Richard et Hanna. Donc, tout ça n'était qu'un énorme mensonge ? Elle en a la nausée. Dix-huit mois passés à élever seule son enfant, pour rien ?

Que va-t-il se produire maintenant ? Elle a cru bien faire en laissant Richard dans l'ignorance, mais en réalité elle lui a juste volé son fils. Il ne le lui pardonnera jamais, tout comme elle ne pourra jamais trouver d'excuses à Caroline. À cet instant, elle voudrait plutôt lui arracher les yeux. Cette garce a détruit l'avenir de leur couple. Hanna secoue la tête dans un torrent de larmes.

— Impossible.

— Si, je t'assure. Meredith marche comme toi et moi. Même qu'elle a pris ses jambes à son cou quand ils se sont séparés.

— Nooon ! J'ai caché à Richard la naissance de Matty uniquement pour qu'il puisse passer le reste de sa vie à s'occuper d'elle.

— Il y aura bientôt deux ans qu'il a rompu avec elle. Il a sauté dans le premier avion pour Londres. Quand il s'est aperçu que tu étais partie, il était furax, je te raconte pas. J'avais peur qu'il se mette à tout casser, ou pire. Je n'ai pas osé lui avouer qu'on continuait, toi et moi, à correspondre par mail.

Bon sang, où est passé Tom avec le sancerre ? Il lui faut cette bouteille tout de suite. Si seulement elle avait insisté et rappelé Richard ce jour-là, ou annoncé sa grossesse à Ruby ! Elle serait avec lui aujourd'hui, elle le regarderait jouer avec son fils, faire rouler vers lui un ballon de foot ou une balle de base-ball. Elle n'a qu'une envie, remonter le temps et tout arranger.

— Alors il n'est plus avec Meredith ?

— Non, je t'ai dit. À ce que je sais, il n'a personne. Sinon, je m'en serais rendu compte, j'ai habité chez lui quand j'étais en master à Columbia.

— C'est super que vous vous entendiez toujours aussi bien, répond Hanna comme un automate.

Son esprit est tout occupé par une image : un grand appartement de Manhattan, au dernier étage, Matty courant sur le plancher ciré avec une expression rayonnante quand son papa rentre après sa journée de travail.

Cette scène n'aura jamais lieu. Un sanglot étouffé lui serre la gorge.

— C'était génial de vivre ensemble, dit Ruby, dont les yeux pétillent au souvenir de ces jours heureux.

Tom réapparaît enfin.

— Je peux revenir ? Le terrain est déminé ?

Il dépose trois verres sur la table basse et sert le vin bien frais.

— On ne s'est pas étripées, si tu veux savoir, dit Ruby. Maintenant, il faut qu'on trouve comment expliquer la situation à Richard.

Hanna est encore tout engourdie, incapable de donner forme à ses pensées. Prête à obéir sans réfléchir, elle laisse la direction des opérations à Ruby.

— Pas sûr qu'il acceptera de te parler. Les rares fois où on prononce ton nom, il quitte la pièce.

Bien entendu qu'il la hait. Quels ont été les derniers mots de Hanna, quand ils se sont vus à New York après l'accident de Meredith ? La promesse de l'attendre à Londres. Pas étonnant qu'il ait enragé de l'apprendre partie sans laisser d'adresse.

Une fois de plus.

Mais va-t-il aussi prendre Matty en grippe ? À la pensée que quiconque puisse détester son fils, son cœur se serre. La colère pourrait prendre le dessus, il pourrait renier son enfant.

De toute façon, elle ne peut plus reculer. Ce n'est pas à elle de décider. Elle voudrait l'appeler tout de suite, cracher le morceau vite fait – ils ont tant de temps à rattraper. Malheureusement, ce n'est pas le genre de nouvelle qu'on annonce à des milliers de kilomètres de distance.

— Je ne peux pas lui dire par téléphone, il faudra que j'aille à New York. Je ne suis pas sûre que Matty appréciera l'avion.

Elle le voit d'ici en train de courir partout, de déranger tous les passagers avec ses hurlements stridents.

— T'as qu'à le laisser ici avec nous, propose Ruby. Je voudrais tellement faire la connaissance de mon neveu ! Et Tom l'adore, si j'en crois sa chanson.

Hanna hésite. Évidemment, ce serait la solution la plus sensée, mais elle n'est pas certaine de supporter la séparation.

— Il est dans une phase « collé à maman ».

— Laisse-nous deux semaines pour qu'il s'habitue. Si on fait du bon boulot, tu sautes dans l'avion, tu parles à Richard et tu reviens aussi sec. Je te promets qu'on traitera ton fils comme un prince.

Le ton de Ruby trahit une envie folle de s'occuper de Matty. Hanna se radoucit en voyant briller les yeux de Tom.

— Mais est-ce que Richard acceptera de me voir ?

Poser la question revient à approuver le projet, aussi Ruby la serre-t-elle très fort dans ses bras en poussant un cri de joie qui la fait sursauter.

— J'en doute, mais je n'ai qu'à prendre rendez-vous avec lui et tu iras à ma place. Comme ça, tu lui annonces la nouvelle au bureau, et avec du monde autour il ne peut pas se permettre de péter un câble.

On dirait que Ruby a tout prévu. Dans une quinzaine de jours, Hanna volera au-dessus de l'Atlantique. La peur le dispute à l'excitation, et le vin qu'elle boit sans retenue n'arrange rien. Revoir enfin Richard… À cette idée, elle se liquéfie.

Elle ira à New York parce qu'il mérite de savoir qu'il a un fils. Parce que Matty doit connaître son père. Et surtout, parce qu'elle aime Richard de tout son cœur.

# 22

*12 mai 2012*

L'avion touche le sol en début d'après-midi. L'atterrissage à JFK est assez cahoteux pour que se retourne son estomac déjà mal en point. Après tant de trajets au-dessus de l'océan, c'est la première fois qu'elle prend clairement conscience de sa mortalité. Qu'arriverait-il à Matty si elle venait à disparaître ? Cette question l'obsède à la rendre folle.

« Raison de plus pour annoncer son existence à Richard », lui souffle un recoin pervers de son cerveau qu'elle préférerait ignorer.

Même ses neurones se retournent contre elle.

Elle n'a qu'un petit bagage à main – trousse de toilette, chemise de nuit et tenue de rechange –, amplement suffisant puisqu'elle rentre le lendemain.

Les passagers se ruent vers le poste de contrôle des arrivées. Richard ne le sait pas, mais chaque pas de Hanna le rapproche de la nouvelle la plus incroyable qu'il ait entendue de toute sa vie. La file progresse un peu vite à son goût, elle voudrait traîner, trouver un prétexte pour rester au bout de la queue. Peut-être aurait-elle dû choisir son passeport britannique, plutôt que celui des États-Unis – il y a nettement plus de monde de l'autre côté.

Elle ferme les yeux et se souvient de son départ de la villa. Ruby lui a chuchoté des encouragements à l'oreille en la serrant dans ses bras, et ses mots ont planté une graine d'espoir dans son cœur. Richard pourrait lui pardonner sa fuite, un jour ou l'autre. Cette graine, elle n'a pas encore eu le temps de l'entretenir, de la laisser devenir une plante, quelle qu'elle soit, mais elle espère ne pas la laisser flétrir.

— Ça fait longtemps que vous avez quitté les États-Unis, constate le contrôleur, qui maintient le passeport ouvert d'une main et tapote de l'autre sur le clavier de son ordinateur.

— J'ai la double nationalité. Ça fait deux ans que j'habite en Europe.

— Et vous avez l'intention de rester ? demande-t-il d'un air inquisiteur.

— Je repars demain. J'ai juste rendez-vous avec un ami.

— Bonne journée, dans ce cas, répond-il en lui rendant ses papiers avant de porter son attention sur le passager suivant.

Elle ramasse son sac et passe la barrière. Elle perçoit comme un compte à rebours dans sa tête, semblable à l'écoulement des secondes qui précèdent minuit à la Saint-Sylvestre. Elle a peur et hâte en même temps.

Elle n'a pas de bagage à attendre sur le tapis roulant et gagne donc rapidement le terminal principal. L'air conditionné lui donne la chair de poule, mais le soleil qui brille derrière les grandes baies vitrées de l'aéroport promet une magnifique journée de printemps.

À la station de taxis, elle se prépare mentalement pour sa conversation avec Richard : « Tu dois lui annoncer le plus vite possible, si tu commences à tergiverser, soit il te fout dehors, soit il te tue. » Il faut qu'elle en finisse au plus vite, qu'elle arrache le pansement d'un coup sec. Quand on le décolle millimètre par millimètre, on souffre encore plus, et plus longtemps. Elle pourra s'occuper de la plaie plus tard.

Quoi qu'il arrive, ça va faire mal.

Elle s'installe sur la banquette d'un taxi, toute froide contre sa peau, et aussitôt revient le réflexe de chercher le regard du chauffeur dans le rétro.

— Où vous allez ?

— Quartier de la finance. Au croisement des rues Pine et Nassau.

— Maxwell Enterprises ? reconnaît l'expert.

— Tout à fait.

Elle prie pour que Ruby ait réussi à lui procurer le bon passe. Si elle doit appeler Lisa, elle préfère encore repartir en courant.

Heureusement, il y a des embouteillages, et le trajet prend un temps fou. Pour se calmer, elle se concentre sur la musique de l'autoradio. Depuis qu'elle a quitté New York, on dirait que les taxis se sont améliorés : elle profite d'un écran qui indique, entre deux pubs pour des commerces locaux, leur position sur une carte détaillée ; il lui est donc facile de suivre leur trajet grâce au petit point rouge qui progresse avec la lenteur d'un escargot neurasthénique.

Il est 3 heures lorsque le taxi se gare sur Pine Street. Hanna tend soixante dollars au chauffeur en lui disant de garder la monnaie, puis ouvre la portière et se retrouve en plein centre-ville. Le bruit ne l'agresse pas autant qu'avant – peut-être qu'habiter ici quelque temps l'a vaccinée contre la cacophonie. Bizarrement, les gaz d'échappement ne la dérangent plus, et les odeurs de graillon des *food trucks* lui paraissent délicieuses.

On dirait qu'elle a repris confiance en elle. Dans son jean slim et son tee-shirt noir, elle sent qu'elle détonne parmi les costumes gris, mais au lieu que cela lui donne un complexe d'infériorité, comme avant, ça la fait sourire, car son boulot à elle est tellement plus gratifiant. En plus, elle peut rester avec son fils toute la journée. Eux, on dirait des taulards. Certes, leurs uniformes sur mesure sont un peu plus classe que les combinaisons orange mais, au fond, eux aussi passent leurs journées à marcher en rond dans la cour d'une prison.

Elle franchit le poste de sécurité sans encombre. Son nom figure sur la liste et son passe l'attend. Elle l'attache à la ceinture de son jean et se rend aux toilettes afin de vérifier son maquillage avant de monter.

Lorsqu'elle ressort – après une retouche de blush et un coup de peigne sommaire –, elle se dirige vers les ascenseurs dans un coin du hall d'entrée. Elle est venue maintes fois ici, quand elle sortait avec Richard avant la mort de sa mère, et aussi plus tard, quand elle vivait à New York. Mais cette fois c'est différent. Elle a l'impression que l'espace est plus étroit, que les murs se sont rapprochés, et la cabine de l'ascenseur semble émettre de mauvaises vibrations. Mais c'est peut-être elle qui a changé, et non l'immeuble.

Elle s'arrête un instant devant la porte des locaux et prend une profonde inspiration pour se donner du courage. Elle redresse les épaules, abaisse la poignée et tente d'adopter une expression neutre, indéchiffrable.

Puis elle entre.

— Hanna ? fait Lisa, tout étonnée.

L'assistante de Richard a toujours été très sympa avec elle. Les deux autres employées lèvent les yeux, cessent de taper sur leur clavier, leur mine trahissant leur curiosité – elles doivent être nouvelles, Hanna ne les a jamais vues.

— Bonjour, Lisa, comment tu vas ?

— Très bien, et toi ?

— Je peux voir Richard ?

— Il a des réunions tout l'après-midi. Je ne crois pas qu'il s'attendait à ta visite.

Lisa, courtoise comme à son habitude, paraît sincèrement désolée.

— Son rendez-vous de 15 h 30, c'est moi. C'est Ruby qui a réservé le créneau horaire.

— Ah ! ceci explique cela. Je vais lui dire que tu es là.

Hanna voudrait prendre ses jambes à son cou et sprinter jusqu'à l'aéroport. Elle se trouve dans une situation impossible, elle a les nerfs à vif, et la nausée qui menaçait depuis quelque temps commence à s'intensifier. Si elle ne se reprend pas, elle va finir par être malade.

« Hanna, tu contrôles la situation, se répète-t-elle. Dis-lui la vérité, laisse-le digérer la nouvelle, et repars comme tu es venue. »

Pas question de paniquer. Elle essaie de respirer normalement, même si son cœur n'est pas d'accord. Il ne manquerait plus qu'elle s'écroule dans le bureau des assistantes.

— Tu peux y aller.

La voix de Lisa la ramène à la réalité.

Enfin, le moment est venu. Est-elle prête ? Le sera-t-elle jamais ? Ça fait si longtemps qu'elle ne l'a pas vu. Mais elle sait qu'elle doit lui dire la vérité, elle le doit à lui comme à Matty. Ensuite, elle aura juste à gérer les conséquences. Elle met lentement un pied devant l'autre pour traverser la salle, fait semblant d'admirer le décor superbe qu'elle connaît par cœur, et tend la main vers la poignée.

Les gonds grincent un peu quand elle ouvre la porte. Le bureau de Richard a dû être refait à neuf depuis la dernière fois qu'elle est venue, deux ans auparavant. Les murs grèges ont été repeints en blanc cassé, on a choisi des meubles aux lignes pures, plus modernes. La vie a continué malgré son absence. Mais la vie a aussi continué de l'autre côté de l'océan malgré son absence à lui. Comment va-t-il réagir ?

— Qu'est-ce que tu fais ici ?

Il est accoudé sur son bureau, bras et jambes croisés dans une attitude un peu coincée. Sa veste de costume est pendue au portemanteau derrière lui. Hanna ne peut s'empêcher de détailler la coupe toujours parfaite de ses vêtements, qui met son corps en valeur.

Richard a encore pris du muscle depuis leur dernière rencontre. Le coton léger de sa chemise fait ressortir ses biceps et son torse sculpté. Ses hanches sont toujours aussi étroites, bien dessinées. Elle ferme les yeux pour tenter d'oublier comment, il y a si longtemps déjà, son bassin ondulait entre ses cuisses quand il la pénétrait en soupirant doucement dans son oreille, alors qu'elle frissonnait, qu'elle gémissait, qu'elle…

Elle secoue la tête. Elle n'est pas là, dans cet imposant bureau aux boiseries de chêne, pour s'offrir un petit voyage dans le passé, si plaisant soit-il. Elle a parcouru plus de six mille kilomètres afin de lui annoncer ce qu'il est en droit de savoir.

D'où sort cette envie d'éclater de rire, tout à coup ? Il est vrai que l'aspect mélodramatique de ce rendez-vous est plutôt comique. D'ailleurs l'adolescente de dix-sept ans qu'elle a été ne manquerait pas de se moquer copieusement de la quasi-trentenaire qu'elle est devenue, en voyant qu'elle s'est débrouillée pour transformer une vie pleine de promesses en feuilleton aux rebondissements invraisemblables.

Elle jette un coup d'œil à son visage, au rictus désapprobateur qui lui tord la bouche – franchement pas de quoi rire. Il fronce les sourcils et plisse le nez rien qu'à la voir. Le mépris irradie de son profil de médaille.

Même si elle se trouve dans son entreprise à lui, au dernier étage de son immeuble à lui, c'est bien sa scène à elle qu'elle est venue jouer. Elle tente d'apaiser les battements de son cœur.

Ça y est. Elle est prête.

S'il la maudit déjà, Dieu seul sait ce qu'il ressentira après avoir entendu la nouvelle. Il a longtemps fait partie intégrante de sa vie – en tant qu'ami, confident et même amant –, mais jamais jusqu'ici il n'a eu le pouvoir de la briser.

— Si charmante que soit ta visite, lance-t-il sur un ton cassant qui dément ses propos, j'ai une réunion dans cinq minutes. Tu veux quoi, au juste ?

Il n'en a aucune idée, et c'est bien le problème. Symptômes de la fébrilité qui s'empare d'elle au moment d'avouer, ses bras pèsent des tonnes, ses doigts tremblent, elle est au bord du vertige. Elle prend une profonde inspiration pour s'exprimer enfin – elle s'est infligé neuf heures d'avion dans cet unique but.

— Richard, commence-t-elle d'une voix assurée.

Elle peut y arriver. Lui dire la vérité et foutre le camp d'ici en vitesse.

Reprendre l'avion.

Rentrer à la maison.

Le retrouver.

— Richard, nous avons un fils.

Un silence de mort envahit la pièce. Diverses émotions défilent sur le visage de Richard, la perplexité prenant finalement le dessus. Elle est venue, elle a avoué, elle attend sa réaction. Dans l'angoisse.

Il reste figé. Devrait-elle répéter ? Elle ne cesse de transférer son poids d'une jambe sur l'autre. Elle brûle de s'approcher de lui, de le toucher.

Attention, envie dangereuse.

— Nous avons un bébé ?

— Oui. Enfin, non. Enfin, si, mais ce n'est plus tout à fait un bébé maintenant.

Bon Dieu, voilà qu'elle se met à babiller comme Matty. Elle s'oblige à le regarder dans les yeux, mais à les voir si confus, si pleins de ressentiment, elle voudrait battre en retraite.

— Qu'est-ce que tu racontes ? Je comprends pas.

Elle devine qu'une preuve sera plus efficace que des explications. Elle parvient à maîtriser ses tremblements pour tirer son téléphone de sa poche et chercher maladroitement son album de photos.

— En 2010, quand j'ai quitté New York, j'étais enceinte, sans le savoir. Je ne m'en suis aperçue que quelques mois plus tard mais, la dernière nuit qu'on a passée ensemble, on a fait un enfant.

La voix de Hanna traîne un peu sur ce dernier mot. Elle a toujours du mal à le croire.

— T'es sûre qu'il est de moi ?

Il a beau être en droit de poser la question, elle n'en est pas moins insultante.

— Absolument certaine.

Un silence pesant les sépare. Elle se demande si elle arrivera à le franchir un jour. Elle décide de continuer, de lui donner toutes les informations nécessaires et de décamper. Si seulement elle pouvait serrer son fils dans ses bras à cet instant précis.

— Il s'appelle Matthew, il est né le 12 novembre. Il a dix-huit mois.

Elle s'avance pour lui montrer une photo qu'elle a prise deux jours plus tôt : chez Tom, dans le salon, Matty s'apprête à envoyer un ballon à Ruby. Il a l'air enchanté de jouer avec sa tante, mais il se mord la lèvre tant il se concentre sur son lancer.

— C'est lui, mon fils ? demande Richard sans trahir la moindre émotion.

Une boule dans la gorge l'empêche de répondre, elle doit se contenter d'opiner de la tête. Elle a si souvent rêvé de cet instant que le ton monocorde de Richard la ramène froidement à la réalité. Il ne demeure pas longtemps de marbre. Très vite, son visage se tord sous l'effet de la colère, si bien qu'elle en vient à regretter son manque de réaction, son calme – même s'il n'était qu'apparent.

— Il faut que je sorte d'ici. Mais toi, tu restes, crache-t-il.

Il ne lui laisse pas le choix. Il marche d'un pas décidé vers la porte, l'ouvre violemment et la claque, puis elle perçoit le bruit du verrou.

Il l'a enfermée.

Il lui fait si peu confiance. Il est certain qu'elle va s'enfuir et il se croit obligé de la séquestrer.

Ou peut-être essaie-t-il de la protéger ? Probable puisque, quelques secondes plus tard, elle entend des objets cogner contre les murs, et les vibrations de ses cris de rage, suivies du ton arrangeant de Lisa, qui n'ose élever la voix.

Hanna va s'installer sur le canapé de cuir brun à côté de la grande baie vitrée, et sort son téléphone.

Ça y est. Je lui ai dit.

Elle envoie son texto à Ruby. La réponse ne tarde pas :

Comment il a réagi ?

Il m'a enfermée dans son bureau.

Ça va ? Et lui, il tient le coup ?

Ruby s'inquiète pour lui comme pour elle, elle a vraiment un cœur d'or.

Moi, pas de problème. Lui, je ne sais pas, il a quitté la pièce, mais j'ai l'impression qu'il balance des meubles à droite et à gauche.

Au bout d'une dizaine de minutes, une clé tourne dans la serrure, et Lisa passe la tête par la porte.

— Ça va, Hanna ?

Celle-ci ravale un sourire amusé. Tout le monde veut savoir comment elle se sent, pourtant c'est à Richard qu'il faudrait poser la question. Elle est un peu secouée, très anxieuse, mais rien de grave.

— Oui, oui. Et de votre côté ?

— Richard nous a fait une grosse colère. Ce ne sont pas mes oignons, mais je crois avoir compris ce qui se passe. Je lui ai dit d'aller prendre l'air et de revenir quand il sera calmé.

Derrière la secrétaire, Hanna aperçoit les débris des pots à crayons et autres classeurs que Richard a envoyés valser.

— Tu veux quelque chose à boire en attendant ?

— Un verre d'eau, ce serait super, merci, dit Hanna, qui vient seulement de se rendre compte à quel point elle a la bouche sèche depuis sa confrontation avec Richard.

Celui-ci ne réapparaît qu'au bout de vingt minutes, pendant lesquelles Hanna a appris de Ruby, qui avait eu son frère au téléphone, qu'il avait l'air moins agité. Quand la porte s'ouvre, cependant, elle se prépare au pire. Elle ignore quel comportement il a choisi d'adopter.

— Désolé de t'avoir enfermée. Il fallait que je sorte avant de faire des dégâts.

— C'est moi qui devrais m'excuser.

Comme s'il n'avait rien entendu, il poursuit :

— J'ai demandé à Lisa de nous réserver des places sur le premier vol pour la France. Il y a un avion ce soir.

— J'ai un billet pour demain…

— Non, la coupe-t-il en balayant son objection d'un revers de main, on part aujourd'hui. En attendant qu'on m'apporte mes bagages, tu as le temps de répondre à quelques questions.

— Avec joie.

Il s'assied en face d'elle. Dans la lueur de la fin d'après-midi, son visage semble plus émacié – elle est prise d'une envie aussi subite qu'étrange de suivre d'un doigt le contour de sa mâchoire. Il se cale dans son fauteuil, se passe la main dans les cheveux.

— Pourquoi tu ne m'as rien dit ? Pour te venger parce que je suis resté avec Meredith le temps qu'elle récupère ? Si c'est ça, c'est vraiment lamentable…

Ses mots lui transpercent le cœur. Elle secoue la tête.

— Je voulais t'annoncer que j'étais enceinte. Je ne m'en suis aperçue qu'au bout du quatrième mois. Dès que j'ai passé la première échographie, je t'ai appelé.

Elle boit son verre d'eau d'une seule traite.

— C'est ta mère qui a répondu. Elle m'a dit que Meredith était handicapée à vie, et que tu t'occupais d'elle.

Il s'immobilise.

— Ma mère a dit quoi ?

— Que Meredith ne remarcherait jamais, qu'elle resterait en fauteuil roulant toute sa vie.

S'ensuit un silence épais, que Richard finit par rompre :

— Pourquoi elle aurait dit ça ?

Le cœur de Hanna est comprimé comme dans un étau. Elle a si peur qu'il refuse de la croire. Après tout, entre sa parole à elle et celle de sa propre mère...

— Je ne sais pas, mais je l'ai crue.

Elle aimerait remonter le temps, revivre ce coup de fil et poser des questions plus précises. Elle était si émotive à ce moment-là, encore abasourdie par l'annonce de sa grossesse, trop obnubilée par l'idée de le prévenir pour réfléchir clairement. Caroline avait saisi l'opportunité de l'envoyer au diable avant même qu'elle ait pu commencer à s'expliquer.

— Tu ne sais pas.

Toujours ce ton monocorde. Elle a du mal à interpréter son expression – son visage est comme un masque. Elle voudrait attraper Richard, le secouer, qu'il exprime un sentiment ou un autre.

— Alors pourquoi tu ne m'as pas rappelé plus tard ?

— Parce que... si je t'avais dit que j'étais enceinte, tu aurais quitté Meredith. Je ne pouvais pas lui infliger ça, ni à toi, d'ailleurs. Je croyais qu'elle était paralysée, qu'elle avait besoin de toi. Je te connais, ça t'aurait brisé de devoir décider.

— C'était un mensonge, dit-il, d'une voix soudain vibrante d'émotion. Ma mère t'a raconté des salades.

— Elle ne savait pas que j'étais enceinte, répond-elle, hésitante, des larmes lui piquant les yeux. Malgré tout, j'aurais dû insister.

Il se relève et se met à arpenter le sol de parquet.

— Je te dis pas à quel point je suis perdu, bordel ! J'en veux à mort à maman. À toi aussi. Ça me rend malade de savoir que Ruby a vu mon fils avant moi. Si tu n'étais pas la mère de mon enfant, j'aurais envie de t'étrangler.

Elle tremble de voir ses sautes d'humeur, des excuses aux menaces, avoir raison de son caractère d'habitude si mesuré. Cela dit, elle le comprend. Si on lui annonçait qu'elle avait un enfant de dix-huit mois, elle serait terrorisée, déboussolée, hystérique.

— Tu parlais de questions… avec un « s » ?

— Comment il s'appelle ?

— Matthew Richard Vincent.

— Tu lui as donné mon prénom ?

— Je ne pouvais pas l'appeler Larsen, alors… Tu sais, Matthew signifie « don de Dieu ». Et c'est vraiment un cadeau, ajoute-t-elle avec un petit soupir.

— Il va bien ? Il est heureux ?

Le cœur de Hanna se serre. Même en plein ascenseur émotionnel, Richard se préoccupe du bien-être des autres. Elle l'aime tellement, ses sentiments menacent de lui échapper, il faut qu'elle se calme.

— Il est en parfaite santé. Tous ses vaccins sont à jour. Quelques bobos à droite et à gauche, des éraflures, rien de grave, dit-elle en essayant de sourire à travers ses larmes. C'est le gamin le plus heureux du monde, toujours à sourire, à vouloir jouer. Quand je rentre à la maison, son visage s'éclaire d'un coup, c'est merveilleux. Et il est si intelligent : il a appris des tas de mots nouveaux. Il a marché à onze mois. Tu vas l'adorer.

À voir l'air captivé de Richard, elle pressent que c'est déjà le cas.

— Il faut que je le voie, je n'arrive toujours pas à le croire.

— Je suis désolée. J'aurais tant aimé t'avoir près de moi pour la naissance.

— L'accouchement s'est bien passé ?

Il arrête de faire les cent pas et s'assied. À côté d'elle, cette fois – enfin une lueur d'espoir.

— J'ai eu l'impression qu'on m'étripait, mais ça valait vraiment le coup. Rien que pour le moment où je l'ai tenu dans mes bras pour la première fois, je serais prête à tout recommencer.

— Tu as des photos de lui nouveau-né ?

— Toutes celles de la clinique sont dans un album à la maison, en France. J'en ai quelques-unes où il a six mois. Regarde, il commençait à ramper, dit-elle en les faisant défiler lentement sur son téléphone.

Richard les observe en détail, visiblement sous le charme.

— Il est adorable, souffle-t-il.

— J'ai trop hâte que tu le rencontres en chair et en os.

— Ruby me l'a passé au téléphone. Il a dit ton nom.

Elle déglutit et son sourire s'efface. Penser à Matty suffit à faire monter ses larmes. Il lui manque tellement qu'elle se sent mal, ses bras lui paraissent vides quand elle ne le porte pas. Elle essuie ses joues trempées.

— C'est un petit génie.

La porte s'ouvre, Lisa passe la tête.

— Jack t'attend avec tes bagages. Vous descendez ?

— Tout de suite, répond Richard d'un ton décidé.

Il regagne son bureau, éteint son ordinateur, attrape son portable et quelques dossiers. En refermant son attaché-case, il semble hésiter.

— Il y a le Wi-Fi là-bas ?

Hanna acquiesce en se demandant combien de temps il pense demeurer chez elle. Puis une crainte se fait jour : il ne va pas rester en France pour l'éternité, et s'il essayait d'emmener Matty ? Il est tout à fait en droit de réclamer la garde partagée et, même si cette décision lui briserait le cœur, elle serait incapable de refuser.

A-t-elle vraiment cru qu'elle pourrait lui annoncer la nouvelle et repartir aussitôt sans qu'aucun changement majeur vienne bouleverser son quotidien, en dehors du fait que Matty connaîtrait son papa ? Si elle trouvait la situation compliquée hier, demain lui réserve bien des surprises.

Dans le bureau des secrétaires, Richard prend le sac de Hanna à l'épaule. Elle le suit, le cœur battant. Bien sûr, elle est ravie de revoir son fils dans quelques heures mais, d'un autre côté, elle est si inquiète qu'elle a du mal à respirer.

Reste à savoir si le plus dur est passé.

# 23

*13 mai 2012*

Richard se cale dans son siège de cuir et jette un coup d'œil par le hublot. Enfin, autre chose que l'océan. Le patchwork de parcelles cultivées n'a rien à voir avec les immenses prairies américaines. Même vue du ciel, l'Europe garde son cachet ; tout y est plus charmant, moins démesuré, ce qui correspond parfaitement au tempérament de ses habitants.

Dont fait partie son fils.

« Son fils. »

Il a beau les répéter à l'infini, ces deux mots demeurent vides de sens. Pour la première fois de sa vie, il a pris un comprimé avant d'embarquer, afin de calmer ses nerfs à vif, s'abstenir d'embrasser – ou d'étrangler – Hanna. Elle dort à côté de lui, ses longs cheveux acajou étalés sur l'appuie-tête. Deux vols transatlantiques en moins de vingt-quatre heures ! L'épuisement se lit sur ses traits, malgré tout superbes.

Il revient à son écran d'ordinateur, parcourt la liste des mails qu'il a téléchargés avant son départ. Lisa a eu immédiatement le réflexe de reporter la majorité de ses rendez-vous, mais les réunions les plus importantes se dérouleront en visioconférence – pourvu que la villa niçoise ait assez de réseau.

Un nouvel accès de rage le prend aux tripes. Le visage tendu, les poings serrés, il tente de se maîtriser. Il ne peut pas voir Hanna sans songer à sa trahison et avoir envie de lui faire du mal… Ça le tue.

Un sanglot étouffé le tire de ces pensées terribles. Il tourne la tête et s'aperçoit que Hanna est réveillée. La main sur la bouche, les joues luisantes, elle lui lance un regard d'une tristesse si attendrissante que toute colère le quitte, remplacée par une profonde inquiétude. Il maudit ces sautes d'humeur qui le déstabilisent.

Il n'approchera pas la main pour essuyer ses larmes, pourtant. Pas cette fois. Même si son bras, qui semble doté d'une volonté propre, hésite, attiré par le visage de Hanna.

— Je suis navrée, dit-elle, si bas qu'il l'entend à peine. Je sais que tu m'en veux.

Il inspire longuement par le nez. Elle a un besoin évident qu'il lui pardonne, mais un avion n'est pas le cadre idéal pour ce genre de discussion. Même avec les lumières tamisées, leur tête-à-tête manque d'intimité – les hôtesses passent et repassent, les passagers déambulent dans les allées pour se rendre aux toilettes. Les reproches attendront. Qu'ils aient atterri, qu'ils soient seuls.

Qu'il ait vu son fils pour la première fois.

Le signal lumineux indique qu'il est temps de boucler sa ceinture, puis le chef steward annonce le début de leur descente. Par le hublot, Richard apprécie le paysage magnifique, la lumière matinale. New York semble si loin déjà.

— J'ai réservé un taxi, dit-il sur le ton – un peu forcé – de la conversation.

Quelle mauvaise idée de se trouver si proche d'elle ! Il s'efforce de détourner les yeux – dès qu'il la contemple, un millier d'émotions bataillent dans son cœur.

— Merci, souffle-t-elle.

— Ruby et Tom nous attendent à la maison. Ensuite, ils partent quelques jours à Monaco. Ça nous donnera l'occasion de tout mettre au clair.

— Ils s'en vont ? demande-t-elle d'une voix vibrante. J'espérais pouvoir profiter un peu de Ruby.

— Je préfère rester seul avec mon fils et toi, répond-il en secouant la tête.

Nouveau sanglot, à peine contenu. Inutile de lui jeter un coup d'œil pour savoir qu'elle se mord la lèvre inférieure. Il la connaît par cœur : comment elle rit, comment elle pleure…

Comment elle ment.

L'avion perd rapidement de l'altitude, Richard sent ses oreilles se boucher, se déboucher, essayer de s'adapter. Hanna se jette sur sa petite bouteille d'eau et l'avale d'un trait. Il a oublié à quel point elle est sensible aux changements de pression, mais à présent il revoit, aussi précisément qu'un film en 3D, les quelques vols qu'ils ont effectués ensemble entre New York et Londres, et la façon dont il lui caressait doucement les cheveux alors qu'elle déglutissait frénétiquement sans grand résultat.

Comme elle enlève la main de l'accoudoir, il devine qu'elle la porte à son oreille. Il ne peut s'empêcher de suivre son mouvement et remarque sa chevelure épaisse, brillante, presque rouge dans la lumière crue qui se déverse par le hublot. Quand il ose la regarder en face, elle grimace de douleur.

— Viens là.

Il attire sa tête vers la sienne en passant les doigts dans ses cheveux. Un réflexe oublié resurgit : il lui masse le crâne, et perçoit qu'elle se décontracte sous ses caresses.

Elle pleure toujours. L'humidité de ses larmes transperce sa chemise. Il essuie sa joue délicatement.

— Merci, dit-elle d'une voix étouffée.

Merci pour quoi ? se demande-t-il. Pour le réflexe humain de vouloir soulager sa souffrance ? Pour l'avoir enfin touchée ? Ou pour l'espoir de tout arranger sans en sortir ennemis pour la vie ?

Une fois hors de l'avion, ils se séparent afin de passer les contrôles, elle côté Union européenne, lui coincé dans une queue beaucoup plus longue, avec les passagers du « reste du monde ». Elle doit donc l'attendre devant le tapis roulant des bagages, où elle récupère les sacs de Richard et les met sur un chariot. Leurs rapports n'ont jamais été aussi atrocement civilisés.

Le trajet jusqu'à la villa isolée prend à peine une heure. En ce beau jour de printemps, les champs sont bien verts et les routes pleines de petites voitures pétaradantes qui s'affranchissent allègrement du code de la route. De temps à autre, une Renault ou une Citroën les double et se rabat en leur faisant une queue de poisson.

Au moment où le taxi se gare devant la maison de Tom, Richard n'en croit pas ses yeux. Quand Hanna évoquait une « villa niçoise », il s'imaginait une petite maison de campagne au charme désuet, avec deux ou trois chambres au maximum, des persiennes pourries et une peinture assez écaillée pour mériter l'appellation « pittoresque ». On dirait plutôt un palais. Même pour un New-Yorkais habitué au luxe et aux belles demeures, le bâtiment paraît immense. Savoir que son fils grandit ici le sidère.

Le chauffeur ouvre le coffre, sort les valises de Richard et tend à Hanna son petit fourre-tout avec un sourire poli. Richard s'empare des bagages et ils remontent l'allée qui mène à l'entrée, muets, accablés par le poids de leurs pensées. Ce n'est qu'une fois devant la porte que Hanna brise le silence.

— Comment on s'y prend ? fait-elle, plus confiante à présent, comme si jouer « à domicile » lui donnait l'avantage. Je te présente comme un ami de la famille ? Matty est trop petit pour comprendre, mais je ne veux surtout pas te mettre dans une position inconfortable.

— Hanna, je suis son père, lâche-t-il. On pourrait peut-être commencer par la vérité.

Elle déglutit et opine du chef.

— D'accord, mais il n'accueille pas facilement les inconnus. Il faut lui laisser quelques jours. Ne t'inquiète pas s'il se méfie de toi au début.

Il n'a pas le temps de répondre, la porte s'ouvre. Tom, tout sourire, tient dans ses bras un petit enfant qui gigote, impatient de retrouver sa mère.

— Il n'en pouvait plus d'attendre, il s'est rué dans le couloir.

Matty tend les bras vers Hanna en babillant de bonheur, elle le serre contre elle et enfouit son visage dans ses cheveux en lui répétant combien il lui a manqué.

Richard s'efforce de refréner un accès de colère. Lui, ce n'est pas vingt-quatre heures qu'il a dû passer loin de son fils, c'est un an et demi !

Comme si elle lisait dans ses pensées, Hanna lève la tête et lui adresse un sourire engageant. Elle se tourne légèrement pour qu'il puisse voir le visage de Matty. Là, toute la rage qui bouillonnait en lui s'évanouit.

Matty est ravissant.

De ses grands yeux bruns si expressifs, il observe son père avec intérêt, comme s'il le jaugeait, tandis qu'il porte son pouce à sa bouche. Ses cheveux châtain clair retombent sur son front – une couleur que Richard a vue assez souvent dans les albums de photos de son enfance pour savoir qu'ils prendront une nuance plus foncée, exactement comme la sienne.

L'enfant fronce ses sourcils clairsemés, moins par timidité que par curiosité. Il retire son doigt de sa bouche et désigne l'intrus.

— Ça ?

Hanna lance un coup d'œil rassurant à Richard.

— Ça, mon chéri, c'est papa.

L'annonce le laisse de marbre, ce mot ne lui évoque rien. Richard se demande s'il est soulagé d'être accepté aussi facilement, ou déçu de ne pas avoir droit à la grande scène des retrouvailles avec embrassades et larmes à profusion.

Son cœur s'emballe quand son fils lève la tête vers lui. Il est si beau. On dirait que les traits les plus jolis de ses deux parents ont été réunis pour former un être idéal. Pour ne pas effrayer l'enfant, Richard tente de modérer son enthousiasme. Matty lève le bras et lui touche la joue. Il ne fronce plus les sourcils.

— Çapa, résume-t-il fièrement, un éclair radieux dans les yeux.

La petite main de son fils sur sa peau procure à Richard une sensation indescriptible. Il voudrait arrêter le temps, fermer les yeux, emmagasiner ses émotions et prendre cette menotte, attirer Matty contre lui, l'arracher à Hanna et le balancer dans ses bras pour lui prouver le bonheur immense qu'il ressent.

Voir son fils, son fils à lui.

— Salut, Matthew, dit-il avec un sourire jusqu'aux oreilles. Comment tu vas ?

Le petit Matty hoche la tête, comme s'il comprenait, et commence à se tortiller pour que Hanna le lâche et lui permette d'aller vers son père. Celui-ci ne saisit pas tout de suite ce qui lui arrive, son corps réagit avant son cerveau : déjà il tient son fils dans ses bras, leurs visages si près l'un de l'autre qu'il sent le souffle léger de Matty dans son cou.

— Hmm, fait l'enfant en enfonçant son index dans la joue de Richard et en partant d'un rire contagieux.

Le père glousse, réjoui de pouvoir le serrer sur son cœur. Il a l'impression que ses bras ont été créés pour porter ce poids plume.

— Il est vraiment superbe.

Il considère Hanna d'un œil neuf. Comment détester celle qui a créé quelque chose d'aussi parfait ?

— Il t'aime bien. Normalement, il ne se jette pas au cou des étrangers, explique-t-elle d'un ton mesuré, contredit par ses yeux brillants.

Elle replace une mèche de cheveux derrière son oreille et se détourne.

— Alors, Tom, ça s'est bien passé ?

Richard se rappelle alors qu'ils ne sont pas juste tous les trois.

— Salut, Tom, dit-il en tendant la main droite, la gauche serrant fermement Matty.

— Ça fait plaisir de te voir, Richard, dit Tom, qui lui rend son grand sourire. Ça faisait un bail, ajoute-t-il avec un regard de biais à Hanna, qui a la décence de rosir de honte.

— Où est Ruby ? demande-t-elle, sur la pointe des pieds pour jeter un coup d'œil par-dessus l'épaule de Tom. Je croyais qu'elle serait la première à nous accueillir.

— Elle vient tout juste de se lever, révèle-t-il tout bas, comme en aparté. Ça fait des heures que je suis debout pour m'occuper de Matty.

Le petit secoue la tête de haut en bas, l'air très sérieux, comme s'il prenait part à la conversation.

— Bebout.

— Tout à fait, Matty ! Bebout et bien réveillé. À 5 heures du mat', un vrai bonheur. À toi de jouer, Richard, amuse-toi bien.

— C'est bien ce que je compte faire, répond celui-ci, le visage figé dans une expression de joie intense. Me lever tôt ne m'a jamais posé de problème.

Même avec le décalage horaire, il n'a pas l'intention de rater une minute avec son fils.

— Richard !

La voix de Ruby la précède dans le couloir pavé de tommettes et l'on peut entendre ses talons dévaler les marches. Elle déboule, toute de vert vêtue, glisse sur quelques mètres et s'arrête pile devant son frère.

— Oh ! non ! J'y crois pas, j'ai raté les présentations. Ça faisait des jours que je me préparais. Je t'avais pourtant dit de pas l'amener dans l'entrée, dit-elle en tapant le bras de Tom.

— Pas de violence, s'il te plaît, la réprimande-t-il gentiment.

Il suffit à Richard de voir comment Tom regarde sa sœur pour deviner qu'ils sont un peu plus qu'amis, ces deux-là. « Tant pis, n'y pensons pas », se dit Richard. Jouer la scène du grand frère protecteur, ça peut attendre, il a bien mieux à faire.

Ruby a déjà oublié sa déception.

— Eh ! Richard, il est pas mignon, ton fiston ? Tu l'adores déjà, non ? demande-t-elle en faisant une série de grimaces à son neveu, qui hoquette de rire. T'as l'air tellement à l'aise avec Matty dans les bras. Tu sais comment t'occuper de lui, au moins ?

Elle parle si vite qu'elle est obligée de reprendre son souffle.

— À son âge, tu as passé des heures et des heures dans mes bras. Tu m'étranglais, t'arrêtais pas de pleurnicher et ta couche puait en permanence. Alors je devrais pouvoir m'en sortir.

Ruby rougit et jette un coup d'œil à Tom en espérant qu'il n'a rien entendu.

Entre les changes, les repas, la sieste, les millions de jouets, la journée passe rapidement. Richard est encore tout étonné qu'un mercredi tout à fait ordinaire se révèle une telle suite de miracles. Il concentre toute son attention sur son fils, il le suit alors qu'il court de pièce en pièce sur ses petits mollets potelés. Apparemment, se précipiter à droite et à gauche demeure l'activité favorite de Matty. L'enfant fait preuve d'une énergie débordante jusqu'à ce que la fatigue s'empare de lui et, subitement, comme un jouet électronique qui n'a plus de pile, il s'écroule, se recroqueville dans les bras de sa mère en suçant son pouce et en pointant un livre du doigt.

Hanna a indiqué à Richard comment faire couler un bain à la bonne température, comment changer la couche sans que Matty gesticule et cause un véritable désastre. Toutes ses démonstrations sont accompagnées d'une bande-son de conseils et autres mises en garde, et il a presque envie de l'écarter pour qu'elle le laisse tranquille. Il n'est pas plus bête qu'un autre, bien sûr qu'il peut s'occuper d'un gamin de dix-huit mois.

Même si, pendant sa grossesse, Hanna avait toujours refusé de savoir si elle attendait une fille ou un garçon, la chambre du bébé a été entièrement refaite avant l'accouchement. Elle est douillette, calme, comme un havre après la tempête. Le moment du coucher est un pur bonheur. Ils emmènent Matty vers son lit. Sa mère le serre contre son cœur, mais bientôt il lève la tête et commence à se tortiller pour qu'elle le repose par terre.

Ses petits pieds nus sur le plancher encore chaud, il trottine vers la bibliothèque bleu clair, d'où il tire un volume usé jusqu'à la corde. Il le tient devant lui puis le tend à son père avec une expression énigmatique sur le visage.

— Hissoire, décrète-t-il.

Comme s'il avait conscience que Richard est novice en la matière, il glisse sa menotte dans la paume de son père et l'entraîne vers le fauteuil à bascule couvert d'un plaid écossais dans les tons bleu et crème, juste à côté de son petit lit. Richard s'installe, aide son fils à grimper sur ses genoux. Celui-ci se blottit contre lui en suçant son pouce.

La tête du bébé sur sa poitrine, Richard savoure la sensation de chaleur qui coule dans ses veines. Incroyable : deux jours plus tôt, il ne connaissait pas son existence, et aujourd'hui ce bébé remplit toute sa vie.

— Lire, ordonne Matty.

Richard étouffe un éclat de rire et tourne la couverture cartonnée en prenant bien soin de ne pas abîmer davantage les pages à moitié détachées de la reliure. Il commence, d'une voix douce et profonde :

— Il était une fois, dans un pays très, très lointain…

Il raconte toute « l'hissoire » en commentant les images avec Matty, dont les paupières lourdes aux longs cils blonds se ferment malgré lui. Il caresse sa joue rebondie, toute douce, en admirant son sourire épuisé. À la pensée qu'il l'a pour la vie, qu'il est bien son fils à lui autant que celui de Hanna, son cœur se serre. Il pourra toujours le prendre dans ses bras, et il est bien décidé à ne jamais le quitter d'une semelle.

Des douze dernières années, de leur rencontre au réveillon en passant par les deux disparitions de Hanna, il ne regrette plus une seule minute. Pas quand toutes ces péripéties ont conduit à la naissance de cet enfant. Peu importent ses sentiments envers la jeune mère et la façon dont elle s'est conduite, jamais il ne pourra haïr celle qui a aussi bien élevé Matty.

Toute la journée, il a vu l'amour déborder de ses yeux, il l'a observée tandis qu'elle jouait avec lui, le consolait quand il pleurait et le grondait quand il avait mal agi. Elle ne fait plus un seul geste, ne prononce plus un seul mot qui ne soit pour le bien de l'enfant.

Très clairement, il est leur priorité. À tous les deux.

Dès que Matthew sombre dans le sommeil, Richard embrasse son front, ses cheveux soyeux, et le dépose délicatement sur le matelas. Il tire la couverture sur ses épaules et reste un instant à le contempler pour imprimer dans son cerveau l'image de son fils paisiblement endormi, afin de penser à lui toute la nuit.

Lorsqu'il se retourne pour quitter la chambre, Hanna est sur le seuil. Des larmes roulent sur ses joues, elle se tord les mains en les regardant tous les deux. Il est partagé. Il a envie de la prendre dans ses bras, mais il refuse de lui donner de faux espoirs. Elle pourrait croire que tout va bien entre eux.

Alors que tout va mal.

— On peut discuter ? propose-t-elle timidement.

Il se montre ferme :

— Pas ce soir, je suis crevé, je vais me coucher.

— Alors, quand ? insiste-t-elle.

— C'est moi qui décide, pas toi. La journée a été longue, épuisante, et je dois réfléchir à tout ça. Bonne nuit.

Sa froideur réapparaît, il est toujours en rogne. Hanna voudrait disparaître dans un trou de souris.

— Bonne nuit, répond-elle tout bas d'une voix tremblante.

La laisser là toute seule demande bien du courage à Richard.

Il y parvient, cependant, et il sait pourquoi. Il ne s'agit plus d'eux. Les deux petits jeunes qui s'amusaient, qui rigolaient, qui ont laissé l'amour leur filer entre les doigts, c'est fini. Désormais, leur fils est là, qui exige toute leur attention. Un enfant merveilleux qui ne mérite que la paix et le bonheur.

Matty, c'est toute sa vie dorénavant. Et personne ne pourra l'en détourner.

# 24

*18 mai 2012*

La pluie tambourine sans discontinuer, comme si un troupeau de chevaux sauvages galopaient sur le toit de tuiles. Hanna pousse un gros soupir en surveillant Matty qui court d'une pièce à l'autre, débordant d'énergie. Cet orage estival a éclaté tout à coup. Le ciel bleu du matin a rapidement viré au gris anthracite, il s'est mis à faire lourd, si lourd, et finalement les nuages n'ont pu retenir des torrents d'eau. Pas de crachin anglais sur les Alpes-Maritimes, mais l'attaque énergique de rideaux d'eau s'écrasant sur les vitres, bien décidés à gâcher tout l'après-midi.

Matty n'aime pas trop rester à l'intérieur. Il préfère le grand air, l'herbe des pelouses, le sable des plages. Il adore explorer, cueillir des fleurs, courir après les sauterelles ou les grenouilles – avec de grands cris de frustration quand il n'arrive pas à les attraper. Se retrouver enfermé n'est pas pour lui plaire. Ne pas pouvoir galoper partout à sa guise fait monter son énervement, qui pourrait bien finir par soulever la toiture comme le couvercle d'une cocotte-minute.

Il frappe à la porte de l'orangerie alors que Richard s'y est installé pour travailler, son ordinateur ouvert devant lui. Il a vaguement été question d'une visioconférence lors de leur dernière conversation tendue, aussi Hanna saisit-elle la main de son fils et essaie-t-elle de l'entraîner au loin en lui ordonnant de se taire.

— Non ! crie Matty, l'air furieux.

Hanna rassemble tout son courage maternel et dit sèchement :

— Arrête, viens ici.

Elle a au moins appris ceci : parler d'un ton ferme force l'enfant à écouter.

— Non, répond-il en secouant la tête.

Et il continue à taper contre la porte en bois. Elle soupire, le prend dans ses bras et l'emmène. Il la fixe un instant, l'air scandalisé qu'elle ait osé le défier, puis son petit menton commence à trembler, il serre très fort les paupières et émet un cri perçant.

Elle l'éloigne le plus vite possible, mais Matty a du coffre. Deux secondes plus tard, Richard sort de la serre et les considère en haussant les sourcils d'un air interrogateur.

— Matty va bien ? demande-t-il doucement.

— Je suis désolée, on ne voulait pas t'interrompre, mais il devient hystérique.

Cette situation la tue à petit feu. Un regard gêné par-ci, un mot trop poli par-là… C'est une torture de côtoyer Richard, de la table du petit déjeuner, quand il nourrit l'enfant à la petite cuiller, jusqu'au soir, quand il part se coucher sans même se retourner.

Elle a un besoin urgent de discuter avec lui. D'écouter ses arguments. S'il a envie de vider son sac, de lui dire à quel point il la hait, de crier, de vociférer… eh bien, soit. Elle est capable de tout encaisser, sauf cette politesse lointaine et guindée.

Il est là depuis cinq jours. Cinq jours à marcher sur des œufs, à éviter d'évoquer leur avenir. Il semble croire que cette retenue la met bien plus au supplice que s'il l'engueulait comme du poisson pourri.

Il a raison.

Matty se débat dans les bras de sa mère, il veut qu'elle le repose par terre et le laisse tranquille. Richard s'avance avec un sourire et Matty tend ses avant-bras dodus en gigotant de plus en plus fort.

— Papa ! crie-t-il. Papa !

Hanna s'immobilise.

Elle croit qu'elle va exploser tant son cœur gonfle dans sa poitrine. Elle remarque les larmes de Richard au coin de ses yeux. Elle aimerait tant pouvoir les arrêter d'une caresse.

— Il m'a appelé « papa ».

Elle opine du chef sans pouvoir retenir ses propres sanglots. Richard lui prend Matty des bras, le serre contre son torse et caresse les cheveux de son fils d'une main qui paraît gigantesque sur le front de l'enfant.

— Répète, Matty, chuchote-t-il. Dis « papa » encore une fois.

Son fils a l'œil qui frise, car il croit qu'il s'agit d'un nouveau jeu. Et il comprend vite les nouveaux jeux.

— Papa !

Un cri de joie de Hanna et un baiser de Richard le récompensent. Les deux parents s'observent et elle repère dans l'œil de Richard une douceur qu'elle n'avait pas vue jusqu'ici. Elle voudrait s'y blottir comme dans une fourrure.

— Que tu es intelligent ! dit-elle en posant une main sur la tête de son fils.

Elle rougit légèrement sous le regard insistant de Richard. Elle est attirée vers lui comme par un aimant, les yeux fixés sur les siens. L'émotion commence à pétiller dans son cœur comme une bouteille de champagne fraîchement ouverte. Il ne lui a pas pardonné – elle en est consciente et, le pire de tout, c'est qu'elle lui donne raison –, mais elle ne peut faire taire l'espoir qu'un jour peut-être...

— Il faut que je termine ma conférence, lâche Richard d'un ton ému.

— Je l'emmène, propose-t-elle en ouvrant les bras.

Mais Matty résiste, il veut rester avec son père.

— J'en ai pour quelques minutes, il peut venir avec moi, si ça ne te dérange pas.

Encore cette satanée courtoisie...

Pas de précipitation. Une étape après l'autre.

— D'accord. Je serai dans la cuisine si vous avez besoin de moi, répond-elle.

Elle rêve d'entendre Richard l'inviter dans le bureau avec eux, mais évidemment il n'en fait rien.

— On s'en sortira très bien tout seuls.

Il se détourne et repart vers l'orangerie, et tous deux disparaissent à l'intérieur. Hanna se mordille longuement la lèvre, puis elle se souvient du texto que Ruby lui a envoyé ce matin :

Laisse-lui le temps, ça en vaudra la peine, tu verras.

Ce soir-là, elle est si fatiguée des courbettes et des sourires polis qu'elle en a des crampes dans tous les muscles. Depuis plusieurs jours, c'est la même routine : dîner de Matty, bain de Matty, coucher de Matty... Richard prend part à toutes les étapes avec enthousiasme, toujours aussi ravi de jouer avec son fils, de courir d'un bout à l'autre de la maison. En évitant soigneusement d'affronter le problème qui semble envahir tout l'espace.

— Il dort, chuchote-t-il quand il croise Hanna en sortant de la chambre.

Elle sait que Richard va aller se coucher sans tarder, comme chaque soir ; elle lui sourit et va se pencher sur le lit de Matty, caresse son visage, s'arrêtant légèrement sur ses joues rebondies.

— Bonne nuit, mon petit prince adoré.

Elle embrasse son propre index et transmet le baiser à son fils en le lui posant sur le front. L'heure du coucher a toujours une saveur douce-amère. D'un côté, Hanna est soulagée de ne plus avoir à lui courir après et de pouvoir profiter d'une soirée de repos bien méritée. De l'autre, il lui manque déjà, avec ses sourires, ses éclats de rire, ses petits bras serrés autour de son cou, son amour inconditionnel…

Elle sort et ferme doucement la porte. Perdue dans ses pensées, il lui faut quelques secondes pour s'apercevoir que Richard est toujours là, adossé au mur, les mains dans les poches.

— Tu veux qu'on discute ?

Ce sont les mots qu'elle a attendus toute la semaine, mais voilà qu'elle frissonne d'angoisse.

Elle fait oui de la tête, incapable d'articuler une réponse. Richard se redresse et se dirige vers le salon. Elle le suit pas à pas ; un tourbillon d'émotions et de réflexions diverses livrent bataille dans son crâne.

Une bouteille de vin rouge ouverte trône sur la table basse, mais est-ce bien raisonnable de boire en présence de Richard ? Elle est déjà à moitié saoule des sensations qu'il fait naître en elle, ce serait bien pire avec la fausse assurance de l'alcool.

— Je me suis dit que ça pourrait nous décoincer, précise-t-il en lui tendant un verre.

Elle le saisit par le pied de cristal, si fin qu'il menace de céder sous la pression de ses doigts nerveux.

— Merci, murmure-t-elle en s'asseyant en face de lui, la table basse faisant office de garde-fou.

Elle prend une gorgée, savoure longuement le bordeaux chambré.

Richard s'éclaircit la voix.

— Notre fils est trop mignon.

Elle acquiesce, une boule dans la gorge.

— Je suis encore complètement déboussolé par tout ce qui vient de m'arriver mais, l'important, c'est lui, ajoute-t-il en caressant le bord de son verre d'un mouvement circulaire. Il faut nous concentrer sur son bonheur à lui.

— Je suis entièrement d'accord.

— Tu es une mère formidable. Je ne veux pas te l'enlever.

Elle a l'impression de pouvoir respirer pour la première fois depuis des jours.

— Mais j'ai besoin de le voir aussi, reprend-il, avant de dire dans un murmure : Maintenant que je le connais, je ne pourrais plus me passer de lui.

— Je sais, répond-elle, le cœur plein d'amour. Je souhaite que tu fasses partie de sa vie. Je ne l'ai jamais vu adopter quelqu'un si vite. Tu es son père, et il t'aime.

C'est une évidence, il suffit de voir les regards admiratifs de Matty pour son papa. Richard vide son verre.

— Mais le problème, c'est qu'on vit dans deux pays différents. Pire, sur deux continents différents.

Et la revoilà, cette barrière qui les a hantés douze longues années, encore renforcée par de nouvelles complications.

— Ça peut marcher, si on le veut tous les deux, suggère Hanna, pas très sûre de savoir qui elle essaie de convaincre.

Il se penche en avant et, l'espace d'un instant, elle aimerait voir disparaître cette saleté de table.

— Moi, je le veux.

La bouche de Hanna est sèche, et son cœur s'emballe sous le regard insistant de Richard.

— Matty et moi, on va venir habiter à New York, déclare-t-elle sans même réfléchir – mais jamais elle ne regrettera cette décision, elle le sait. Je vais louer un appartement et on partagera la garde.

— Tu ferais ça ? demande-t-il, estomaqué.

Elle est presque aussi surprise que lui, mais elle opine lentement de la tête.

— Bien sûr. Matty a le droit de voir son père. Pas seulement pour les vacances, mais le soir, le week-end… Je ne vois pas d'autre solution.

— Je ne sais pas quoi dire.

— Il n'y a rien à ajouter, répond-elle avec un petit sourire. Je le fais pour moi autant que pour Matty et toi.

Elle se penche afin de reposer son verre. Au même moment, Richard lui attrape la main. La chaleur de sa peau, sa paume un peu rêche… Hanna tressaille. C'est leur premier vrai contact en deux ans. Des souvenirs affluent dans sa tête au point de lui donner le tournis.

Il tient toujours sa main. Elle inspire, tente de deviner quelle émotion a commandé ce geste imprévu.

Il la contemple d'un air bienveillant. Elle sait qu'il veut la remercier de sa proposition, rien de plus, mais cette certitude n'empêche pas son cœur de battre la chamade, surtout qu'il lui adresse un tendre sourire – sourire qui se lit aussi dans les petites pattes-d'oie autour de ses yeux. Les années n'ont pas eu de prise sur ses traits admirables, il a même encore embelli. Alors que les émotions se disputent dans ses tripes, elle prend conscience d'un fait indéniable.

Elle est toujours amoureuse.

Hanna essaie de ne pas grimacer en foulant le tarmac mais, quand elle prend la mesure du jet blanc qui les attend, la bataille est perdue d'avance. Il est vraiment bas, cet avion, il suffit de grimper six petites marches pour y accéder. Et minuscule : cinq hublots seulement.

Elle se tourne vers Matty, agrippé d'un bras au cou de son père, de l'autre pointant l'engin.

— Ça ? demande-t-il.

— C'est un avion, répond-elle en lui caressant la joue avec un sourire rassurant. Il va nous emmener tout là-haut dans le ciel.

— Jusqu'en Angleterre, complète Richard. Ça va ? ajoute-t-il après avoir remarqué qu'elle a reculé de deux pas.

Elle fait oui de la tête. Ça ira, dès que son séjour à Londres sera terminé. Elle redoute de revoir Claire et Steven, et prévoit plus ou moins de demeurer à l'écart quand Richard emmènera Matty voir ses grands-parents. Elle passera pour une trouillarde, tant pis. Cette visite ne pourrait se conclure que par des larmes.

— Ce petit coucou ne nous conduira pas plus loin que Londres, dit Richard en tapant sur la carlingue, qui rend un son creux inquiétant. Pour New York, il nous faudra une compagnie régulière.

— Quelle horreur ! fait Hanna avec un petit sourire. Voyager avec la populace !

— Justement, c'est surtout pour eux que je m'inquiète, une fois qu'on aura enlevé la ceinture de sécurité de Matty et qu'il sera libre de ses mouvements.

Hanna voit d'ici leur fils courir partout dans la cabine de première classe, renverser les boissons des uns et interrompre les conversations des autres. Une escale de trois jours à Londres n'est peut-être pas une si mauvaise idée, après tout.

Ils montent dans l'avion. Hanna prend Matty, le temps que Richard discute avec le pilote – plan de vol, heure d'arrivée prévue... Quand elle pénètre dans la cabine, elle reste bouche bée. Pas de couleurs primaires comme dans un vulgaire charter, mais un décor de cuir crème et de ronce de noyer vernie, à l'effet si apaisant qu'elle se détend enfin en s'installant, son fils sur les genoux.

— On part dans dix minutes, ils font les dernières vérifications, explique Richard sur le seuil.

Dès qu'il entend la voix de son père, Matty se retourne et le cherche des yeux.

— Eh, bonhomme, tu as hâte de voler dans les airs ? Tu as pensé à lui apporter à boire ? ajoute-t-il à l'adresse de Hanna.

— De l'eau, répond-elle en indiquant la grande table devant leurs sièges.

Pourvu qu'il n'ait pas hérité des problèmes de sa mère. Elle souffre tellement des oreilles en avion qu'elle ne supporterait pas de voir son fils dans le même état. D'où le biberon et les tétines dans l'espoir de lutter contre les différences de pression sur ses tympans.

— Si tu as mal, je le prendrai sur mes genoux, propose Richard en l'aidant à fixer l'extension de la ceinture de sécurité – Matty est trop petit pour occuper une place adulte.

— Ça devrait aller, le trajet est très court. C'est le vol de vendredi qui me fait flipper.

Il lui frotte le bras. Elle se raidit ; elle veut cacher à quel point sa gentillesse l'affecte.

— On verra. De toute façon, je serai là en cas de problème.

Une fois de plus, Richard doit patienter plus longtemps au contrôle des passeports. Elle en profite pour changer Matty, se rafraîchir et appliquer un peu de gloss, sans s'attarder sur le miroir qui lui renvoie son visage épuisé. Quand ils ressortent des toilettes, Richard les attend, l'air aussi fatigué qu'elle.

— Si ça peut te rassurer, j'aurai droit au même cirque à New York, dit-elle en se retenant de lui caresser la joue.

— N'oublie pas que tu as la double nationalité.

— Moi oui, mais pas Matty. Pas encore.

Richard attrape son fils et le pose en haut du chariot à bagages.

— Il y a quoi sur son acte de naissance ? fait-il d'un ton désinvolte – la question est pourtant loin d'être anodine, elle le sait.

— Le nom de sa mère.

Elle l'a fait enregistrer au consulat de Grande-Bretagne, à Nice.

— Il faut corriger ça. Il faut qu'il s'appelle Larsen aux États-Unis. Je réglerai ce détail avec mes avocats.

Visiblement, cette question le préoccupe beaucoup.

— Bien sûr. Et on doit aussi lui procurer un visa pour habiter à New York.

— Lisa s'en charge. Tout devrait être réglé jeudi, précise-t-il en dépliant la poussette.

Hanna y dépose doucement son fils, avant d'attacher les bretelles et de chatouiller ses petons, ce qui le fait toujours glousser d'un rire gras.

Londres, c'est sa ville. Elle est ravie d'être de retour, mais elle n'a pas demandé de détails sur leur séjour. Il est temps de se renseigner.

— On descend dans un hôtel ? dit-elle en manœuvrant la poussette parmi les voyageurs tandis que Richard fait de même avec le chariot débordant de valises pleines d'habits, de jouets et des milliards d'objets absolument indispensables pour s'occuper d'un enfant de dix-huit mois.

— Oui, j'ai réservé une suite au Dorchester. Avec deux chambres. J'ai fait ajouter un lit d'enfant dans la tienne.

La voilà rassurée ; elle n'aimerait pas savoir Matty seul dans une pièce inconnue.

— Merci d'avoir tout organisé.

Il la contemple un instant avec un grand sourire. Le cœur de Hanna cesse momentanément de battre.

— C'est moi qui devrais te remercier. Tu chamboules ton mode de vie en quittant ton pays pour t'exiler à des milliers de kilomètres.

— C'est la meilleure solution, répond-elle sans s'étendre.

Il met sa main sur la sienne et la serre gentiment.

— Merci quand même, murmure-t-il.

Elle lui presse les doigts en retour.

Ils arrivent enfin au bout d'un couloir interminable, quand le visage de Richard s'affaisse. La bouche ouverte sous l'effet de la surprise, il s'arrête net et jette un coup d'œil inquiet à Hanna, qui commence à paniquer. Il y a un problème, mais lequel ?

— Je les ai suppliés de ne pas…, dit-il en lui saisissant la main, comme s'il craignait qu'elle ne se sauve. Je suis désolé, je te promets de te soutenir.

Elle suit la direction de son regard. À droite de la foule, un couple les observe. Steven et Claire. Ils n'ont pas l'air bien lunés, ni même contents de les voir, mais elle est soulagée de constater que leurs visages s'adoucissent un peu dès qu'ils aperçoivent Matty, qui balance ses jambes en chantonnant.

Essayer d'éviter la confrontation serait inutile. Richard les entraîne vers ses parents, sa main tenant toujours avec fermeté celle de Hanna. Elle inspire profondément, tente d'imposer à son cœur un rythme régulier, et à son visage une expression moins terrorisée.

— Richard ! crie Claire en courant se jeter à son cou.

Il la prend dans ses bras, puis échange une poignée de main avec Steven, et tous trois se penchent pour parler à Matty.

Le petit commence à grimacer, ouvre la bouche et pousse une longue plainte stridente. Le couple se recule, comme électrocuté, et laisse l'enfant tranquille. Richard sait que derrière lui Hanna est tendue et, quand il se retourne, elle semble vraiment inquiète. Il la connaît assez pour comprendre qu'elle voudrait consoler son fils, mais qu'elle a peur de vexer Claire et Steven. C'est donc lui qui se charge de détacher le petit, de le sortir de la poussette, de lui caresser la tête en murmurant des mots rassurants :

— Chut, ça va aller, ça va aller…

Matty suçote le bout de son pouce, les paupières serrées. Des sanglots muets soulèvent ses petites épaules à intervalles réguliers.

— Maman…, gémit-il.

Hanna lui caresse la joue afin de le réconforter.

— Bonjour, Hanna.

— Claire, comment vas-tu ? demande-t-elle en serrant la main que Matty lui tend.

— Comment je vais ? Je n'en sais rien du tout. Je serais bien incapable de te dire dans quel état je suis.

— Moi, je peux : je suis furieux, lâche Steven.

Claire pose une main sur son épaule pour le calmer. Il se tient bien droit et secoue lentement la tête.

— Qu'est-ce qui t'a pris, bon sang ?

— Eh ! oh ! attends…, intervient Richard en avançant d'un pas.

Il tend Matty à Hanna ; le bébé, toujours agité de sanglots, s'agrippe au cou de sa maman.

— Ce qui s'est passé doit rester entre Hanna et moi, continue-t-il. Ne te mêle pas de ça !

Sans trahir la moindre émotion, Claire s'interpose :

— Nous avons droit à des réponses, tu ne crois pas ?

Derrière elle, Steven semble à deux doigts de faire une scène. Pour la première fois de sa vie, Richard s'apprête à lui tenir tête. Hanna est muette, mais, du coin de l'œil, il remarque qu'elle est prise de tremblements. Il voudrait l'attirer contre lui, la tranquilliser.

— Vraiment, Claire, ce n'est ni le moment ni l'endroit. J'ai dit qu'on viendrait chez vous justement pour éviter ce genre de spectacle, rétorque Richard en montrant l'aéroport bondé d'un geste circulaire – d'ailleurs, ils n'arrêtent pas de se faire bousculer.

— J'ai le droit de parler à Hanna, quand même ! Elle n'est pas juste ton ex et la mère de ton enfant, elle est aussi un membre de ma famille à moi, réplique-t-elle en essuyant une larme. On peut aller prendre un café ?

Hanna opine rapidement de la tête. Matty observe la scène, le pouce toujours dans la bouche. Ses larmes ont séché et laissé une trace brillante sur sa joue, qui reflète la lumière crue du terminal.

— Claire, Steven, je vous présente Matty, ose Hanna en avançant d'un pas. Matty, voilà... Comment vous voulez qu'il vous appelle ?

— Je ne sais pas trop, je n'y ai jamais réfléchi, répond Claire avec une moue dubitative. Pourquoi pas « grand-mère » ?

Steven ne peut détacher ses yeux de son petit-fils.

— Aucun doute, il te ressemble comme deux gouttes d'eau, Richard. Moi, ce sera « papy », dit-il en chatouillant le menton de Matty, qui émet un petit rire encore mouillé de larmes.

— Matty, tu dis bonjour à grand-mère et papy ?

L'enfant retire son pouce de sa bouche avec un bruit de succion.

— Zour, dit-il en agitant la main.

— Quel petit génie ! s'étonne Richard en caressant les boucles de son fils, qui s'applaudit lui-même en toute modestie.

— Et beau comme un cœur. Je suis si fière de toi, ajoute Claire en prenant Richard dans ses bras.

Celui-ci se recule, gêné, sans savoir que répondre à ce compliment qu'il ne croit pas mériter.

— Oui, vraiment adorable, affirme Steven. Je suis désolé d'avoir perdu mon sang-froid. Il me faut un peu de temps pour m'habituer.

— Ne t'excuse pas, dit Hanna en serrant Matty dans ses bras, comme un grigri contre les forces du mal. Tout est ma faute et je vais faire mon possible pour me faire pardonner.

— Tu n'es pas la seule responsable, intervient Richard, qui a surpris son regard coupable.

Il replie la poussette et la pose au sommet de la pile de bagages avant de serrer l'épaule de Hanna. Au milieu du brouhaha du terminal, on dirait qu'ils sont tous les cinq dans une petite bulle. À présent, les gens les évitent, passent bien au large. Sentent-ils de mauvaises vibrations ? Ou peut-être se demandent-ils pourquoi ces quatre adultes, raides comme des piquets, se tiennent dans une position si peu naturelle.

— On a tous merdé à un moment ou à un autre, enchaîne-t-il. J'aurais dû t'appeler, et surtout ma mère aurait dû me prévenir que tu avais téléphoné…

— Caroline était au courant ? C'est quoi, cette histoire ?

— Elle a dit à Hanna que Meredith allait passer sa vie dans un fauteuil roulant et que je ne la quitterais jamais.

— J'avais appelé Richard pour lui annoncer ma grossesse, complète Hanna. Caroline ne savait pas que j'étais enceinte.

— Qu'elle le sache ou non, de quoi elle se mêle, cette c…

Claire réprime un sourire : Steven s'est repris juste à temps.

— Tu as demandé des explications à ta mère, Richard ? continue-t-il.

— Pas encore. Quand je serai prêt à lui adresser la parole – si un jour j'y arrive –, je ne manquerai pas de lui transmettre tes hommages respectueux.

Matty se tortille dans les bras de sa mère pour faire face à Claire. Il tend un bras et lui touche les cheveux, puis les tire un peu, ce qui la fait rire. Steven a enfin l'air détendu, un demi-sourire flotte sur ses lèvres. Richard lâche un gros soupir de soulagement.

Ils se dirigent vers un bar près de la sortie en slalomant entre les piétons. Hanna marche devant, avec une Claire toute souriante, la main de son premier petit-fils dans la sienne. Ils sont conscients que l'orage a causé des dégâts, qu'ils doivent rebâtir les ponts aujourd'hui effondrés qui les unissaient, mais Richard commence enfin à espérer qu'un jour ou l'autre tout s'arrangera. Rien ne lui tiendrait plus à cœur que d'être entouré à l'avenir de toutes ces personnes qu'il aime.

Il est réveillé par un fracas dans la pièce voisine. Les paupières collées de sommeil, la vision encore trouble, il ne reconnaît pas la chambre obscure. Il se frotte les yeux, essaie de se repérer. Les chiffres vert fluo du réveil sur la table de nuit ne le renseignent pas davantage.

La bouche sèche, il tend la main vers le meuble de chevet pour saisir un verre d'eau imaginaire. Ce n'est qu'en entendant une longue plainte de Matty, de l'autre côté du mur, qu'il retrouve ses esprits.

Il est dans un hôtel londonien, au beau milieu de la nuit. Il s'assied et réussit à atteindre l'interrupteur sur la tête de lit. La lampe émet une lumière chaude, assez douce pour éclairer sans éblouir. Tout a été pensé pour que le client se sente à l'aise, choyé.

Un autre cri, suivi d'un chuchotement. Hanna doit murmurer des mots rassurants à Matty, essayer de le détendre pour qu'il se rendorme. Mais à entendre les ripostes indignées de son fils, celui-ci doit être d'un autre avis.

Richard rejette ses couvertures et balance ses jambes hors du lit, s'assure qu'il est décemment couvert – il est juste vêtu du bas de son pyjama écossais, son torse nu reflétant la lueur orangée.

Il foule la moquette luxueuse et pousse doucement la porte au cas où Matty se serait assoupi. Dans le salon, Hanna marche de long en large. Dans ses bras, son fils se débat et lui martèle le dos de ses petits poings. Elle tente vainement de l'apaiser.

— Tout va bien ?

Même s'il a parlé très bas, elle sursaute. Elle le regarde de ses grands yeux, un sourire d'excuse aux lèvres.

— Désolée, on ne voulait pas te réveiller. Il a réussi à sortir tout seul de son lit à barreaux, qui doit être moins profond que le nôtre.

Une bretelle de son caraco a glissé de son épaule, révélant une peau d'albâtre. Dans l'obscurité, celle-ci a l'aspect velouté de la porcelaine.

— Quel cascadeur ! Il ne s'est pas fait mal ?

— Non, répond-elle en souriant. Le temps que je réalise ce qui se passait, il courait déjà dans le salon. Je suis sûre qu'il a un grand avenir de magicien, comme roi de l'évasion.

Comme s'il comprenait qu'on parle de lui, Matty se remet à pleurer. Les yeux rougis, il considère son père d'un air désespéré.

— Tu veux que je le prenne, s'enquiert Richard tout bas, toujours troublé par la blancheur de l'épaule dénudée – dont il se rappelle la saveur suave.

— Je crois qu'il est anxieux, il ne reconnaît pas la chambre. Moi aussi, je me sens un peu désorientée, pour tout dire.

Leurs regards se croisent, puis demeurent fixés l'un à l'autre. Personne ne souffle mot, la fatigue semble peser sur le trio tout entier. Puis Matty ouvre grand la bouche et pousse un nouveau hurlement.

Richard lui caresse la joue, et l'enfant, de surprise, se détend un instant.

— Eh ! bonhomme, c'est l'heure de faire dodo.

— Papaaa, lance Matty plaintivement.

Richard le soulève et soulage Hanna de son poids. Il le serre contre son cœur pour tenter de le réconforter, ce qui semble marcher : sa respiration se calme, devient plus régulière, et il porte la main à la bouche, pouce en avant. Richard lui caresse le dos et le berce d'un rythme lent, le nez enfoui dans ses cheveux.

Ils sentent si bon.

— J'essaie de le remettre au lit ? demande-t-il à Hanna, qui cherche le bouton de la bouilloire électrique.

— Oui, s'il te plaît. Mais plutôt dans le mien, j'ai peur qu'il tombe du sien. Il aurait pu se blesser.

Richard pénètre dans la chambre et identifie l'odeur enveloppante, qui lui rappelle leurs grasses matinées à Londres et leurs folles nuits new-yorkaises. Matty bâille, le pouce dans la bouche, et se laisse déposer sur l'oreiller impeccable, battant des cils sous l'effet de l'épuisement.

— Allez, dors bien, dit Richard en se penchant pour embrasser sa joue ronde.

Matty soupire, se tortille afin de se mettre dans sa position favorite, les mollets sous le renflement de sa couche. Richard reste un instant à le regarder téter son doigt, un bruit de succion brisant de temps à autre le silence nocturne.

— Fais de beaux rêves, murmure-t-il, avant de sortir et de refermer la porte derrière lui.

Hanna est assise sur le canapé au revêtement fastueux, les jambes repliées sous les fesses, les deux mains autour d'un mug de thé.

— Je t'en ai fait aussi, si ça te tente.

Richard va chercher sa tasse sur le plan de travail. La vapeur lui brouille la vue quand il l'approche de sa bouche, puis le liquide chaud et sucré se répand sur sa langue. Il boit comme s'il avait failli mourir de soif.

— Merci.

— De rien, répond-elle d'un ton un peu trop poli, presque compassé.

Il se demande comment briser cette barrière, la faire tomber pour que seules subsistent les blessures à vif. Et surtout la sincérité.

— Je n'ai pas eu l'occasion de m'excuser pour le guet-apens, commence-t-il avec un sourire nerveux, en évitant son regard.

Même si le pyjama de Hanna est très classique – un top et un collant noir –, étrangement, il le trouve érotique.

Ou est-ce le simple fait de la savoir nue en dessous ? Il ne sait que trop comment elle est faite.

Ces émotions contradictoires sont déjà difficiles à gérer de jour, alors dans la quasi-obscurité…

— À l'aéroport, tu veux dire ? Tu n'y es pour rien. Il fallait bien que je les revoie un jour ou l'autre, admet-elle en sirotant son thé, ses lèvres sensuelles sur la faïence ivoire.

Elle ferme un instant les yeux pour le savourer.

— Je trouve que ça s'est plutôt bien passé, vu les circonstances, dit-il en s'installant à côté d'elle sur le canapé, les jambes à quelques millimètres des pieds de Hanna.

Il voudrait les prendre, les mettre sur ses genoux et les masser doucement.

Pas question.

— Claire et Steven sont toujours si courtois. Comment peuvent-ils rester polis après ce que je leur ai fait subir ? dit-elle en reposant sa tasse. En tout cas, ils ont eu l'air d'adorer Matty. C'est tout ce qui compte.

— Ça va s'arranger, tu sais. Nous aurons de moins en moins de mal à l'annoncer à nos proches.

Il constate que le pronom « nous » ne la laisse pas insensible. Le sourire de Hanna éclaire la pièce. Malgré la fatigue et les tensions de la journée, elle est belle à en mourir. Depuis qu'elle est devenue mère, sa poitrine est plus ronde, ses pommettes plus marquées. Mais ce sont les changements intérieurs, les effets de l'amour maternel, qui attendrissent le plus Richard. Il pourrait facilement tomber amoureux de son adoration pour Matty.

Elle s'éclaircit la gorge et dit, soucieuse :

— Je n'ai pas encore prévenu mon père. J'avais l'intention d'aller le voir quand je suis venue t'annoncer la nouvelle à New York. Dès qu'on arrive, je m'en occupe.

— Dès qu'on arrive, moi, je m'occupe de ma mère, si ça peut te consoler.

— Ça n'en finit jamais, hein ? soupire-t-elle. On croit le plus dur passé, et le pire nous attend.

Richard tend la main, mais la détourne et fait semblant de s'intéresser aux motifs du canapé, qu'il suit de l'index. Puis son expression s'assombrit.

— Tu sais, quand je suis venu à Londres et que j'ai découvert que tu étais déjà partie, j'ai cru ne plus jamais pouvoir être heureux, dit-il – et à ces mots Hanna s'immobilise. Je pensais que ce serait si facile : j'allais débarquer chez toi, te prendre dans mes bras et te ramener à Manhattan.

Elle se penche, les yeux brillants. Elle semble vouloir parler, mais aucun son ne sort ; elle se mordille la lèvre.

Il inspire à fond. Il ignore où il veut en venir. Il voudrait lui raconter – il faut qu'elle sache – à quel point il a souffert. Pourtant, lui infliger la moindre douleur lui serait pénible.

— J'ai l'impression que durant ces deux années j'ai juste existé, rien de plus, comme si je m'étais reprogrammé en mode « attente », confie-t-il. Savoir que j'aurais pu passer tout ce temps avec Matty et toi…

Sa voix se brise avant qu'il puisse terminer sa phrase.

— Je suis désolée, dit-elle en se redressant difficilement sur les genoux et en prenant la main de Richard pour la poser sur sa joue. Je sais que j'ai tout fait foirer. Si je pouvais remonter le temps, je changerais tout.

Ses larmes coulent sur les doigts de Richard. Du pouce, il lui essuie la joue.

— Ça me tue de penser à tout ce que tu as manqué, continue-t-elle. Et d'avoir cru que tu t'occupais de Meredith. Pire : moi je vivais avec Matty, un souvenir de toi. Alors que toi tu n'avais rien du tout.

La peau de Hanna est toute douce sous ses doigts calleux. Quelques centimètres de plus, et il pourrait lui caresser le cou, passer la main dans ses cheveux, l'attirer contre lui jusqu'à ce que leurs lèvres…

Il secoue la tête, essaie de la vider de ce conflit émotionnel. Il voudrait la coucher au-dessus de lui, l'embrasser de la tête aux pieds, comme un fou, et remuer son corps douloureux contre le sien, qu'elle en redemande. Au plus profond de lui, cependant, un Richard enragé n'a qu'une envie, la secouer, hurler sa colère, entendre ses dents s'entrechoquer, qu'elle le supplie d'arrêter.

Il faut qu'il aille se recoucher. Seul. Il ne se fait pas confiance, il pourrait vraiment la blesser. Et vice versa. Il se sent pris dans un piège pervers : comme dans une toile d'araignée, se débattre causerait sa perte.

Le vol pour New York s'est révélé aussi stressant qu'ils l'avaient anticipé. Au début, Matty a été distrait par les dessins animés sur son petit écran. Hanna lui montrait ses personnages préférés en l'empêchant d'enlever ses écouteurs toutes les deux secondes. Au milieu du voyage, il a eu vingt minutes de folie totale, où il essayait par tous les moyens de leur échapper pour aller courir d'un bout à l'autre de la cabine, en refusant de comprendre qu'il devait se tenir tranquille. Promené par son père dans les allées, il a fini par rendre les armes, épuisé, et ses parents l'ont couché sur leurs genoux, en lui caressant la tête pour qu'il fasse de beaux rêves.

Ils n'ont toujours pas évoqué la nuit précédente. Les larmes de Hanna et la gêne de Richard demeurent enterrées sous la masse de leurs problèmes. Matty leur sert de bouclier. Et il les rapproche, les unit en leur permettant d'ignorer le reste – leur désir sous-jacent, par exemple.

— J'ai chargé les employés de maison de vous préparer vos chambres, annonce Richard. J'ai prévu un lit normal plutôt qu'un lit d'enfant, au cas où il voudrait nous refaire son numéro de Houdini.

— En attendant, il devra se contenter de sortir des lapins d'un chapeau. En tout cas, merci de nous héberger le temps que je trouve un appart.

Ils parviennent devant l'immeuble en début de soirée. Matty est étonnamment silencieux, comme s'il avait dépensé toutes ses réserves d'énergie dans l'avion. Pendant le trajet, il regardait fixement par la vitre du taxi, la tête sur l'épaule de Hanna, et on pouvait entendre ses quenottes racler son pouce à intervalles réguliers. De temps à autre, son intérêt s'éveillait : il pointait son index en demandant « Ça ? ». Sa mère lui expliquait patiemment tandis que son père s'abstenait de porter son attention sur la bouche sensuelle qui prononçait ces mots.

Les avoir tout près de lui, ça commence à le rendre fou, mais ce sera bien pire quand ils déménageront. Il lui faut trouver un moyen de les garder, pour pouvoir les surveiller et s'assurer qu'il ne leur arrive rien. Qu'ils habitent la même ville ne lui suffira pas, il les veut sous son toit.

Jack monte leurs bagages et les dépose dans leurs chambres respectives, même s'il faut lui préciser ce qui appartient à Hanna ou à Matty. Elle a mis les affaires dont elle a besoin pour une nuit dans un sac plus petit, elle n'a pas à chercher partout pour baigner son fils et le mettre dans son lit douillet avec une couette aux motifs de petites voitures.

Richard s'attarde dans la chambre de son fils, qui découvre les jouets que Lisa a commandés. Matty passe du garage en plastique à la cuisine miniature, les yeux émerveillés.

— On dirait qu'un Toys'R'Us a vomi sur la moquette. Ça détonne au milieu du reste, lance Hanna, tandis que Matty se tape la tête avec une mini-poêle à frire.

Richard se gratte le menton. Clairement, la déco n'a pas été prévue pour des enfants, il suffit de jeter un coup d'œil aux murs blancs, aux fauteuils et canapé recouverts de soie sauvage pour s'apercevoir que la chambre de Matty ne coïncide pas avec le style général. Pourtant, être entouré de biberons, chaise haute et autres paquets de couches lui semble bien plus plaisant que le chef-d'œuvre d'un décorateur à mille dollars de l'heure.

— J'ai juste commandé le strict nécessaire. Il faut encore repérer ce qui manque, dit-il en se tournant vers Hanna.

Les immenses iris noisette de cette dernière lui rendent son regard. Puis, la bouche entrouverte, elle baisse les yeux, ses longs cils se détachant sur le blanc de ses joues.

— Je vais le mettre au lit. Une longue journée nous attend.

L'après-midi suivant, il patiente devant la mare aux canards de Central Park, où les enfants s'amusent à jeter du pain. Hanna et Matty devaient le rejoindre à 1 heure tapante et il est déjà le quart. Il commence à s'inquiéter.

Un objet lourd tombe dans le plan d'eau avec un énorme plouf. Les volatiles effrayés battent des ailes, certains décollent de quelques centimètres, laissant leurs pattes frôler la surface. Richard remarque un groupe d'adolescents sur la rive opposée, qui rient comme des débiles, très fiers de leur bêtise.

— Désolée d'être en retard, dit Hanna, les yeux rougis, la voix enrouée.

Matty se rue vers son père et lui attrape les jambes.

— Comment ça s'est passé ?

Pas besoin de poser la question, en fait. Il suffit de voir l'expression de Hanna.

— J'avais déjà du mal avec mon père, qui m'a comparée à ma « bonne à rien de mère », mais ensuite il a appelé Olivia. Elle s'est mise à hurler dans le téléphone, je l'ai entendue dire que Matty serait plus heureux si on le faisait adopter.

Les yeux fixés sur le sol, elle tripote son bracelet. Richard aimerait lui prendre la main pour la réconforter.

— J'aurais dû t'accompagner. Je l'aurais fait si j'avais pu.

Il va se décider. Il le faut – pour lui comme pour elle. Il approche d'un pas, redresse les épaules et lui touche légèrement le bras. Elle lève la tête, les yeux brillants, puis s'apprête à parler… mais reste finalement muette.

Une seconde plus tard, elle est dans ses bras. Où peut-il poser les mains ? Il hésite un instant. Il choisit de lui frotter gentiment le dos, à travers le tissu léger de sa robe.

— Navré qu'elle ait dit ça, chuchote-t-il, mais tu sais très bien que c'est faux. Matty, c'est la meilleure chose qui nous soit arrivée depuis longtemps.

— Et papa, il a dit qu'il me reniait. Je ne suis plus sa fille, sanglote-t-elle sur son épaule. Il ne veut pas me revoir. Je sais que je lui ai menti, mais c'est tellement cruel de sa part. Il a réagi bien plus mal que toi, alors que tu avais beaucoup plus de raisons d'être furieux, dit-elle en s'essuyant le visage d'une main, y laissant des traînées de mascara.

— J'ai aussi plus de raisons de t'être reconnaissant, répond-il en prenant Matty dans ses bras. Il nous faut encore du temps pour tout arranger, mais au moins on fait des efforts.

Ils ressemblent à une vraie famille, tous les trois. Leur parfum de bonheur est grisant.

Richard admire la souplesse des mollets de Hanna lorsqu'ils s'approchent d'un banc et qu'elle s'assied. Depuis une semaine qu'ils sont arrivés à New York, elle a bronzé, à force de passer ses journées dans le parc avec Matty, à lui montrer les animaux et à le poursuivre sur les pelouses.

Quand il rentre après le travail, il a le cœur lourd tant il est comblé. Voir Hanna préparer le dîner de son fils dans la cuisine le bouleverse. Il se pose une question, cependant : est-il toujours attiré vers Hanna pour elle-même, ou seulement par l'idée du foyer idéal qu'elle incarne à ses yeux ? Sa réaction dès qu'elle se penche et qu'il aperçoit le plus léger renflement d'un sein lui donne la réponse.

Elle sort le déjeuner de Matty d'un énorme sac, dans lequel elle farfouille pour trouver des serviettes et un biberon. Le petit est assis tout au fond du banc et balance ses jambes d'avant en arrière en se chantonnant des mots inventés.

— Ton père… il a regardé Matty, au moins ?

Richard ne devrait pas insister sur ce terrain douloureux, mais il a du mal à croire que Philip puisse rejeter la chair de sa chair. Tout cela lui rappelle que lui-même va devoir affronter une situation encore plus rude, avec sa mère. Décision qu'il ne cesse de reporter.

— Il lui a jeté un coup d'œil quand Matty a fait tomber des papiers. Il les a ramassés en soufflant comme si c'était trop pénible, et il a grommelé qu'on n'avait pas idée d'amener un enfant au bureau.

Elle enlève l'opercule du yaourt et présente une cuillerée à son fils.

— Faut peut-être lui laisser du temps, il doit encaisser le coup, répond Richard, conscient que ce conseil vaut aussi pour lui.

— En tout cas, il n'aura qu'à venir lui-même voir son petit-fils lorsqu'il sera prêt – s'il l'est un jour. C'est à lui de faire le premier pas, conclut-elle.

Elle sort une lingette et nettoie la bouche de Matty, qui proteste en tournant la tête de droite à gauche avec une grimace dégoûtée. Elle lui chatouille le cou afin de le faire rire et en profite pour rattraper le yaourt qui menaçait de glisser de son menton. Richard sourit en voyant le regard triomphant de Hanna.

— Qu'est-ce qu'il y a de drôle ?

— T'as l'air si fière de toi. Comme si rattraper un peu de yaourt avant qu'il tombe équivalait à gagner le prix Nobel.

— Quand on doit s'occuper de toute cette lessive, la moindre tache évitée est une grande victoire.

Elle essuie le visage de Richard, qui respire la douce odeur de la serviette.

— Hé ! J'ai pas mangé de yaourt, moi, proteste-t-il en s'emparant d'une lingette. Si quelqu'un est sale ici, c'est plutôt toi.

Elle essaie de s'échapper en se déhanchant pour glisser le long du banc, mais Richard suit tous ses mouvements, comme un félin à l'affût. À quelques centimètres du visage de Hanna, il constate qu'elle change d'expression et qu'elle respire difficilement.

Cette proximité la gêne. Elle s'humidifie les lèvres, ses pommettes virent au rouge. Du coin de l'œil, il voit Matty qui continue de balancer ses jambes et déguste lentement une banane en observant les oiseaux.

Richard parvient à nettoyer les traînées de mascara sur les joues de Hanna. Ils se regardent fixement, comme si le monde extérieur n'existait plus. Leurs rires se sont éteints devant l'intensité de cette émotion. Le désir les laisse muets.

— Ta peau est parfaite, murmure-t-il, en passant ses doigts le long de ses joues. J'avais oublié à quel point elle était douce.

Hanna pose une main sous la veste de Richard et la glisse autour de sa taille. La finesse du coton n'aide pas à ignorer cette caresse. Il voudrait retirer sa ceinture et mettre la main de Hanna sous sa chemise, l'encourager à la frotter contre son torse. La contempler ne lui suffit plus, il veut sentir le contact de sa peau sur la sienne.

— On pourrait aller au restau ce soir ? demande-t-il très vite, sans réfléchir.

Elle fronce les sourcils.

— Et Matty ? Je ne peux pas le laisser à une baby-sitter. Pas encore.

Il sourit ; elle n'a pas dit non.

— Alors à la maison ? On le met au lit et je commande le repas. Juste toi et moi. Ça sera l'occasion de discuter.

— Avec plaisir ! J'adorerais un dîner en tête à tête.

Quoi qu'il en coûte, il est décidé à franchir les étapes une à une. Il va la draguer comme un fou, puis il lui en mettra plein la vue et la reconquerra en moins de temps qu'il n'en faut pour le dire ! Ils n'ont pas fait attention, ils ont laissé l'amour leur filer entre les doigts. Ils se retrouvent dans une situation infernale, cependant personne n'est innocent : tous deux ont abandonné trop tôt.

Mais pas cette fois...

Cette fois, promis, il fera tout pour la garder.

# 25

*1er juin 2012*

— Tiens-toi tranquille !

Hanna essaie vainement de fermer la couche avant de mettre Matty en pyjama, mais, les jambes en l'air, il rigole et pédale frénétiquement, tout en se démenant pour s'échapper de la table à langer. Elle lui donne une petite tape sur les fesses, se penche pour lui faire un gros « prout » de la bouche sur le nombril, et sent sa peau vibrer sous ses lèvres.

— Non ! crie-t-il en se tortillant dans tous les sens. Ça non.

Hanna s'immobilise. « Ça non » ? Elle dissimule sa joie, c'est la première fois qu'il relie deux mots. Jusqu'ici, il ne communiquait qu'avec quelques syllabes esseulées.

— Non, insiste Matty.

— Je vais te préparer pour aller au lit.

Elle le met debout, roule les jambes du pyjama afin qu'il puisse facilement y faire entrer ses petons.

— Il faut faire dodo, mon bonhomme.

— Pas dodo, continue-t-il sur sa lancée.

Elle rit. Elle a hâte d'annoncer ce nouveau progrès à Richard.

— Tu as raison. Pas dodo tout de suite, on attend que papa rentre à la maison, dit-elle en lui faisant enfiler son haut. Mais ensuite, au lit sans discuter.

Dès qu'il est changé, Matty s'évade et court à toute vitesse dans sa chambre pour s'arrêter devant la baie vitrée. Le soleil couchant réchauffe son visage. Il se met à sauter sur place en désignant les voitures qui passent dans la rue.

Un bruit assourdissant résonne dans l'entrée. Hanna prend peur et s'éloigne de la fenêtre. La voix de Richard lui parvient tout de suite :

— Hanna ? Matty ?

Il semble complètement paniqué. Il se rue dans la chambre, essoufflé, sa poitrine se soulevant et s'abaissant à un rythme effrayant. Il s'avance et attire Hanna contre lui, l'écrase de ses bras puissants.

— Oh ! Dieu merci ! J'ai eu comme un pressentiment que vous étiez partis, dit-il en calant la tête de Hanna sous son menton.

Elle lui frotte le dos d'un geste hésitant.

— Partis où ?

Matty les rejoint en hurlant de joie. Richard le soulève du sol et le pose sur son bras droit, le gauche occupé à maintenir Hanna contre lui. Il penche la tête vers elle jusqu'à ce que leurs fronts se touchent, ses yeux à deux millimètres des siens. Elle sent son souffle chaud sur sa joue.

— Qu'est-ce qui t'arrive ?

Matty essaie de les séparer. « Papou », dit-il en prenant les joues de Richard de ses petites mains potelées, avant de glousser de plaisir lorsque son père lui fait un baiser papillon.

Richard inspire profondément pour calmer son rythme cardiaque. Il embrasse une dernière fois son fils avant de le reposer par terre et se tourne vers Hanna, l'air encore terrorisé.

— J'ai appelé mon avocat aujourd'hui, je lui ai demandé s'il pouvait t'empêcher de quitter le pays, avoue-t-il d'un ton coupable.

Elle recule. Pourquoi son propre pouls est-il soudain plus rapide ?

— Et qu'est-ce qu'il a répondu ?

— Que je devais prendre rendez-vous avec un psy, admet-il avec un petit rire sec. J'ai suivi son conseil.

— Ah bon ?

Désormais, son cœur bat la chamade – la peur le dispute à l'attirance.

— Hanna, on a vraiment fait n'importe quoi, déclare-t-il d'une voix éraillée. On ne se fait pas confiance.

— Je te fais confiance, moi !

— Non. Si c'était le cas, tu n'aurais pas pris la fuite. Deux fois, ajoute-t-il en lui caressant la joue du bout des doigts. Tu n'as jamais cru en mon amour.

— Et toi, tu crois que je pourrais décamper comme ça, rétorque-t-elle en arrachant des petites peaux autour de ses ongles.

Elle est abattue ; il a raison, ce manque de confiance forme un gouffre gigantesque entre eux.

— Il en pense quoi, le psy ?

— Qu'il me faut une thérapie très longue, et très coûteuse ! répond-il – ce qui fait rire Hanna malgré elle. Non mais sérieusement, même si j'en meurs d'envie, je ne vais pas te menotter au radiateur. Si tu refuses de rester ici, je ne peux pas te poursuivre en justice… La vérité, c'est que je n'ai aucune solution pour te retenir.

— Mais je…

Main levée, il l'interrompt :

— Laisse-moi finir, s'il te plaît. En racontant ma vie sur le divan, je me suis rendu compte d'un problème. Je t'ai peut-être dit que je t'aimais, mais je n'ai jamais réussi à te convaincre que tu en valais la peine. Quand tu es partie, c'est parce que tu pensais que je voulais – ou même que je méritais – mieux. Et tu avais tort, à chaque fois.

La conversation commence à ennuyer Matty, qui court vers sa boîte à jouets pour y dénicher sa peluche préférée.

— Tu mérites mieux, c'est évident, dit Hanna.

— Pas du tout. Ce n'est pas à toi de décider de mes désirs et de mes besoins. Il faut vraiment que tu comprennes ceci avant qu'on se mette à évoquer l'avenir : je t'ai aimée le jour de notre première rencontre. Je t'ai toujours adorée, même quand tu étais loin, si loin de moi, déclare-t-il en s'approchant pour lui caresser la nuque. Je ne supporterais pas que tu disparaisses parce que tu ne crois pas à mon amour. Si tu veux me quitter, que ce soit pour une bonne raison : parce que tu ne peux plus me voir en peinture, ou parce que tu as trouvé un homme qui te convient mieux que moi. Je t'aime, Hanna, tu comprends ? Je t'ai toujours aimée et, mon seul désir, c'est que tu partages ma vie.

Les doigts de Richard jouent avec ses boucles tandis qu'elle a le menton qui tremble. Elle sait qu'elle va pleurer mais, avant de s'écrouler dans ses bras, il faut qu'elle se confie, elle aussi.

— Richard, je..., commence-t-elle d'une voix qui se brise. Je n'ai aucune intention de déménager, réussit-elle enfin à articuler, avant de remarquer que Matty est complètement absorbé par un jeu étrange – poser son nounours sur sa tête et la hocher fermement pour le plaisir de le voir dégringoler. J'ai commis des tas d'erreurs, mais jamais je n'impliquerai notre fils dans la prochaine.

Ta présence est trop importante pour lui. Je ne pourrais te l'enlever sous aucun prétexte.

Elle couvre la main de Richard de la sienne, sent la chaleur qui en émane. Constatant qu'il garde une expression désespérée, elle reprend :

— Et avant tout, je ne te quitterais pour rien au monde. Je tiens à vivre avec toi. Je veux qu'on… forme une famille, dit-elle, les yeux fixés au sol, cherchant les mots justes. Je t'aime aussi. Tellement que j'en pleure la nuit. Je ne m'en irai que si tu me supplies de débarrasser le plancher.

Elle rit entre ses larmes, qui dégoulinent sur son menton.

— Jamais je ne te demanderai une chose pareille.

— Alors, tu peux rapporter les menottes au magasin, réplique-t-elle en rougissant à la pensée d'autres façons d'utiliser l'objet en question.

Richard part d'un éclat de rire, comme si la même idée lui était venue. Il lui caresse la nuque une dernière fois avant de se reculer avec un petit sourire.

— J'avais prévu de te dire tout ça pendant notre dîner en amoureux, mais je n'ai pas pu attendre.

— Il fallait que ça sorte, dit-elle. Et je suis bien contente qu'on se comprenne.

Il lui annonce alors le programme :

— Je te fais couler un bain, je mets Matty au lit et ensuite je m'occupe du repas. Ne sors pas de ta chambre avant que je t'appelle, d'accord ?

— C'est quoi, cette mise en scène, monsieur Larsen ? fait-elle en fronçant les sourcils.

Il se tapote le coin du nez en lui adressant un clin d'œil.

— Patience, mademoiselle Vincent, patience…

Le bain bien chaud sent merveilleusement bon, elle n'a nulle envie d'en sortir. Elle est si détendue que ses paupières sont lourdes et ses membres élastiques, comme si on en avait retiré tous les os. Elle se penche pour souffler les bougies. L'eau clapote autour de sa taille, laissant de petites gouttes qui sèchent vite sur sa peau. Elle sort de la baignoire et s'entoure d'une serviette moelleuse.

Elle choisit une petite robe toute simple, assez courte pour montrer ses jambes sous leur meilleur jour, assez longue pour ne pas choquer Matty, au cas improbable où il s'en aviserait. Elle essore rapidement ses cheveux – se pomponner n'est pas son activité favorite – et les entortille en un chignon approximatif avant d'appliquer un maquillage sommaire.

On frappe à la porte. Elle se lève de son tabouret de velours et foule l'épaisse moquette de la chambre. Elle jette un coup d'œil à la psyché à côté de son lit, repère les cernes noirs qui soulignent ses yeux – fatigue ou signe de l'âge ?

Elle tire la lourde porte de chêne pour découvrir Richard, en pantalon anthracite et chemise bleu ciel, qu'il a laissée ouverte à l'encolure. Elle ne peut s'empêcher d'admirer le petit creux, là où le cou rejoint le torse, et l'ombre des quelques poils qui dépassent.

— Tu es prête ? Ou bien tu m'invites à prendre un dernier verre ? demande-t-il avec un sourire coquin.

Elle éclate de rire.

— D'accord ! Je vois le genre de rendez-vous.

— J'espère bien. Mais d'abord, il faut se sustenter.

Il l'entraîne dans le couloir, les pieds nus de Hanna frôlant le parquet de bois clair. Il la tourne face à lui et détaille sa tenue d'un œil appréciateur.

— Tu es superbe.

— Et toi, tu es trop aimable, répond-elle avec un sourire modeste. Mais tu n'es pas mal non plus.

Elle a presque honte d'utiliser un tel euphémisme. La chemise de Richard lui moule le torse, révèle ses muscles impeccables. Son pantalon tombe divinement de ses hanches d'athlète.

— Merci.

Il semble vouloir ajouter quelques mots, mais finalement il l'emmène vers la salle à manger, un bras nonchalant sur ses épaules. Hanna se rapproche de lui, elle perçoit la douce chaleur qui émane de son corps.

Sur une nappe blanche amidonnée, le couvert est parfaitement dressé : argenterie, faïence, et deux verres à pied en cristal devant chaque assiette. Au centre, un chandelier d'argent reflète les flammes vacillantes de ses trois bougies. Richard tire sa chaise pour qu'elle s'assoie.

— C'est merveilleux, il ne fallait pas…

— Ça me fait plaisir, répond-il en allant chercher leur entrée dans le chauffe-plat. J'ai dit que je voulais y mettre les formes, alors voilà.

Il s'assied en face d'elle et leur sert un grand verre de merlot. Qui a-t-il l'intention de saouler, elle ou lui ?

— Matty s'est endormi sans problème ? demande-t-elle en piquant un morceau de carotte du bout de sa fourchette.

— Oui. Il a sombré avant la deuxième page du livre. Galoper dans le parc a dû l'épuiser.

Ou alors il a deviné que ses parents avaient prévu une soirée intime.

— Tu t'en occupes tellement bien. Merci.

— Je suis son père, répond-il en haussant les épaules.

— Je sais, je me souviens de la nuit où il a été conçu.

Elle pique un fard ; elle voudrait se flageller pour avoir osé ce commentaire. Elle attrape son verre et, la tête en arrière, avale une bonne gorgée de rouge.

— Moi aussi, je m'en souviens.

Elle n'arrive pas à le regarder en face. Pourtant, il attire ses yeux comme un aimant.

— Je suis tellement gênée, admet-elle.

— Tu n'as aucune raison de l'être, dit-il en riant. Tu as toujours été franche. C'est ce que j'aime chez toi.

Ce qu'il aime ? Elle va s'évanouir. Elle boirait volontiers toute la bouteille cul sec. Elle est si tendue.

— Tu sais, aujourd'hui, entre mes rendez-vous avec l'avocat et le psy, je me disais qu'on est comme un vieux couple, déclare-t-il en leur reversant du vin. On vit ensemble, on a un enfant, on passe nos soirées à discuter jusqu'à pas d'heure de sujets qui nous préoccupent. Ne manque plus que le sexe, conclut-il.

Elle s'étrangle et recrache sa gorgée de bordeaux. Elle s'essuie précipitamment la bouche en regrettant de ne pas pouvoir se cacher derrière sa serviette.

— Et il faudrait une bague, aussi, ajoute-t-il.

— Et les merveilleux albums de photos du mariage. Pour célébrer les événements de ce grand jour, quand nos familles qui nous détestaient ont fini par se lancer des assiettes à la figure. Pas de vieux couple sans ces souvenirs fabuleux.

— Je ne plaisante pas, dit-il en haussant un sourcil. Je sais qu'il nous reste du chemin à faire, mais j'ai bien l'intention de t'épouser. Pour que Matty et toi entriez dans la famille.

C'est ce qu'elle souhaite aussi. Elle le désire si fort qu'elle ne peut s'empêcher d'imaginer à quoi ressemblerait sa vie si elle devenait Hanna Larsen. Si on lui retirait ses fantasmes, elle en mourrait. Elle voit d'ici l'anneau à son doigt, le bisou avant qu'il parte travailler, son retour, Matty lui sautant dans les bras, ses baisers passionnés à sa femme.

Les bébés.

Il faut qu'elle cesse de mettre la charrue avant les bœufs. Ils doivent progresser pas à pas, pour Matty comme pour eux-mêmes. Pas question de se jeter à corps perdu dans les flammes sans s'être préparés à la brûlure.

— J'aimerais qu'on t'appartienne, Matty et moi.

C'est la soirée des grandes déclarations. Elle ne veut plus se cacher derrière son insécurité chronique, elle sait d'expérience que cette voie ne mène qu'à la souffrance.

Quand elle relève la tête, il sourit, les yeux humides. Il approche sa main, et la chatouille en remontant des phalanges au poignet. Elle en a la chair de poule, ses poils se hérissent sur son bras. Elle ferme les yeux afin de savourer l'intensité du moment.

Ils terminent leur repas, débarrassent et remplissent le lave-vaisselle ensemble. Chaque fois qu'elle lui passe une assiette ou des couverts, il laisse traîner ses doigts sur les siens, assez longtemps pour lui faire comprendre dans quel état d'esprit il se trouve.

L'ambiance est électrique.

Quand tout est rangé, il s'empare des deux verres et de la bouteille à moitié vide, et les pose sur la table basse du salon. Il s'assied et tapote le canapé pour qu'elle vienne le rejoindre. De son regard intense, il suit les mouvements de Hanna, dont le visage trahit l'émoi.

— À quoi tu penses ? murmure-t-il.

— J'ai la trouille.

Elle est presque impressionnée par sa propre sincérité. Il lui tend son verre avec un clin d'œil.

— Si ça peut te rassurer, je ne couche pas le premier soir.

— Moi, si.

L'éclat de rire de Richard se noie dans les ondes de désir qui traversent la pièce.

— Est-ce qu'on a eu un « premier rendez-vous » en bonne et due forme ? Pas sûr.

— Quand même, tu m'as emmenée au restaurant à New York, il y a une dizaine d'années. Tu m'as même présentée à l'une de tes anciennes petites copines.

— C'était pas un vrai rendez-vous d'amour.

— Bien sûr que si. Pour moi, ça y ressemblait beaucoup, en tout cas. Tu m'avais accompagnée à un concert, du coup, tu m'avais invitée dans un restau chic.

— Si j'avais voulu te séduire, je ne t'aurais présenté mon ex sous aucun prétexte. J'aime à croire que j'ai un peu plus de classe que ça.

— Une mémoire aussi sélective, j'y crois pas ! Alzheimer à ton âge, c'est grave.

Elle pose son verre avant de lui taper le bras. Il lui attrape le poignet et contemple sa main un long moment. Puis il l'attire vers lui, tout, tout près de lui. Elle cligne des yeux, son estomac se contracte. Le regard fixe de Richard est presque dérangeant.

— Je me souviens de chaque minute qu'on a passée ensemble, Hanna. De ton air étonné la première fois que je t'ai vue, plantée devant ce sapin de Noël monstrueux chez mon père. De ton expression ravie quand je t'ai rejointe dans un pub des Cotswolds, lors de ce concert d'un groupe de péquenauds qui se prenaient pour des stars internationales.

Il sourit, son visage à quelques centimètres du sien. Elle meurt d'envie de réduire encore cette distance.

— Je me souviens de la première fois qu'on a fait l'amour, continue-t-il. Tes grands yeux brillaient, tes lèvres tremblaient quand je t'ai pénétrée. Je me souviens de tout, de chaque minute ! C'est pour ça que je deviens fou.

Il presse sa bouche contre la sienne, la tient par la nuque, qu'il incline pour qu'elle le regarde dans les yeux. Elle place une main dans son cou, caresse les poils soyeux à la lisière de ses cheveux.

Il laisse danser le bout de sa langue sur les lèvres de Hanna, puis la plonge dans sa bouche. Elle gémit, les paupières serrées, désirant sentir son corps tout entier contre le sien. Leurs bustes se touchent à présent, mais ça ne lui suffit pas, elle en veut davantage. Elle se positionne au-dessus de lui, à califourchon ; il lui prend les fesses et la plaque contre lui. Au contact de son torse, elle sent ses tétons réagir. Il s'écarte, les yeux brillants.

— Tu m'as tellement manqué !

Il l'embrasse fougueusement, à en perdre haleine. Elle voudrait que ce baiser ne cesse jamais.

— Je veux que tu m'emmènes dans ton lit, souffle-t-elle, impatiente.

C'est comme si son corps s'éveillait après des années d'abstinence. Il faut qu'elle sache s'il éprouve la même chose. Il la serre fort, ses doigts jouent avec ses cheveux.

— Hanna…, gémit-il. Moi aussi, je le veux, mais on ne doit pas brûler les étapes.

Elle se penche et cette fois c'est elle qui prend l'initiative du baiser. Elle introduit la langue dans sa bouche en remuant contre lui, jusqu'à ce que pointe son érection. Tandis qu'il passe la main sur sa chute de reins, elle encercle sa taille de ses jambes, les bras autour de son cou, sans jamais décoller la bouche de la sienne.

— T'as gagné, dit-il. La prudence, on s'en tape !

Hanna dans les bras, il traverse le salon vers la porte de sa chambre, leurs lèvres toujours unies. Il s'écarte une seconde pour chercher la poignée et, au moment où il va l'abaisser, une sonnerie retentit dans l'entrée.

— Attends une minute, dit-il en la reposant doucement au sol.

Son excitation a fondu quand il rejoint l'interphone. De son côté, elle regrette déjà son étreinte brûlante.

— D'accord, merci, prononce-t-il sèchement avant de raccrocher le combiné.

Il passe une main dans ses cheveux tout décoiffés et la regarde, l'air de s'excuser.

— C'était le concierge. Ma mère arrive.

# 26

*1er juin 2012*

Il déverrouille la porte d'entrée et l'entrouvre, le dos raide. Un rai de lumière provenant du couloir dessine un triangle acéré sur le plancher ciré. Il s'écarte pour laisser passer sa mère.

Caroline apparaît dans une robe de cocktail en mousseline de soie rose, étole assortie sur les épaules, ses cheveux blonds maintenus en arrière par une barrette, révélant ses traits encore jeunes malgré son âge. Richard n'a jamais osé poser la question, mais il se doute que sa mère a passé certaines « vacances » sur le billard, à un coût exorbitant. Elle en a les moyens.

Quel qu'il soit, son chirurgien manie le bistouri comme un artiste.

Caroline pointe un doigt impeccablement manucuré en direction de Hanna.

— Qu'est-ce qu'elle fait ici, celle-là ?

Sa bouche se tord dans une grimace, sans que les traits de son visage suivent – Botox oblige.

— Pas la peine d'expliquer, poursuit-elle. Olivia Vincent m'a tout raconté. Elle se délectait d'informer tous les participants au gala de l'existence de mon petit-fils.

Elle se tourne vers Hanna, retrousse le nez dédaigneusement.

— Je n'arrive pas à croire que tu laisses encore cette racaille t'embobiner avec ses mensonges grossiers.

Richard la dévisage, la colère bouillonne en lui, ses joues brûlent de rage. Elle se tient toute droite, comme si c'était elle la victime dans cette affaire, et il n'a qu'une envie, tordre son cou maigrichon en lui hurlant des insultes. Il faut qu'elle sache ce qu'il a perdu à cause de ses inventions malveillantes. Le calme olympien de sa mère l'irrite au plus haut point.

— Tu ne devrais pas monter sur tes grands chevaux, parce que tu vas vite tomber, commence-t-il, incapable de dissimuler son amertume.

Le léger gloussement qu'émet sa mère lui porte sur les nerfs.

— Je n'ai jamais été aussi gênée de toute ma vie, dit-elle en tripotant son pendentif en diamant. « Oh ! il paraît que tu es grand-mère, Caroline. Tu ne sais pas que Hanna et Richard ont un enfant ? Ils ont gardé le secret, tu te rends compte ? »

Son ton sarcastique envahit toute la pièce.

Richard prend Hanna par la main. Pas question qu'elle reste cachée. Il la veut à ses côtés – il a besoin d'elle – afin de montrer à sa mère qu'il n'a pas honte de leur relation, et même qu'il en est fier.

— Ne manquait plus que ça ! crache-t-elle en voyant son fils enlacer Hanna. Comment elle se débrouille pour que tu reviennes en courant à chaque fois ? Elle est bonne au lit, c'est ça ? Tu sais que tu peux payer des professionnelles pour ça ?

Hanna s'écarte de Richard, s'avance, la main grande ouverte. Il ne bouge pas quand sa paume s'écrase sur la joue de sa mère – une gifle assez forte pour la faire vaciller. Il doit même crisper les poings pour s'empêcher d'applaudir.

— Comment osez-vous me comparer à une pute ? Et arrêtez de hurler, il y a un enfant qui dort dans cette maison.

Caroline a une trace rouge sur la pommette. Son visage se plisse, ses yeux étincellent de colère.

— Tu la laisses me traiter ainsi ? demande-t-elle à son fils. Elle m'agresse et tu ne dis rien ?

— Je ne la « laisse » pas, Hanna fait ce qu'elle veut. Elle est chez elle ici, et elle n'a besoin de personne pour prendre des décisions à sa place, répond-il froidement, le cœur battant.

Il voudrait serrer sa chérie très fort dans ses bras pour la rassurer.

— Et à la moindre allusion aux prostituées, je te jette dehors, prévient-il.

Caroline semble rétrécir sous la menace, ses yeux se mouillent.

— Pourquoi tu t'en prends à moi ? Ce n'est pas moi qui t'ai menti, qui ai prétendu avoir un enfant de toi des années après votre rupture. Tu as fait un test de paternité, au moins ?

— Matty est mon fils. Je n'ai pas besoin de test pour en être sûr, dit-il en lui jetant un regard noir. La seule raison pour laquelle elle ne m'a pas prévenu qu'elle était enceinte, c'est à cause de tes saloperies de mensonges, voilà pourquoi je m'en prends à toi, continue-t-il, de plus en plus fort, en s'ordonnant intérieurement de contrôler sa voix.

— Je ne sais pas de quoi tu parles, répond Caroline avec mépris en se frottant la joue. Je ne lui ai jamais menti.

— Si ! crie Hanna, qui tremble comme un animal apeuré. J'ai appelé le portable de Richard, c'est vous qui avez répondu. Vous m'avez raconté que Meredith ne pourrait plus jamais marcher.

— Si c'était vrai, je m'en souviendrais. C'était quand, ce fameux coup de téléphone ?

— Dès que j'ai su que j'étais enceinte. En juin 2010, répond-elle en se raccrochant à la taille de Richard.

Caroline secoue la tête, une ride infime entre les sourcils. Elle cligne plusieurs fois des yeux et regarde son fils d'un air accusateur.

— Juin 2010 ? C'est l'époque où Meredith a appris que tu ne l'épouserais pas, c'est bien ça ?

Richard réfléchit un instant ; la main de Hanna sur ses hanches a un effet calmant. Difficile de se rappeler les événements qui ont eu lieu deux ans plus tôt, même si certaines dates sont gravées dans sa mémoire. Comme ce jour où il a annoncé à Meredith qu'il ne resterait pas avec elle, ou encore quand il a pris l'avion pour Londres et s'est aperçu que Hanna avait disparu… une fois de plus.

Un souvenir lui revient comme un éclair, qui lui donne la nausée. Cet après-midi de juin où sa mère l'a appelé au bureau pour l'informer qu'il avait oublié son portable et a proposé de le lui envoyer par coursier – elle était chez lui avec Meredith, elle l'aidait à faire ses bagages.

— Quand tu as eu Hanna au téléphone, Meredith et moi étions déjà séparés ? demande-t-il en serrant le poing, prêt à frapper.

Deux années perdues, pour rien ! Ils étaient à un doigt de leur happy end, d'avoir ce qu'ils voulaient depuis le départ. Quelques mots de sa mère ont suffi à tout chambouler, tout détruire.

— Tu lui as dit que Meredith resterait handicapée alors qu'on avait déjà rompu ?

— Je pensais que tu allais changer d'avis, dit-elle tout bas, d'un ton geignard.

Hanna se couvre la bouche d'une main. L'horreur de la situation déclenche une crise de larmes. Richard se demande si, comme lui, elle a envie de se déchaîner, de frapper – un objet ou une personne. Il ne peut plus contenir sa rage, il risque d'exploser.

— Tu lui as dit que Meredith ne marcherait plus, tu t'en souviens à présent ?

Caroline opine faiblement de la tête, elle se détourne, se recroqueville. Il a conscience d'agir comme un fou furieux. Son corps se contorsionne tel un serpent prêt à attaquer. Seule la présence de Hanna l'apaise, le retient d'accomplir quelque chose qu'il regretterait.

— Pourquoi tu as inventé ces conneries ? Tu te rends compte qu'elle appelait pour me prévenir qu'elle était enceinte ? À cause de toi, j'ai manqué un an et demi de la vie de mon fils.

— Je ne savais pas...

— T'en savais assez pour envoyer balader Hanna. T'en savais assez pour ne même pas m'avertir que j'avais reçu un appel sur mon portable. Alors arrête de jouer les innocentes, tu es coupable ! Coupable de tout !

La pression est telle qu'il voudrait hurler, se défouler... n'importe quoi pourvu qu'il soit moins crispé. Chaque seconde passée en face de sa mère lui rappelle ce qu'il a bien failli perdre pour toujours.

Et les dix-huit mois dont il a réellement été privé.

— Meredith était au courant de cet appel ? demande-t-il d'une voix aigre.

Caroline secoue la tête, désemparée, et s'avance vers lui, la main tendue.

— Tu sais, Richard, tu n'es pas obligé… On peut contacter nos avocats, tu peux avoir la garde. Comme ça, tu ne seras plus forcé de l'héberger.

Il faut plusieurs secondes à Richard pour absorber ces mots. Elle veut qu'il quitte Hanna, qu'il lui retire la garde de son fils. L'insensibilité totale de sa mère signe l'arrêt de mort de toute affection qu'il avait pour elle. Il faut qu'elle s'en aille loin, très loin de sa petite famille, qu'elle ne puisse plus empoisonner leur vie comme par le passé.

Il serre Hanna encore plus fort dans ses bras, enfouit la tête dans ses cheveux, embrasse ses mèches soyeuses, et sa voix en sort étouffée :

— Maintenant, on aimerait que tu partes.

Il ne parvient pas à regarder sa mère, ni même à lui indiquer la sortie. La nausée monte en lui au souvenir des derniers mots qu'elle a prononcés, le jour de ce coup de fil fatal.

— Et ne reviens jamais.

— Jamais ? répète-t-elle d'une voix suraiguë.

Hanna s'écarte de Richard et lui pose une main rassurante sur le torse. Elle secoue légèrement la tête, comme pour lui imposer une trêve. Au plus profond de lui-même, il sait qu'elle a raison : il ne devrait pas prendre une décision si importante sous le coup de la colère, mais il se retient de toutes ses forces pour ne pas mettre sa mère dehors manu militari.

— Pas ici, en tout cas. Laisse-nous tranquilles. Je sais que je ne peux pas t'éviter au sein de Maxwell Enterprises, mais je n'ai pas l'intention de te laisser approcher de ma vie privée.

— Voyons, je suis ta mère ! J'ai droit à ton respect. Que tu choisisses de me préférer Hanna, c'est impensable. Arrête tes enfantillages, enfin !

Richard désigne la porte, agite la main comme s'il chassait un chien.

— Avoir le choix, c'est déjà merveilleux. Ces dernières années, ça ne m'est pas arrivé.

Caroline lui jette un dernier regard furieux, les lèvres pincées, et gagne la porte en secouant la tête. La voir sortir lui procure un immense soulagement. Il lui semble que le dernier obstacle entre son avenir et lui vient d'être abattu à la hache. Il se permet un léger sourire.

Une fois la porte refermée, Hanna reste muette, décomposée. S'il pouvait revenir à cet instant précieux : elle dans ses bras, les jambes autour de sa taille, quand tout semblait si facile, si prometteur. Mais comment se remettre dans l'ambiance ?

— Je crois que je vais aller me coucher. La journée a été longue, dit-elle avec un sourire forcé. J'espère que tout ça aura l'air moins déprimant demain matin.

Elle a raison, il le sait. L'instant magique est passé. Il leur faut du temps pour cicatriser. Ce qui ne l'empêche pas d'être déçu.

— Si ça peut te consoler, dit-il, le pire est derrière nous pour de bon. Nos parents sont tous au courant et on s'attendait à ce genre de réaction.

— Ils m'en veulent tous. Même Steven et Claire.

— Non, sûrement pas ! La surprise était de taille, ça leur a fait un choc, mais j'ai eu Claire au téléphone et ils projettent de venir nous voir très bientôt. Ils sont ravis que vous fassiez partie de la famille, Matty et toi.

Il tend la main vers sa joue trempée de larmes. Il caresse sa pommette du pouce, puis plonge les mains dans ses cheveux en l'attirant vers lui. Elle enfouit la tête dans sa chemise et c'est d'une voix étouffée qu'elle annonce :

— J'ai oublié de te dire que Ruby a appelé cet après-midi. Elle revient à New York la semaine prochaine. Elle se demandait comment tu réagirais si elle amenait Tom.

Elle sent un rire secouer la poitrine de Richard.

— Elle se pose vraiment la question ?

— Non, pas vraiment. Je lui ai dit de t'appeler directement. Tu ne vas pas l'embêter avec ça, si ? À mon avis, ils sont faits l'un pour l'autre.

Que sa sœur soit « faite » pour un homme, quel qu'il soit, ne l'enchante qu'à moitié. Il adopte un ton taquin :

— Ce sera l'occasion d'avoir une discussion d'homme à homme avec Tom.

— Pauvre Tom. Tu as eu de la chance que je n'aie pas de grand frère pour te rappeler à l'ordre quand tu m'as mise enceinte.

— J'aurais bien voulu qu'on me rappelle à l'ordre. Je sais que Tom était de ton côté et qu'il a mis Ruby au courant, mais un gros dur armé d'un revolver pour m'obliger à épouser la pauvre fille déshonorée m'aurait évité bien des malheurs.

— Même s'il t'avait envoyé six pieds sous terre avant que tu aies vu Matty ?

— Non, mais il t'aurait surveillée et se serait assuré que je prenais mes responsabilités.

Elle a la main sur le visage de Richard. Il lui embrasse le bout des doigts. Lorsqu'elle les promène sur ses lèvres, le corps de Richard réagit naturellement. Les paupières lourdes, il observe sa bouche entrouverte. Elle se mord la lèvre inférieure, ou plutôt la mordille, d'une façon si sensuelle que son bas-ventre brûle subitement. Elle plonge le pouce dans la bouche de Richard et son expression ne laisse aucun doute sur ses intentions…

— Il faut que tu dormes, dit-il sans pouvoir dissimuler son désir.

Il voudrait la suivre dans sa chambre, lui arracher ses vêtements, la réconforter de tout son corps. Mais une fois de plus, il s'intime l'ordre d'y aller doucement, de résister à son envie dévorante de sentir son corps contre le sien. Ils ont toute la vie pour ça.

— La journée a été longue, répète-t-elle en opinant du chef. Toi aussi, tu devrais aller te coucher.

— J'ai encore du boulot.

Il ne trouvera pas le sommeil, peu importe sa fatigue ; la savoir dans la pièce d'à côté l'en empêchera.

Il dépose un baiser sur sa joue.

— Fais de beaux rêves.

Il aimerait tant la porter jusqu'à son lit, mais il se retourne et rejoint lentement son bureau. Il sent les yeux de Hanna comme deux flammes dans son dos.

Ne pas brûler les étapes, c'est pénible !

Elle dort d'un sommeil agité, elle se sent écrasée par les couvertures, elle étouffe. Elle se réveille presque à force de remuer dans son lit. La transpiration perle sur sa poitrine, une goutte de sueur dégouline dans son décolleté.

Dans son rêve, Matty et Richard s'éloignent d'elle en courant, leurs silhouettes se réduisant peu à peu à deux petits points noirs à l'horizon. Mais elle a l'impression d'être clouée au sol. Elle leur hurle de l'attendre, pourtant ils n'entendent rien. Elle essaie de courir, le sol se décompose sous ses pieds, elle n'avance pas. Elle gesticule, mais ne progresse pas d'un millimètre.

— Nooon ! crie-t-elle.

À travers un torrent de larmes, elle les voit disparaître sur fond de ciel rougeoyant. Les jambes en coton, elle tombe lourdement dans la poussière brûlante, elle frappe la terre aride de ses poings et la mouille de ses pleurs.

— Hanna ?

Elle perçoit la voix de Richard et, toujours dans son rêve, elle le voit se retourner enfin et s'immobiliser quand il remarque son expression défaite.

— Hanna, tu m'entends ? Reviens...

Elle se rend plus ou moins compte que la réalité vient d'envahir son sommeil, l'image de Richard et de Matty s'estompe dans le brouillard de ses pensées conscientes.

— Tu as fait un cauchemar, ma chérie. Réveille-toi.

Elle sent la paume fraîche de Richard sur sa joue. Elle ouvre lentement les yeux.

— Ça y est ? Je ne dors plus ?

— Non, c'est bon, répond-il, amusé. Tu veux un peu d'eau ?

Elle s'assied, ses yeux s'habituent petit à petit à la pénombre. Son cœur bat à se rompre.

— Oui, s'il te plaît.

Elle coule un regard au réveil, dont les chiffres rouges lumineux indiquent 1 heure du matin.

— Tiens, prends une gorgée.

Elle laisse l'eau fraîche humidifier son palais, elle avale avec délice, le liquide froid glisse le long de sa gorge.

— Désolée de t'avoir réveillé.

— Je n'étais pas couché, je terminais un dossier.

La tenue de Richard confirme ses dires. Sa chemise de coton est sortie du pantalon, les pans fripés après une longue soirée pendant sur ses hanches, et les manches relevées découvrent ses avant-bras puissants.

— J'étais en train de jeter un coup d'œil dans la chambre de Matty quand je t'ai entendue répéter mon nom... J'ai cru que tu faisais un autre genre de rêve, ajoute-t-il avec un petit sourire. J'ai été bien surpris de m'apercevoir que tu cauchemardais.

Elle ferme les yeux, tente d'effacer l'image obsédante de ses deux hommes à l'horizon.

— Vous n'arrêtiez pas de courir, de vous éloigner de moi, dit-elle en déglutissant, le goût de la poussière sèche toujours en bouche.

— Jamais je ne ferais ça, dit-il d'un ton ému. Cette aberration aurait dû suffire à te convaincre que ce n'était pas réel.

Des larmes bordent les paupières de Hanna, s'accumulent et lui brouillent la vue. Richard lui caresse les cheveux d'une main douce, puis le cou, et enfin les épaules.

— Tu me rends fou, lui confie-t-il en dessinant de petits cercles sur sa peau. Chaque millimètre de ton corps m'électrise.

Elle a comme un hoquet. Les souvenirs de la soirée affluent : quelques heures plus tôt, ils ont frôlé la conclusion de leur histoire renaissante. Avec Richard assis sur son lit, elle se sent toute petite, prête à se soumettre à lui.

D'un doigt, il trace une ligne remontant le long de sa colonne vertébrale. Il s'arrête un instant sur sa nuque puis contourne son cou et redescend le long de sa gorge.

— Juste là, murmure-t-il, je sens une veine tressauter sous ta peau, et ton souffle qui reprend dans ta trachée.

Elle reste muette, fascinée par le vert étincelant de ses yeux, par sa langue quand il s'humidifie les lèvres.

Il pose une main entre les seins de Hanna. Elle apprécie la force brute de Richard sur sa peau moite de sueur.

— Et là, je sens que ton cœur bat à toute vitesse.

Il déplie les doigts, effleure son téton, qui durcit au contact de la peau rêche, et une onde de chaleur soudaine la parcourt.

Du pouce et de l'index, il joue avec son mamelon, puis approche sa bouche pour le suçoter. Entre les jambes de Hanna, l'envie bat au rythme de son cœur. Les paupières mi-closes, elle voit une émotion brutale s'emparer des traits de Richard.

— Embrasse-moi, supplie-t-elle en se cambrant contre lui, les lèvres tremblantes.

Il se penche sur sa bouche et son souffle brûlant balaye le visage de Hanna. Il l'embrasse en prenant son temps, fait doucement monter la fièvre en elle. Puis ses lèvres avides suivent la courbe de son menton, de son cou.

— Richard...

Il lèche sa peau, elle ferme les yeux, les mamelons durcis, une fièvre ardente entre ses cuisses moites.

Il empoigne son caraco, le lui retire violemment, puis son shorty, et l'observe, frémissante et décoiffée.

— Tu es magnifique, murmure-t-il, avec un regard de braise. Une beauté idéale, sans le moindre défaut.

D'un doigt, il dessine une ligne allant de son cou à ses seins. Il les titille un peu avant de continuer vers son ventre. Quand il atteint les raies argentées de ses vergetures, elle se tortille, comme pour se cacher sous les draps.

— C'est affreux, ces marques, dit-elle en lui attrapant la main pour la déplacer.

— Non, elles sont fantastiques, répond-il avant de se pencher pour les embrasser. Elles sont la preuve de ce que nous avons créé, de ce que tu as porté en toi. Elles font partie de toi.

Il les suit des lèvres et atteint sa hanche. Ses mains sont douces mais fermes, quand il lui écarte les jambes. Son souffle tiède et ses lèvres procurent autant de plaisir au corps de Hanna que ses mots à son âme. Pendant que ses mains puissantes lui maintiennent les cuisses ouvertes, il introduit sa langue. Elle gémit doucement, puis se redresse, plonge les doigts dans ses cheveux drus alors qu'il l'emmène vers les sommets.

Elle ferme les yeux et s'abandonne à ses sensations, le corps tendu sous les caresses. Elle perçoit les gémissements qui sortent de sa propre bouche lorsqu'il accroît la pression, la pousse vers le bord du précipice, elle s'accroche aux draps quand il la renverse en arrière. Ses entrailles se contractent sous l'effet du plaisir, elle prononce son prénom encore et encore. Lorsque son orgasme se répand dans tout son être, elle se cambre contre lui, à peine consciente de la réalité.

Le temps de redescendre sur terre, elle s'aperçoit confusément qu'il est en train de se déshabiller. Il s'allonge sur elle, pesant de tout son poids. Son érection pointe au-dessus de son pubis, elle saisit son sexe lourd, fait courir son pouce sur son gland, sur l'humidité qui en perle.

— Je dois mettre un préservatif ? demande-t-il d'un ton pressant en allant et venant dans sa main.

Elle resserre les doigts pour entendre un râle s'échapper du plus profond de sa gorge.

— Je prends ce qu'il faut.

« Ce qu'il faut », en fait, c'est surtout le corps musclé de Richard qui la domine. Elle ferme les yeux, se retient difficilement de crier alors qu'il s'ajuste contre elle, qu'il essaie de calmer la frénésie de ses mouvements de bassin. Il est comme dans ses souvenirs, comme dans ses fantasmes, aussi parfait qu'elle l'espérait. Dès qu'il l'effleure, elle a l'impression de se noyer.

— Ouvre les yeux, lui intime-t-il d'une voix râpeuse.

Elle cligne plusieurs fois des paupières, des larmes jaillissent quand elle le contemple et qu'il lui rend un regard brûlant, animé d'une émotion intense. Il a la bouche sèche, les mâchoires serrées, elle passe le bout du doigt sur ses lèvres.

— Richard, s'il te plaît…

Elle soulève le bassin, il agrippe ses hanches, les yeux dans les yeux. Le cœur de Hanna bat à toute allure.

— Pas tout de suite…

Elle s'immobilise, leurs halètements à l'unisson, elle attend qu'il remue, qu'il s'abandonne, qu'il la rende complètement folle.

— Maintenant !

Le dos arqué, en appui sur les mains, il glisse en elle. Elle soupire. Cette impression d'être emplie de lui est si irrésistible que de chaudes larmes dégoulinent sur ses joues, son cœur à vif prêt à exploser.

— Je t'aime, dit-elle dans un souffle, ses mots dansant dans l'air comme un fil invisible qui les relie l'un à l'autre.

— T'aime aussi…, s'étrangle-t-il.

Une promesse. Qu'il répète pour percevoir ces mots plus distinctement.

Il écrase sa bouche sur la sienne, leurs langues se mêlent, les pleurs de Hanna donnent à leur baiser un goût salé. Elle pose la main sur sa mâchoire, les yeux brillants sous le coup de toutes les sensations auxquelles il soumet son corps.

Quand Hanna émerge enfin, le lendemain matin, Richard est déjà habillé et Matty se prélasse à côté d'elle, son bras potelé autour de son cou.

— Ça fait un bout de temps qu'il est réveillé, admet Richard, dont les cernes noirs trahissent une nuit agitée. Je l'ai amené dans le lit vers 6 heures du mat'.

— Quel petit singe, celui-là ! dit-elle en enfouissant son visage dans les boucles de Matty afin de respirer l'odeur de son shampooing de bébé. Tu pars déjà ?

— J'ai une réunion à 8 heures, répond-il en serrant son nœud de cravate.

Elle voudrait tant le retenir, qu'il revienne sous les draps. Les événements de la nuit précédente l'ont épuisée, elle pourrait dormir mille ans. Et si elle doit hiberner, autant rester en bonne compagnie.

— Je voulais te poser une question hier…, se souvient-elle.

Matty se redresse, rampe sur le lit et s'accroche aux jambes de son père. Celui-ci l'attrape juste à temps pour qu'il ne froisse pas son pantalon et le fait tourner en l'air, ce qui amuse l'enfant plus que tout.

— Ton psy, il t'accorde une réduction si tu lui amènes une nouvelle cliente ?

— Normalement non, mais je devrais pouvoir négocier ça, répond-il avec un sourire.

— Je voudrais qu'on reparte du bon pied. Peut-être qu'il nous prendrait en thérapie de couple ?

Elle sait bien que leur histoire ne peut s'effacer d'un coup de gomme grâce à quelques minutes de pur bonheur. L'arrivée affolée de Richard la veille au soir prouve qu'ils ont encore des problèmes à régler. Pour la première fois, elle sent qu'ils peuvent y parvenir.

— Je l'appelle ce matin, promet-il en se penchant pour l'embrasser sur la bouche.

Il lance Matty sur le matelas. Le petit garçon rebondit en hurlant de rire et se précipite pour sauter à nouveau.

— On déjeune ensemble ? suggère Richard en enfilant sa veste.

Elle l'observe, se retient de se lécher les babines à la vue de son corps sublime si parfaitement mis en valeur par son costume.

— Tu tiens vraiment à laisser ce petit diable courir partout dans vos locaux ?

Le diablotin en question est toujours en train de bondir sur le lit. Elle l'attrape par la taille et lui chatouille le ventre.

— Je demanderai à Lisa de commander quelques jouets. Toute une journée sans vous voir, j'y arriverai pas.

On devrait peut-être aussi parler au psy de ma dépendance pathologique.

— Autant en avoir pour notre argent, répond-elle en riant. Et pourquoi pas évoquer la négligence parentale, tant qu'on y est ?

Il se penche pour l'embrasser encore une fois.

— Tu es sûre que ça va, après tout ce qui s'est passé hier ?

— Bizarrement, oui. Très bien. La furie de ta mère, on s'y attendait un peu. Et pour mon père… on verra bien comment ça évolue.

Matty lui enlace le cou et enfouit la tête dans son épaule.

— Les deux personnes les plus importantes pour moi sont ici présentes. Tout le reste, je m'en tape.

— Tu vas me manquer ce matin. Tous les deux, vous allez me manquer, dit-il en ébouriffant Matty, qui manifeste sa désapprobation de façon sonore.

— Si tu ne pars pas tout de suite, tu vas être en retard.

Elle s'entoure pudiquement du drap et s'approche pour le chasser du lit, mais Richard lui attrape les poignets et l'attire contre son torse. Matty, pris en sandwich entre ses parents, éclate de rire.

— Je préférerais rester ici.

— Dégage !

Il la relâche, leur donne un dernier baiser.

— On se voit à midi, lui rappelle-t-il avant de gagner la porte.

Elle ramasse une paire de chaussettes en boule et la lance de toutes ses forces. Elle le rate d'un bon kilomètre.

Elle prend son fils dans ses bras et regarde Richard s'éloigner. Une vague de chaleur lui traverse le corps tant elle exulte de bonheur. Elle ne peut se retenir de sourire quand elle se rend compte qu'enfin, après si longtemps, ils ont tous deux ce qu'ils désiraient.

Ils sont ensemble.

# 27

*31 décembre 2012*

Les traiteurs sont là depuis l'aube afin de préparer la maison pour le réveillon. Elle les regarde garnir plateau après plateau de canapés, petits-fours, tartelettes... Ce qui lui évoque sa mère dirigeant les opérations, tant d'années auparavant, un talkie-walkie dans une main, son téléphone dans l'autre, criant ses ordres dans les deux engins en même temps.

— Ça va ? demande Claire en lui caressant la joue. Je suis si contente que tu sois venue.

— On n'aurait manqué ça sous aucun prétexte.

La petite famille a pris l'avion pour arriver le matin du 24 décembre et passer les fêtes chez Steven et Claire. Ils étaient tous ravis de partager leur premier Noël avec Matty. Hanna est retombée amoureuse des Larsen. Désormais, leurs moindres gestes témoignent de leur adoration pour leur petit-fils.

— Ça doit te rappeler des souvenirs. J'ai du mal à croire que Diana n'est plus parmi nous.

Hanna essuie les larmes qui se forment au coin de ses yeux. Elle est bien décidée à ne pas se gâcher la soirée avec de sombres réminiscences. Il n'est pas question d'oublier le passé, mais elle est prête à fabriquer des tas de nouveaux souvenirs pour Matty et le reste de la famille.

— Elle n'aura jamais connu Matty, c'est ce qui m'attriste le plus. Elle aurait adoré le voir gambader dans tous les sens.

Hanna ferme un instant les yeux, elle imagine le sourire ravi de sa mère.

— Tu sais, si elle pouvait te voir maintenant, elle serait si fière de toi… tout comme je le suis.

Quand Claire l'enlace, la sensation d'être aimée l'envahit.

— Tu es sûre ? Moi, je pense plutôt qu'elle serait en train de me gronder !

Après plusieurs secondes de silence, elle s'écarte pour observer Claire. Celle-ci s'est immobilisée, comme frappée de stupeur. Intriguée, Hanna la secoue gentiment.

— Oh ! mon Dieu ! J'ai oublié les enregistrements ! s'exclame Claire, affolée. Tout ce qu'elle t'a laissé. C'est au fond d'une boîte dans le bureau.

— Des enregistrements ? fait Hanna, perplexe. Qu'est-ce que tu racontes ?

— Tu ne te souviens pas de notre projet, quand elle était dans la maison de repos ? Diana t'a laissé des messages et j'étais censée te les donner à des moments précis : ton mariage, ton premier enfant… Comment j'ai pu oublier ? J'aurais dû t'offrir le premier dès que j'ai appris l'existence de Matty.

— Je peux les écouter tout de suite ? demande Hanna, qui peine à contenir son impatience.

Depuis que sa mère est morte, les souvenirs s'amenuisent, comme un élastique sur lequel on aurait trop tiré. Parfois, elle ne peut même plus se rappeler sa voix. Il est presque douloureux de savoir qu'elle va pouvoir l'entendre à nouveau.

— Bien sûr, répond Claire en l'entraînant par la main hors de la cuisine.

Elles se dirigent vers le bureau de Steven.

— Tu as utilisé quel genre d'appareil ? s'inquiète Hanna, qui ne connaît que trop la dégradation de certaines bandes magnétiques avec le temps.

— Un Dictaphone. Ensuite, je les ai fait transférer sur CD, selon les instructions très précises de ta maman, d'ailleurs.

Claire fouine dans la bibliothèque et tire un disque d'une étagère. Elle le tend à Hanna, qui le retourne quelques instants dans ses mains tandis qu'elle se remémore ces jours sombres de 2005.

— Je ne sais pas si tu veux écouter plusieurs messages, ou seulement celui qui concerne la naissance de ton fils. Après tout ce que tu as surmonté, Diana serait d'accord pour que tu prennes un peu d'avance, à mon avis.

— Tous, si possible, dit-elle en serrant le CD sur son cœur. J'ai le temps, avant que les garçons rentrent ?

Steven et Richard ont emmené Matty au parc, dans l'espoir de l'épuiser pour qu'il dorme pendant les festivités. Hanna soupçonne que les grands se fatigueront bien plus vite.

— S'ils reviennent avant la fin, je m'arrangerai pour les faire patienter, mais de toute façon les enregistrements ne durent que quelques minutes, tu sais. Elle était très affaiblie, elle ne pouvait pas parler longtemps d'affilée, explique Claire en se mordant la lèvre, les yeux au sol.

— Tu restes avec moi pour le premier ?

Hanna n'est pas sûre de pouvoir entendre la voix de sa mère toute seule. Émotive comme elle est, le moindre détail est susceptible de provoquer des sanglots incontrôlables.

— Oui, bien sûr. Je resterai aussi longtemps que tu voudras, ma chérie.

Hanna soulève le couvercle du lecteur et y place soigneusement le disque. Elle déclenche la lecture, mais Claire s'empresse de sauter à la piste suivante.

— Ce qu'elle a prévu pour ton premier enfant me semble plus approprié.

— D'accord.

Hanna s'assied dans le superbe fauteuil en cuir de Steven. Les baffles émettent un petit craquement, puis un bruit de fond.

« Ma fille », commence Diana d'une voix fluette, aussi fragile qu'une feuille d'arbre ballottée par le vent. Ce début tout simple la transporte dans le passé – quand c'était elle l'enfant. « Je ne sais pas vraiment comment ça marche, de nos jours. J'ai enregistré un message pour ton mariage, mais tant de gens ont des enfants avant de se passer la bague au doigt. Le plus important, c'est que je suis fière de toi. » Une pause alors que, sans doute, Claire lui tend un verre d'eau. « Félicitations, ma chérie, ma si jolie pupuce, pour avoir donné vie à un petit être. Je sais que tu feras une mère formidable, comme tu étais la petite fille la plus géniale du monde. Mon seul regret, c'est de ne pas pouvoir prendre ce bébé dans mes bras, de ne pas être capable de te rassurer dès que tu commences à avoir des doutes. » Une pause plus longue. Cette fois, des larmes commencent à rouler sur les joues de Hanna. Elle ne les essuie pas – elle a besoin de les laisser couler. « D'une mère à l'autre, si je devais te donner un conseil, ce serait celui-ci : savoure le moindre moment. Être maman n'est pas une sinécure, mais chaque seconde est un cadeau du ciel. Je suis très heureuse de t'avoir vue grandir et devenir une jeune femme extraordinaire. Sois patiente, apprécie la maternité à sa juste valeur. Joue, chante, danse avec ton enfant. Ne laisse pas le temps qui passe te voler ces précieux instants. » Désormais, Hanna pleure sans retenue ; Claire la serre dans ses bras. « Je t'aime tellement, Hanna. Toi et ton petit ange. Je serai toujours présente, dans tes souvenirs comme dans ton cœur. »

Le bruit de fond se dissipe, elle voudrait arrêter le CD avant qu'il n'arrive à la plage suivante. Bien sûr, elle va passer le disque en entier, elle y tient, mais il lui faut d'abord absorber ce petit miracle : entendre Diana lui parler.

— Merci, souffle-t-elle dans l'épaule de Claire. Je te suis si reconnaissante.

Sans un mot, Claire essuie les larmes sur les joues de Hanna, qui voit l'amour déborder de ses yeux azur, doux et bienveillants. Elle a tellement de chance d'avoir eu une mère si aimante, et maintenant une deuxième maman pour prendre soin d'elle. Elle se promet de veiller sur Matty comme on a veillé sur elle.

Richard revient, un petit garçon épuisé dans les bras. Steven suit d'un pas traînant, complètement raplapla. Après avoir écouté le CD deux fois, Hanna a dû rafraîchir son maquillage. Elle emportera les enregistrements avec elle à New York pour s'en délecter à tête reposée.

Richard couche son fils sur le canapé, lui retire ses chaussures et son blouson. Hanna caresse ses joues roses, refroidies par le vent londonien. Matty rigole, essaie désespérément de lutter contre le sommeil.

— C'est papa qui t'a fatigué comme ça ?

Richard rit en l'enlaçant.

— C'est plutôt lui qui nous a vidés, dit-il avant d'embrasser Hanna dans le cou. Mais j'espère qu'il dormira comme un loir.

Elle saisit l'allusion et lui adresse un petit sourire coquin.

Ils donnent son dîner tôt à leur fils, puis le laissent jouer dans son bain avant de lui faire enfiler un pyjama tout propre. Steven et Claire lui ont aménagé une chambre au deuxième étage, remplie des jouets qu'ils lui ont offerts à Noël. Matty et ses parents passent des heures assis sur la moquette à empiler des Duplo. Hanna et Richard se dépêchent de juger qui a construit la tour la plus haute avant qu'elles s'écroulent et que Matty applaudisse avec des cris de joie. Dès 7 heures du soir, il commence à vaciller de fatigue, les paupières lourdes, mais tente de toutes ses forces de rester éveillé.

Hanna lui lit *Le Grinch* en adoptant des petites voix ridicules pour les différents personnages, accompagnées de moult grimaces qui le font hurler de rire. Quand elle arrive à la dernière page, Richard entre dans la chambre et joint sa voix profonde et ses plaisanteries au concert. Elle n'a qu'une envie, se jeter dans ses bras et l'embrasser.

— Il va bientôt dormir, chuchote-t-elle. Il a l'air si paisible quand le sommeil le gagne.

Matty est dans sa position fœtale habituelle, le pouce bien calé dans la bouche.

— Il est parfait. On devrait vraiment en fabriquer d'autres, ajoute Richard.

Le cœur de Hanna bat plus vite. Ils ont évoqué leur avenir lors des séances de thérapie de couple, et la possibilité d'avoir plus d'enfants un jour ou l'autre. Elle a déjà trente ans, Richard, trente-trois, ce qui l'inquiète un peu. S'ils veulent une famille nombreuse, il va leur falloir prendre des décisions rapidement.

— T'as raison. On devrait.

Elle se sent tirée en arrière et se retrouve le dos contre le torse de Richard. Il la tient par la taille et plonge le nez dans ses cheveux, l'embrasse dans le cou, aspire sa peau entre ses lèvres.

— Et si on s'entraînait ce soir ?

— Hmm-hmm, acquiesce-t-elle, les paupières serrées sous ses caresses. On a déjà une pratique intensive, il me semble.

— Tu crois qu'on est prêts pour le prochain match ? plaisante-t-il.

— Au top !

— Mais d'abord, je voudrais t'engager dans mon club de première division.

Il la fait pivoter afin qu'elle soit face à lui. Il lui caresse le menton, puis la peau douce derrière l'oreille.

— Et ensuite, on pourra songer à renforcer le secteur offensif.

— J'y comprends rien, à tes métaphores, dit-elle en riant. Ça concerne la famille ou le foot ?

Il penche la tête et attrape ses lèvres entre les siennes. Il lui entoure la nuque d'une main et l'attire encore plus près, sa langue traçant une ligne de feu sur ses lèvres.

— Il n'est pas question de sport, Hanna, murmure-t-il en descendant une main sur ses fesses. C'est de nous que je parle, là.

— Nous ?

Elle suit des lèvres la ligne parfaite de sa mâchoire et saisit le lobe de son oreille entre ses dents, puis le suçote jusqu'à ce que Richard gémisse.

Les mots qu'il prononce se noient presque dans ses soupirs :

— Je veux que tu m'épouses. Je veux que tu deviennes Mme Richard Larsen et que Matty ait toute une équipe de frères et sœurs.

Avec un sourire, Hanna se dégage de son étreinte pour le regarder dans les yeux.

— Tu oublies le passage où tu t'agenouilles. Et je ne parle même pas de la bague.

— J'en ai une, répond-il du tac au tac. J'attendais juste le bon moment.

Elle jette un coup d'œil dans la chambre. Matty, bel et bien endormi, n'a pas conscience de ce qui se trame entre ses parents.

— Et là, c'est le bon moment ?

— Je comptais te poser la question à côté du sapin dans l'entrée, répond-il en riant. Au douzième coup de minuit. Mais en fait, c'est l'occasion idéale : juste nous trois dans la pièce.

La foudre la traverse de part en part. Savoir qu'il la veut non seulement comme mère de son fils, mais aussi comme épouse légitime lui donne envie d'ouvrir grand les fenêtres et de crier la nouvelle au monde entier. Durant toutes ces années de séparation, elle n'a pas pensé un seul instant que leur histoire pourrait évoluer d'une si belle façon. Tout ce qu'elle a toujours désiré est à portée de main. C'est presque trop beau !

— Alors, c'est oui ? demande-t-il d'un ton pressant.

— Quoi ?

Voyant la nervosité le gagner, elle esquisse un geste vers sa joue pour le calmer, quand soudain il plante un genou en terre et attrape sa main gauche.

— Hanna Vincent, amour de ma vie, tu m'as déjà donné le plus beau bébé qu'on ait jamais vu. Si tu pouvais m'accorder ta main, je serais l'homme le plus heureux du monde.

Elle s'agenouille à son tour, lui prend le visage à deux mains et le couvre de baisers jusqu'à ce qu'ils partent tous les deux d'un grand éclat de rire.

— Oui, oui. Bien sûr ! Tu t'en doutais un peu, non ?

Il redevient sérieux, dépose un long baiser sur sa paume.

— Je voulais seulement m'en assurer.

Les yeux de Hanna pétillent lorsqu'elle incline son front vers le sien.

— Je croyais que tu ne te déciderais jamais.

Tom et Ruby arrivent à 8 heures du soir. Ils accueillent la grande nouvelle avec un bonheur non dissimulé. Une heure plus tard, la fête bat son plein. Hanna converse avec des inconnus, les remercie de leurs félicitations et parle de tout, de l'état de l'économie à la grande réussite des JO de Londres. Elle a suivi les épreuves sur un écran à plus de cinq mille kilomètres de là, mais elle reste fière d'être anglaise.

Elle prend du champagne sur un plateau, quand Ruby accourt en criant « Hanna ! », ses longs cheveux bruns flottant derrière elle.

— J'ai l'impression qu'on n'a pas eu l'occasion de discuter, toutes les deux. Et si on allait se planquer pour papoter, parler des garçons ?

Hanna se saisit d'une deuxième coupe pour Ruby.

— Pas quand les « garçons », ce sont Tom et Richard, ça ferait trop bizarre. Je suis sûre que tu n'as pas envie d'entendre des détails salaces sur ton frère, et moi encore moins sur Tom.

— Même pas sur la façon dont il se sert de sa grosse…

Hanna lui plaque une main sur la bouche en lui intimant l'ordre de se taire. Ruby émet un rire étouffé et lui mordille la paume.

— Sérieux, Hanna, je veux que tu saches à quel point vos fiançailles me font plaisir.

— À moi aussi, figure-toi. J'ai trop hâte d'être ta belle-sœur, ajoute-t-elle.

Hanna ne peut s'empêcher de jeter un coup d'œil à sa bague, un gros solitaire en forme de goutte, serti dans un anneau de platine. Richard a choisi un modèle élégant, tout en simplicité, preuve qu'il connaît ses goûts par cœur.

— Ça va être super, s'enflamme Ruby. Surtout que j'ai un appart à Manhattan et que je n'aurai pas à squatter chez les jeunes mariés en chaleur. Déjà que vous n'étiez pas très discrets quand vous sortiez ensemble…

Hanna rougit au souvenir des intrusions de son amie quand Richard et elle se pelotaient sur le canapé et qu'ils devaient retirer leurs mains en vitesse. Il avait suffi d'un mois de cohabitation pour que Ruby se décide : il lui fallait son propre logement le temps de terminer ses études à Columbia. Steven avait largement contribué financièrement.

— Tom et toi, vous n'êtes pas mieux.

Ils sont ensemble depuis le mois d'avril. Inséparables. Tom a emménagé chez Ruby à New York, sans dissoudre le groupe malgré la distance. Richard n'a pas du tout apprécié la tournure des événements.

— Alors, c'est quand, le grand jour ?

— Je ne veux pas d'un mariage en grande pompe, répond Hanna en plissant le nez. J'espère qu'il va m'enlever et m'emmener à Las Vegas pour que nous soyons unis par un sosie raté d'Elvis.

— À mon avis, c'est pas trop le style de Richard, dit Ruby avec un rire.

— Eh non… à mon grand regret.

Quel sera « le style de Richard » ? se demande-t-elle. Elle, elle préférerait lui jurer fidélité devant la famille proche et c'est tout. Le reste serait superflu.

— De toute façon, vous êtes faits l'un pour l'autre, dit Ruby avant de faire tinter sa coupe contre celle de son amie. Je l'ai compris depuis un bail. Quel dommage que vous ayez autant traîné pour vous en rendre compte !

— M'en parle pas, réplique Hanna avec un sourire entendu.

Quelques secondes plus tard, elle est surprise par deux bras qui lui enserrent la taille.

— Je vous dérange, peut-être ? lance Richard en laissant courir ses lèvres sur la joue de Hanna. C'est juste que je voudrais inviter la future Mme Larsen pour le prochain slow.

Elle rougit. Cette attitude possessive la fait fondre. Pendant qu'il conduit la danse, il tient Hanna fermement, une paume sur sa chute de reins. Elle a le sentiment que sa petite main est perdue dans celle de Richard, que sa silhouette est toute menue par rapport à la stature imposante de son homme.

— Tu es vraiment superbe, ce soir. Très sexy, cette petite robe.

— Merci, répond-elle avec une mimique faussement timide. Vous n'êtes pas mal non plus, monsieur Larsen.

Elle glisse les mains sous sa veste.

— Tu essaies de me séduire ou quoi ? demande-t-il d'une voix rauque tandis qu'elle lui caresse les côtes.

Elle commence à percevoir son érection contre sa hanche.

— Comment osez-vous, monsieur ? Je suis presque mariée.

— Ma chère amie, ça m'ennuierait beaucoup de causer la moindre contrariété à votre « presque mari », mais j'ai très envie de voir ce que vous portez sous cette charmante petite robe, dit-il en approchant les lèvres des siennes.

— Qu'est-ce qui vous fait croire que j'ai quoi que ce soit là-dessous ? répond-elle en battant des paupières.

— Si on allait à l'hôtel ?

— On dort ici, je te signale. Pas question de quitter les lieux avant minuit.

— Alors ici, chiche ?

Dès qu'ils atteignent l'escalier, il lui prend la main et l'emporte à toute vitesse vers l'étage, ce qui la fait tellement rire qu'elle doit marquer une pause toutes les trois marches pour reprendre son souffle.

— Dépêche-toi, on a un entraînement musclé devant nous.

En haut de l'escalier, il la soulève dans ses bras et l'emmène dans leur chambre.

— Franchir le seuil en portant son épouse, c'est après le mariage, pas avant, fait-elle remarquer, toujours secouée d'un rire cristallin.

— La tradition, je m'en fiche, je veux juste te mettre au lit le plus vite possible ! la corrige-t-il en poussant la porte du pied et en la jetant sur les couvertures.

— Ah bon ? Je croyais que, le but, c'était de découvrir ce que cache cette robe.

Elle le tire par la main et il s'affale sur elle, lui coupant le souffle.

— T'as raison, dit-il. D'ailleurs, je ne peux plus attendre.

Sa main remonte le long de la cuisse de Hanna comme un serpent. Il se débarrasse de sa veste d'un coup d'épaules, dénoue sa cravate, puis lui retire ses sandales argentées avant de les balancer au loin.

— Il n'y a pas grand-chose à voir, prévient-elle en s'agenouillant sur le lit pour déboutonner la chemise de Richard. Je ne voudrais pas que vous soyez déçu, monsieur Larsen.

— Si vous ne portez aucun sous-vêtement, très chère, je vous promets de ne pas céder au désespoir.

Il enlève sa chemise, révélant son torse musclé. Elle suit le contour de ses abdominaux, passe la main plus bas, vers le nombril, puis déboucle sa ceinture, lui descend le pantalon sur les cuisses, et Richard finit de l'ôter. Son boxer noir se tend sous la force de son érection.

— Je constate avec bonheur que tu es prêt à reprendre l'entraînement, murmure-t-elle en laissant courir son doigt sur son gland – Richard en sursaute de plaisir.

Il se penche pour l'embrasser, leurs langues se retrouvent pendant que les mains de Hanna caressent son torse. Elle perçoit qu'il tire sur la fermeture Éclair de sa robe, qui glisse bientôt sur ses hanches, découvrant ses seins.

Il lui mordille un téton, le suce de sa bouche brûlante, et sa langue l'envoie dans les étoiles. D'une main, il caresse l'autre sein, ses doigts jouant avec le mamelon. Elle se cambre contre lui.

— Tu trouves toujours que je manque de préparation pour le match de Ligue 1 ? chuchote-t-il contre sa peau.

Elle ne peut que secouer vivement la tête, alors même qu'elle sait qu'il ne le voit pas.

Il se débarrasse de la robe pour de bon et l'envoie rejoindre le tas de vêtements sur le sol. Nue sur le lit, elle contemple son regard intense et sent son corps se tendre sous la force du désir de Richard. Il fait courir ses doigts le long des jambes de Hanna, s'arrête à l'intérieur de ses cuisses pour la taquiner et presse sa chair douce.

— Ce soir, chaque fois que je posais les yeux sur toi, je n'avais qu'une envie, t'entraîner au lit.

Il met la tête entre les jambes de Hanna, lui lèche doucement l'intérieur des cuisses. Elle passe les doigts dans son épaisse chevelure et tente d'amener la bouche de son homme à hauteur de son pubis, là où réside son désir.

— Richard, s'il te plaît, supplie-t-elle en ouvrant grand les jambes.

— S'il me plaît de quoi ? plaisante-t-il, avant de tracer de ses lèvres une ligne allant de sa cuisse à son sexe.

Son souffle la brûle.

— Embrasse-moi.

— Où ça ?

Elle entend le rire dans sa voix. Elle hésite entre lui donner une gifle et l'attirer plus fort contre elle.

— Là.

Elle indique sa chair humide de l'index, mais Richard se saisit du doigt et l'écarte de la zone la plus sensible. Elle est terriblement frustrée.

— Ça, c'est à moi, dit-il en lui embrassant le clitoris.

Elle remue les jambes, ferme les yeux sous l'intensité de son plaisir.

— Je sais, souffle-t-elle.

Elle se soumet entièrement à ses caresses, à sa langue, à ses lèvres.

— Tout… tout mon corps est à toi.

Plus tard, le dos de Hanna lové contre son torse, Richard se balance doucement contre ses fesses, son érection à moitié relâchée. Il entoure sa taille d'un bras, et de l'autre lui caresse les seins tandis que tous deux s'efforcent de reprendre leur souffle.

— Je suis certaine qu'on ne sera jamais mieux entraînés, dit Hanna en reposant la tête sur son torse.

— À ce qu'on dit, c'est la clé du succès, approuve-t-il en plaçant un genou entre ses jambes.

— On a fait un bébé parfait, c'est ça, notre victoire.

La fatigue commence à peser, mais elle n'est pas prête à laisser cette journée se terminer.

— Ça, c'est bien vrai.

Comme il est toujours derrière elle, elle se contorsionne pour lui passer la main dans les cheveux et la pression des doigts de Richard sur ses seins s'intensifie.

— Merci d'avoir organisé des vacances aussi réussies. J'en ai adoré chaque minute, dit-elle doucement.

— Moi aussi. J'ai pas envie de rentrer à New York.

Il ressent la même chose qu'elle, et ce séjour en Angleterre est aussi important pour lui. Car c'est l'occasion non seulement de revoir sa famille – ce qui est déjà merveilleux en soi –, mais surtout de passer leur premier Noël ensemble, avec Matty, en sachant que bien d'autres suivront.

— On peut revenir bientôt, peut-être pour Pâques, propose-t-elle.

— J'aimerais acheter une maison ici. J'ai un projet.

Son sourire s'entend, elle lui lance un regard par-dessus son épaule.

— Je vais de surprise en surprise, ce soir, monsieur Larsen. Auriez-vous l'amabilité de dévoiler vos intentions à votre future épouse ?

— Ça concerne d'abord Maxwell Enterprises, commence-t-il en caressant les hanches de Hanna et en attirant ses fesses contre son érection. Je vais introduire la société en Bourse. Comme ça, d'ici cinq ans, je pourrai me retirer de la compagnie.

Cette fois, elle se retourne pour de bon et prend son visage entre ses deux mains.

— Tu as vraiment l'intention de quitter l'entreprise ?

— En temps voulu, oui. Je resterai quelques années pour préparer la première offre publique de vente et trouver une équipe de dirigeants.

— Et ensuite, tu feras quoi ? T'es un peu jeune pour passer ta vie sur les parcours de golf, non ?

— Je vais me concentrer sur les œuvres de la fondation, peut-être la développer pour inclure des missions à l'étranger. Je me suis dit qu'on pourrait s'en occuper ensemble…

— Ce serait fantastique, répond-elle, les yeux pleins de larmes. Travailler avec toi ? Le bonheur absolu.

— Et pendant les pauses, on ferait des bébés, bien sûr, dit-il avec un clin d'œil.

— On s'entraînerait, en tout cas.

Il la prend dans ses bras, ajuste son corps tout contre le sien. Il l'embrasse dans le cou, lui presse les fesses, ce qui lui arrache une exclamation de surprise.

— Ah oui ! j'oubliais l'importance de l'entraînement.

Il bouge les hanches jusqu'à ce que son gland se trouve juste à l'entrée.

— Mmm, c'est bon, murmure-t-elle tandis qu'il la pénètre.

Elle inspire à fond, la sensation est incroyable.

— Oh ! oui… très bon, souffle-t-il.

# 28

*31 décembre 2014*

— Elle dort ?

Assis sur une chaise à côté du berceau, Richard lève les yeux. La chambre est obscure malgré la petite veilleuse – rose, comme toute la pièce. Hanna n'a pas arrêté de le charrier sur ses goûts en matière de décoration, lui a répété que les nourrissons étaient quasi aveugles, ne distinguaient pas les couleurs, mais elle lui a laissé carte blanche et il en a bien profité.

— Pas tout à fait, répond-il avec un sourire.

Lily pleure un peu et commence à renifler. Les yeux clos, elle agrippe son éléphant en velours – cadeau de tante Ruby. À l'âge de quatre mois, elle n'a que quelques cheveux fins comme des fils d'or sur son front pâle. Richard les caresse, ému par leur douceur soyeuse. Le moindre détail de sa fille le captive, l'hypnotise. Hanna s'avance en actionnant le fermoir de son bracelet en or blanc.

— Un qui dort, l'autre qui ne va pas tarder. Matty a sombré d'un seul coup.

— J'irai jeter un coup d'œil dans sa chambre avant notre départ, promet-il. La voiture est réservée pour 8 heures, on peut prendre notre temps.

Tout comme il prend le temps de contempler sa femme, d'admirer sa robe rouge d'une élégance discrète, son chignon bas d'un style coiffé-décoiffé tout à fait charmant.

— Tu es sublime.

Elle rougit. Lui faire piquer un fard demeure une des distractions favorites de Richard. Il s'est constitué un arsenal de trucs et astuces pour y arriver, dont certains interdits aux moins de dix-huit ans.

— Merci mille fois, monsieur, dit-elle avec une révérence. On se retrouve en bas dans dix minutes. Ne reste plus qu'à endormir ta fille, petit papa.

« Papa ». C'est sûrement l'un des mots préférés de Richard. Jeune, il n'aurait jamais pensé porter un jour ce titre. Même quand il a découvert qu'il avait un fils, il n'a pas eu l'impression de l'avoir mérité, il pensait qu'il lui faudrait encore travailler dur pour l'obtenir. Mais désormais, avec deux enfants, ce terme le définit. Tout comme celui de « mari », qui le complète.

Lily émet un autre cri, étonnamment fort pour une si petite chose. Il la prend dans ses bras, lui tient la tête sur son torse. Le bébé fouit la laine épaisse de la veste, comme si elle voulait téter – manifestement, elle se trompe de cible.

— Hé ! Lily, faut dormir maintenant.

Elle cligne plusieurs fois en le regardant de ses grands yeux d'un bleu hallucinant. Depuis le jour où Hanna lui a annoncé qu'elle était enceinte, il s'est senti connecté à cet être minuscule, entièrement dévoué à ses moindres besoins. Il a pu assister à la grossesse, constater sa progression dans le ventre de la femme qu'il aime. Il a senti le premier coup de pied de sa fille, a assisté à toutes les échographies, et ne se remet toujours pas du miracle d'avoir produit une vraie petite personne. À l'époque, il dormait en enveloppant Hanna de ses bras, les mains sur son ventre proéminent pour le protéger, comme si son épouse renfermait une cargaison précieuse – et c'était bien le cas.

Toutes ces précautions ont beaucoup amusé Hanna, bien sûr. À sa deuxième grossesse, elle n'était plus aussi sensible au moindre changement, elle ne se sentait plus obligée d'acheter tout l'équipement recommandé par les livres spécialisés.

« Elle sera dans nos bras la plupart du temps, on a juste besoin de deux ou trois pyjamas, d'une couverture et basta », l'a-t-elle rabroué quand il a commencé à vouloir passer commande d'un tas de gadgets.

Richard s'est empressé de lui désobéir. Pour lui, son futur bébé méritait tout ce que pouvait acheter sa Gold MasterCard – qu'il s'est bien amusé à faire chauffer jusqu'au point d'ébullition.

Malheureusement, un accouchement sans douleur n'est en vente nulle part. Richard était excité comme un pou par la naissance, bien sûr, mais les souffrances et les hurlements de Hanna l'ont vite refroidi. Dès l'instant où la petite Lily est apparue, braillant de tous ses poumons contre les conditions inacceptables de sa venue au monde, ses parents ont dû reconnaître que ces heures d'agonie en valaient largement la peine.

Un vrai coup de foudre.

La respiration de Lily se fait plus régulière, elle referme les yeux, et Richard l'installe délicatement dans son berceau. Elle a laissé sur sa veste une trace de bave qu'il porte fièrement comme une décoration militaire. Même si elle dort à présent, il reste encore un peu, observe sa bouche en cœur qui inspire puis expire profondément comme si elle voulait éteindre des bougies d'anniversaire. Elle ne se bat pas contre le sommeil comme Matty, avec ses poings serrés et ses contorsions sans fin.

Avant de descendre, il gagne la chambre de son fils. À quatre ans, celui-ci dort à présent dans un « vrai » lit, sous une couette à motifs de Minions jaune citron. Comme d'habitude, son drap est entortillé autour de ses jambes et le haut de son corps n'est pas couvert. Quand il se lève le matin, on pourrait croire qu'un séisme s'est produit juste au-dessous de son lit.

Richard dépose un baiser sur son front avant de quitter la chambre et de s'engager dans l'escalier. Hanna patiente dans l'entrée de l'appartement en regardant ses messages sur son téléphone. Elle lui sourit.

— La limousine est arrivée, on devrait y aller.

— Tu as donné nos numéros à la baby-sitter ?

— Bien sûr.

— Elle sait où on va ?

— Elle connaît nos signes astrologiques, nos plats préférés et la date de notre dernier rendez-vous chez le médecin. La pauvre, elle en sait presque trop sur nous. On peut y aller, maintenant ?

— Quel rendez-vous chez le médecin ? demande-t-il, l'air affolé. Ils sont malades ? On ne ferait pas mieux de rester à la maison ?

— Je plaisante, nom de Dieu, répond-elle en lançant les bras en l'air. C'est Emily, ça fait des années qu'elle garde Matty. Elle a toutes les qualifications requises, elle connaît même les gestes de premiers secours.

— Je ne sais pas…, hésite Richard. On ne devrait pas y aller, il vaudrait mieux attendre que Claire ou Ruby puisse les garder.

— Ah ça non, mon pote ! Tu ne vas pas m'empêcher de sortir, surtout que j'attends cette soirée depuis des lustres. Tu vas au bureau tous les jours, alors que moi ça fait quatre mois que je suis enfermée avec un nourrisson. Et si on ne part pas tout de suite, ça va fuir, dit-elle en considérant tristement ses seins. Déjà qu'ils sont trois fois trop gros…

— Ils sont parfaits.

Car c'est l'un des aspects de la maternité qu'il préfère. Le corps de sa femme a évolué, ses courbes se sont un peu arrondies. Comme pour le lui prouver, il l'attire contre son torse.

— Facile à dire, c'est pas toi, la laiterie ambulante.

— Si je pouvais, je le ferais avec plaisir, répond-il en souriant, tu le sais bien.

— Oh non ! t'as beau être le meilleur papa du monde, là, t'exagères.

Un quart d'heure plus tard, assis à l'arrière de la limousine, ils contemplent les rues embouteillées. Même si le chauffeur a soigneusement évité les alentours de Times Square, la voiture progresse à l'allure d'une tortue. Ils se font dépasser par les piétons.

— … Alors j'ai dit qu'on passerait en coup de vent chez les Parker vers 10 heures, comme ça on arrivera chez tes parents avant minuit. Ton père a parlé d'un souper après la fête. J'ai répondu que Claire aurait peut-être envie de se mettre au lit, mais il n'a rien voulu entendre.

Richard se mord les lèvres pour ne pas rire.

— Tu veux te coucher tôt le soir de la Saint-Sylvestre ?

— Pas moi, mais la pauvre Claire, elle court partout depuis un mois.

Richard baisse les yeux et admire à nouveau la robe de Hanna, qui découvre ses genoux. Ce qui l'a séduit en premier, toutes ces années en arrière, ce sont ses jambes magnifiques. Et même avec une certaine maturité, elles sont toujours aussi galbées.

Tout occupé à apprécier les cuisses de sa femme, il ne remarque pas que la voiture a fait demi-tour. Quand il relève les yeux, il se rend compte qu'ils font route vers le centre, alors que les Parker et ses parents habitent l'Upper East Side, à des kilomètres de là.

— Où on va ? demande-t-il, perplexe.

— C'est un secret, répond-elle d'un air ravi.

Il regarde par la vitre pour tenter de s'y retrouver, de deviner où les mène ce trajet.

— Allez, tu peux me le dire…

— Pas question, ça gâcherait tout. Alors bois ton champagne, sois beau et tais-toi.

— À vos ordres, madame.

Il sourit, trinque avec elle et boit une gorgée.

La limousine se gare dans Manhattan. Richard se redresse, tout surpris, quand il comprend où ils se trouvent.

— Le Mercury Lounge ? Je ne suis pas sûr d'avoir le bon *dress code*, dit-il en lissant sa veste bleu nuit.

Hanna lui retire le verre des mains.

— Ça ne changera pas beaucoup. D'après mes souvenirs, la dernière fois, on te remarquait à des kilomètres tellement tu détonnais dans la foule.

— Si je me souvenais de mes vêtements ce soir-là, je me rebellerais, mais je jure que je n'ai jamais été à court de tenues adéquates.

Elle se penche pour l'embrasser.

— Je voulais t'emmener là où tout a commencé. Enfin, presque, mais on ne peut pas prendre l'avion pour Londres ce soir, donc c'est le deuxième endroit sur la liste.

Ils sortent de la voiture, lèvent la tête et reconnaissent les lettres grises de l'enseigne, les vitres sales des fenêtres en bois, qui reflètent leurs visages radieux.

— On entre ? demande Richard.

— Sûrement pas. Pas habillés comme ça. De toute façon, l'événement qui a changé nos vies n'a pas eu lieu dans la salle. C'est ce qui s'est passé à l'extérieur qui compte.

Ils s'arrêtent devant un mur en crépi, recouvert de graffitis plus ou moins lisibles.

— À l'extérieur ? Je n'ai aucun souvenir de ce qui s'est passé dehors.

— La neige, tu t'en souviens, quand même ?

Elle s'amuse, visiblement. Elle a toujours eu une meilleure mémoire – ce qui l'avantage pour les dates d'anniversaire.

— Bien sûr, dit-il avec un rire qui sonne faux, comme s'il ne pouvait pas croire qu'elle ait osé poser la question. Et aussi le groupe, et comment on dansait… je nous revois d'ici.

Elle s'approche à quelques centimètres de lui – pas comme en terrain conquis, mais presque. L'intrusion n'est pas malvenue. Elle se met sur la pointe des pieds et tend les lèvres.

— Et notre premier baiser, alors ?

— Quel baiser ?

Il aurait pu prendre l'air confus et simuler l'amnésie, mais la proximité de Hanna le rend fébrile, il en perd ses moyens. Elle presse sa bouche contre la sienne, puis s'écarte juste assez pour articuler :

— Tu ne te souviens pas ?

Il ne peut s'empêcher de l'embrasser, la main dans son cou, de laisser sa langue courir sur les dents de Hanna. C'est tout essoufflé qu'il répond :

— Je n'ai jamais oublié notre premier baiser, mais je suis certain qu'il n'a pas eu lieu ici.

— Bien sûr que si. Tu essayais de glisser de la neige dans mon décolleté, et ensuite tu m'as embrassée.

— Jamais de la vie.

— Tu me traites de menteuse ?

— Non, je te traite de grande romantique, répond-il en souriant de toutes ses dents. Si c'était vrai, ça aurait été le premier baiser le plus fabuleux. Et, d'accord, j'avais très envie de te rouler une pelle. Dieu sait que c'était mon plus grand fantasme depuis notre rencontre chez mes parents. Mais ce n'est pas devant le Mercury Lounge qu'on s'est embrassés pour la première fois, c'est des années plus tard, chez moi.

— N'importe quoi !

Il a envie de rire. Comment a-t-elle pu oublier un événement aussi important ? Elle, avec sa mémoire d'éléphant ? Il devrait peut-être se sentir insulté mais, en même temps, c'est vrai qu'il brûlait de poser ses lèvres sur les siennes à cet endroit précis. Et que cette pensée l'avait obsédé pendant des semaines. Est-ce si grave si leurs souvenirs diffèrent un peu ?

— Je suis super déçue, dit-elle d'un ton vexé en retirant une petite poussière de son manteau. Je te jure que je l'ai cru pendant des années. Depuis le départ, c'était comme si on était bénis des astres et qu'on était destinés à finir ensemble.

Il lui enlace la taille.

— Mon cœur, bien sûr qu'on était destinés à finir ensemble. Dès la seconde où je t'ai vue, il y a quinze ans jour pour jour, j'ai su que je t'aurais toute à moi.

Elle se mordille la lèvre, ce qui l'excite toujours autant.

— Je me souviens. La PlayStation, ta réaction quand…

— J'ai exactement la même en ce moment, murmure-t-il en l'attirant plus près, comme pour démontrer qu'il dit vrai. Dès que tu es dans les parages, je ne peux pas me contrôler.

— Tu as peut-être gâché ma surprise, mais au moins tu te rattrapes, répond-elle en se serrant contre lui. Joyeux anniversaire de presque-premier-baiser, alors.

Elle plante sa bouche sur la sienne en plongeant les doigts dans ses cheveux.

— Ce n'est pas le 31 décembre qu'on est allés au Mercury Lounge.

— Peut-être, mais c'était en décembre quand même, alors arrête de pinailler.

— Pauvre folle !

— Je sais.

— Je t'aime quand même.

— T'as intérêt.

Cette fois, c'est lui qui prend l'initiative. Des deux mains, il lui penche la tête en arrière pour un baiser passionné. Elle a les yeux fermés, les lèvres gonflées, mais c'est d'une voix claire comme de l'eau de roche qu'elle ajoute :

— Je t'aime aussi, mon chéri.

— Vous êtes en retard, il est presque minuit.

Steven ouvre la porte et accueille le jeune couple sur le perron. L'air glacial de la nuit les accompagne à l'intérieur, le vent s'engouffre et se mélange à l'atmosphère cosy et au brouhaha de la fête.

— On sort juste de chez les Parker, explique Hanna, hors d'haleine. Ça n'a pas posé de problème ?

Richard lui caresse les fesses à l'insu de son père.

— C'est vrai. Des tas de connaissances qu'il faut saluer, et en plus la limousine n'avançait pas.

— Mais alors pas du tout, renchérit Hanna.

— On peut même dire qu'elle faisait du sur-place.

Elle s'abstient de regarder Richard dans les yeux – ce qu'il lui a fait dans cette voiture la fait encore rougir.

Qui aurait deviné qu'un garçon honnête, bien sous tous rapports, cachait des tendances aussi perverses ?

Ils ne sont restés chez les Parker qu'une demi-heure, sachant que d'autres festivités les attendaient ici – ce réveillon est prévu depuis que Claire et Steven sont revenus vivre à New York, plus tôt dans l'année.

Ils ont fini par arriver, même si la coiffure de Hanna n'est pas aussi impeccable qu'avant le trajet. Steven ne se rend compte de rien, tout empressé qu'il est à les entraîner parmi la foule.

— Prenez un verre et venez nous rejoindre dans le salon.

Ils le suivent dans l'immense pièce à vivre pleine d'hôtes bien habillés, qui parlent très fort. Ils se croiraient revenus en arrière, plus précisément en 1999, quand Richard faisait ses études et que Hanna jouait les serveuses occasionnelles.

Quel chemin ils ont parcouru ! Ils se sont aimés, perdus, retrouvés, ont eu deux enfants et emménagé dans une ville que Hanna détestait. Mais elle a trouvé le bonheur à New York. Ou peut-être est-ce le bonheur qui l'a trouvée ?

Quoi qu'il en soit, elle n'a jamais paru plus épanouie.

Ils parviennent au centre de la pièce quand Claire les remarque. Elle plante là ses invités et accourt pour les embrasser.

— Où étiez-vous ? La grosse boule de Times Square va bientôt descendre, il ne faut pas louper ça.

— Désolé du retard, on avait une urgence, dit Richard en déposant un baiser sur sa joue.

Claire retire délicatement un cheveu de la veste de son beau-fils – un cheveu brun, long, féminin de toute évidence.

— Je vois le genre d'urgence…, répond-elle, pince-sans-rire. Bon, vous êtes là, c'est le principal. Je vous apporte du champagne.

Les minutes suivantes sont consacrées aux nouvelles des enfants. Que deviennent-ils depuis la dernière fois que Claire les a vus, à peine deux jours plus tôt ? Puis ils abordent la tournée de Tom et l'exploit de Ruby. Celle-ci a quasiment terminé de rédiger sa thèse dans le bus qui transporte le groupe de ville en ville. Nathan et Lucy sont toujours en Angleterre et passent les fêtes chez la belle-famille. Richard est donc le seul représentant de la fratrie ce soir. Forcément, l'absence du couple a été repérée.

Juste avant minuit, Richard reverse du champagne dans leurs deux verres, ouvre une porte-fenêtre à l'arrière de la maison et entraîne sa femme dans la cour, tout illuminée de guirlandes. Il lui tient la main pour l'aider à descendre les quelques vieilles marches de pierre et l'emmène près des rosiers dégarnis – l'automne a été rude.

— Viens là, chuchote-t-il. Ça caille.

— Ah bon ? J'avais pas remarqué, répond-elle en souriant.

Elle ne proteste pas quand il l'enlace et frotte ses bras dénudés afin de les réchauffer.

— Ils ne vont pas s'apercevoir qu'on a disparu ? demande-t-elle.

— Ils sont trop occupés à regarder cette boule idiote glisser le long de son mât. De toute façon, la nuit de la Saint-Sylvestre n'appartient qu'à nous. Même la première fois qu'on l'a passée ensemble, on a réussi à échapper aux mondanités.

— Si mes souvenirs sont bons, tu m'avais attirée dans ta chambre.

— J'ai bien l'intention de remettre ça ce soir.

Elle s'esclaffe.

— Sauf que cette fois il faudra gérer un Gremlin aspirateur de lait et un diablotin de quatre ans.

Ses derniers mots sont couverts par la détonation du feu d'artifice, les adieux de New York à l'année finissante. Sa coupe à la main, Richard l'embrasse doucement sur la bouche. À l'intérieur de la maison éclatent des cris de joie. Les invités chantent, se souhaitent santé et bonheur, mais Richard et Hanna restent seuls à l'extérieur pour célébrer l'événement dans l'intimité de leur couple.

Quand il l'embrasse à nouveau, une deuxième explosion transperce l'obscurité : des flèches d'argent dessinent des motifs dans le ciel noir d'encre.

— Bonne année, mon cœur, souffle Hanna.

Il prend sa tête entre ses deux mains, savoure le contact de sa peau fraîche contre ses paumes, laisse courir ses lèvres le long de son visage en murmurant :

— Qu'elle soit encore meilleure que les précédentes.

## Épilogue

*27 août 2021*

— Mamaaan !

Une longue plainte lui parvient du petit bois à gauche de l'estrade. Hanna essaie d'en repérer l'auteur, quand elle voit enfin Lily sortir de l'ombre sous les arbres, l'air indignée. Du haut de ses sept ans, la petite est sûre de son bon droit. Elle se plante devant sa mère, les mains sur les hanches, les cheveux tellement décoiffés qu'elle semble avoir traversé une haie d'épines, les habits couverts d'une poussière rouge, preuve manifeste qu'elle s'est roulée par terre.

— Matty, y dit que les filles, ça peut pas monter aux arbres.

— Vraiment ? fait Hanna en apercevant son fils qui traîne dehors en se mordillant la lèvre, exactement comme sa mère, dans la crainte des retombées de ses bêtises.

Lily retient visiblement ses larmes. Des larmes de colère plus que de douleur, se rassure Hanna.

— Alors que tout le monde sait que je vais bien plus haut qu'eux, gémit Lily en indiquant dédaigneusement Matty et leur cousin, Nathan junior.

— Ne fais pas attention à eux, ma cocotte, conseille Hanna, qui soulève sa fille et enlace tendrement son corps frêle. C'est seulement qu'ils sont jaloux, et peut-être un peu inquiets pour toi : tu risques de tomber, tu sais ?

— Mais je suis pas montée si haut que ça, répond Lily d'un ton supérieur. Je voulais juste voir le nid.

Hanna serre fort les paupières en évitant de penser au danger encouru. Bien sûr, pour leur santé, elle veut que ses enfants passent le plus de temps possible au grand air, à explorer le monde, mais il est difficile de leur fixer des limites.

Lily embrasse sa mère avant de se dégager de son étreinte et de retourner en courant dans le bois, où, sans aucun doute, elle va partir en quête des garçons pour leur faire admettre un fait avéré : c'est elle qui grimpe le mieux aux arbres.

Matty s'approche d'un pas nonchalant, l'air peu amène.

— T'as des nouvelles de papa ?

Il a la tête baissée, mais elle voit bien qu'il se mord toujours la lèvre. Elle lui serre l'épaule.

— Pas encore, mon chéri.

C'est le plus sensible de ses enfants, et le plus proche de Richard. Les deux seuls hommes sont complices, ils s'accrochent l'un à l'autre. Dès que son père s'absente, Matty commence à compter les heures comme une âme en peine.

— Il rentrera à temps, tu crois ? demande-t-il, avec des yeux implorants qui torturent son cœur de mère.

— Mon chéri, quand ton père dit qu'il vient, il vient. À moins d'une catastrophe majeure ou d'un accident qui l'empêche de se déplacer, il n'oublie jamais une promesse.

— J'ai trop hâte qu'il soit là.

Hanna le serre sur son cœur.

— Je sais, mon lapin, et papa aussi. Quand il a téléphoné hier, il ne parlait que de ça. Mais quoi qu'il en soit, tu dois vraiment arrêter de taquiner ta sœur, tu vas la rendre folle.

— C'est plutôt elle qui me rend dingue. Toujours à nous suivre partout, NJ et moi.

Nathan junior et Matty sont très proches malgré leurs deux ans d'écart. Hanna aime voir ses enfants entourés d'une grande famille, comme des petits poissons nageant dans un océan d'amour.

Elle inspecte le camp autour d'elle, surprise malgré elle par l'évolution des lieux depuis qu'ils l'ont pris en charge. L'idée qui avait germé dans l'esprit de Richard une vingtaine d'années plus tôt a donné naissance au Camp d'été du Mémorial Leon Maxwell. Initialement conçu pour accueillir les orphelins du 11 Septembre, il s'étend désormais aux enfants démunis ou maltraités venant des quatre coins du pays. Hanna et ses cent cinquante pensionnaires ont trimé dur toute la semaine pour monter un spectacle, qui doit débuter dans moins de trois heures.

De nombreux spectateurs ont déjà envahi la pelouse et pique-niquent sur des couvertures.

— Matt, reprend-elle – elle a du mal à ne plus l'appeler Matty, surnom qui fait « trop bébé » selon son fils de dix ans –, c'est toi l'homme de la maison aujourd'hui. En l'absence de papa, j'ai besoin d'aide pour l'organisation.

— D'accord, je te donnerai un coup de main.

Il a tellement grandi ces derniers temps. Grâce aux gènes paternels, il est immense pour son âge.

— Merci.

— Tu es vraiment sûre que papa arrivera à temps pour me voir jouer ?

Richard est parti travailler deux semaines dans le sud-ouest de l'Afrique avec la fondation Maxwell afin d'aider des enfants vivant sous le seuil de pauvreté. Il était prévu qu'il rentre hier, mais des rendez-vous de dernière minute avec les autorités locales l'en ont empêché.

— Sûre et certaine.

En huit ans de mariage, il n'a jamais manqué un rendez-vous ni oublié une promesse. Pas besoin de réfléchir longtemps pour savoir qu'il en sera de même avec ses enfants.

— Alors d'accord, dit Matty, un peu réconforté.

Il part d'un pas énergique vers la scène. Là, Tom et quelques *roadies* sont en train de faire la balance pour que la sonorisation atteigne des critères très précis. Tom se penche et chuchote quelques mots à l'oreille de son neveu, et tous deux se mettent à brancher des câbles.

— On dirait que ça avance bien.

La voix de Claire surprend Hanna, concentrée sur le circuit électrique et ses accidents potentiels. Dans les bras de sa grand-mère, une Molly endormie tète vigoureusement son pouce. À deux ans, c'est la petite dernière de la famille Larsen, et tout le monde en est gaga. Hanna caresse les cheveux de sa fille en avouant :

— Je serai soulagée quand ça aura débuté. Les gamins commencent à s'énerver.

— C'est normal, c'est très important pour eux qu'un public se déplace pour les entendre. La plupart ne sont jamais montés sur scène.

Hanna opine de la tête en ravalant ses larmes. Certains de ces enfants sont abandonnés à leur sort, personne ne s'occupe d'eux. Une semaine de vacances sur cinquante-deux ne changera pas grand-chose, c'est ce qu'elle trouve le plus frustrant. Elle aperçoit Sean Flynn, ancien pensionnaire devenu directeur du camp, qui a organisé des jeux sur la rive du lac afin de les distraire de leur trac.

— Vous avez vraiment fait des merveilles depuis que vous gérez la fondation, je suis si fière de vous, dit Claire en lui frottant le bras.

— Merci, répond Hanna, la gorge serrée par l'émotion. On n'en serait pas là sans toi.

C'est la vérité. Claire a donné de sa personne pour lever des fonds : elle a organisé moult dîners et galas caritatifs à New York – tâche qui aurait mis la timidité de Hanna à rude épreuve.

— Je vais coucher Molly pour sa sieste, annonce Claire en pointant du menton la cabane qui tient lieu de bureau, où un lit parapluie a été installé au début de l'été.

Hanna hoche la tête et articule un « merci » muet tandis que Claire s'éloigne.

Depuis qu'ils sont rentrés définitivement aux États-Unis, quelques années plus tôt, les parents de Richard leur ont été d'un grand secours. Nathan et Lucy sont établis dans le Connecticut et, même si Tom tourne toujours autant maintenant qu'il est en solo, Ruby et lui ont choisi New York comme point de chute.

Cette ville détestée depuis l'enfance, Hanna l'adore, finalement, et elle s'y sent chez elle.

Elle aime toujours autant Londres, bien sûr. D'ailleurs, ils emmènent souvent leurs enfants dans la superbe maison qu'ils ont achetée à Putney, l'ancien quartier de Diana. Mais à Manhattan, elle n'a plus jamais le mal du pays, cette envie de rentrer en Angleterre qui la submergeait autrefois. Même s'ils habitent le Connecticut, Hanna va régulièrement dans le centre de New York, pour honorer des rendez-vous ou faire du shopping.

— Maman, maman, regarde qui est là !

Lily est arrivée en courant et pointe un index en direction du parking.

— C'est tonton Tremblote !

— Lily ! Je t'interdis de l'appeler comme ça.

Il faut dire qu'avec ses nombreux tics et ses mains qui semblent pianoter en permanence le surnom que les enfants ont donné à Daniel est assez juste, mais Hanna ne supporte pas qu'on se moque de lui.

— Il dit qu'il aime bien, plaide Lily, qui se retourne vivement pour aller se jeter dans les bras mal assurés de son oncle.

Il pose une main sur l'épaule de sa nièce et ils rejoignent Hanna. Celle-ci les enlace tous les deux, Daniel souriant jusqu'aux oreilles.

— Tu nous as manqué, dit-elle.

Depuis que Richard et elle ont acheté cette maison dans le Connecticut, en 2013, son beau-frère vient régulièrement et reste plusieurs mois d'affilée dans leur cottage aux abords de la propriété, à l'écart afin de préserver son intimité. Elle s'est si bien habituée à sa présence que ses départs – au moins quatre ou cinq fois l'an – la dépriment ; elle déteste voir la petite maison vide. Au fond, Daniel est toujours un peu nomade et elle soupçonne que les fantômes de ses addictions n'ont pas totalement abandonné la bataille, mais il fait partie de la famille et tout le monde l'adore.

— Tu m'as manqué aussi, dit-il en lui serrant la taille. Des nouvelles de Richard ?

— Il ne devrait pas tarder. Son avion doit atterrir à 3 heures. Matty est mort d'inquiétude.

— Il est prêt pour le grand soir ? demande-t-il, l'air soucieux.

Son neveu joue de la batterie depuis l'âge de six ans et Tom lui a proposé d'accompagner les Fatal Limits pour leur premier morceau. Matty n'a cessé d'angoisser à l'approche de la date fatidique.

— Il a tellement la trouille, confie Hanna. Si son père n'arrive pas bientôt, je ne suis plus sûre de rien.

— Je vais lui parler.

Même s'il boite de la jambe droite, Daniel traverse la pelouse au pas de charge. Quelle silhouette étrange ! À l'approche de la quarantaine, il garde une dégaine d'ado. Elle remercie le ciel que Tom et lui soient là pour remonter le moral de son fils.

Elle jette un coup d'œil à sa montre et décide de gagner l'estrade, prête à s'occuper du son afin que le concert se déroule exactement comme prévu. Dans les coulisses, tout le monde s'affaire autour des derniers préparatifs. Électricité, sono, projecteurs… tout doit être réglé au cordeau.

— Hanna, murmure Tom en lui prenant le bras. Je peux te parler une minute ?

Elle n'a qu'une demi-heure pour prendre sa douche et enfiler la belle robe qui l'attend sur un cintre, dans le bureau. Le short au ras des fesses et le tee-shirt ne conviendraient pas tout à fait pour accueillir les donateurs.

— Bien sûr, répond-elle tandis qu'il l'entraîne à l'écart.

— Matty ne veut pas jouer. Il a un trac monumental, ajoute-t-il, l'air sincèrement navré.

Le cœur de Hanna se serre. Elle sait à quel point le spectacle compte pour son fils. Il avait tellement hâte d'accompagner son héros, et voilà que son rêve menace de s'envoler à cause d'une peur panique.

— Je vais lui dire un mot.

Tom la remercie d'une petite caresse sur la joue. Malgré tout ce qu'ils ont vécu, leur amitié n'a jamais faibli. Dans son testament, Hanna les a désignés, Ruby et lui, comme tuteurs légaux des enfants en cas d'accident.

Elle trouve Matty assis sous un érable, les bras serrés autour de ses genoux. Il se balance d'avant en arrière à un rythme régulier, et elle devine qu'il a un morceau en tête – il passe son temps à chanter ou à jouer de la batterie sur tous les objets possibles. Il n'a que dix ans, mais la musique est déjà toute sa vie.

Hérédité maternelle, bien sûr.

Elle se laisse tomber à côté de lui, dans la même position. Il lève ses yeux brillants de larmes.

— Hé ! mon lapin, dit-elle avec un petit coup de coude.

Elle ne lui demandera pas quel est le problème, elle sait d'expérience qu'il vaut mieux le laisser aborder le sujet lui-même. Il grogne en plongeant la tête entre ses genoux, avec toujours ce mouvement de balancier. Elle se rapproche et pose un bras sur ses épaules.

Le silence dure. Les paupières closes, elle souhaiterait absorber sa peur et l'en débarrasser. C'est ce qu'elle déteste dans son rôle de parent : voir souffrir son fils chéri sans être capable de le soulager.

— Je ne veux pas accompagner les Fatal Limits, dit-il enfin, d'une voix sourde.

— Ah bon ?

— J'ai trop la trouille.

— Tu as peur de quoi, mon cœur ?

Matty triture une mèche de Hanna, puis la laisse retomber.

— D'avoir l'air con. Si jamais j'arrive pas à suivre ? Si tout le monde se met à rigoler tellement je suis naze ?

L'heure est mal choisie pour le reprendre sur l'usage d'un vocabulaire qu'elle condamnerait en temps normal.

— Mais tu as répété ce morceau jusqu'à le jouer sans même y penser, lui rappelle-t-elle. Je ne vois pas comment tu pourrais te planter.

— Je ne veux pas que vous ayez honte, papa et toi, avoue-t-il dans un souffle.

Elle ferme les yeux, et penche son visage sur la tête de Matty. Elle inspire profondément : cette odeur suave et sucrée lui rappelle le bébé qu'il était il y a si peu de temps.

— On n'aura jamais honte de toi. Je suis si contente que tu aies le courage de monter sur scène. Même si tu bats à contretemps, je serai là au premier rang avec un sourire gigantesque. Tu es mon fils, je suis fière de tout ce que tu accomplis.

— Tu crois vraiment que papa sera à l'heure pour le concert ? demande-t-il, la lèvre tremblante.

— Évidemment.

Elle lui serre l'épaule. Elle comprend sa véritable crainte : non pas de se tromper, mais que son père arrive trop tard.

— S'il avait le moindre doute, il aurait déjà laissé un message.

L'ombre d'un sourire plane sur les lèvres de Matty.

— OK. Alors je vais le faire.

Il se relève et part en donnant des coups de pied dans des mottes de terre. Elle le regarde s'éloigner le cœur lourd. Si seulement il grandissait un peu moins vite…

Elle est ensuite trop occupée pour voir le temps passer – elle aide à apporter les instruments et vérifie le bon fonctionnement de toutes les installations électriques. Alors qu'elle s'apprête enfin à aller se changer, elle remarque qu'un fil pend au milieu de l'écran qui masque le fond de scène.

Elle jette un coup d'œil alentour, à la recherche d'un électricien, mais ils sont tous partis boire un pot. Si elle attend leur retour, il sera trop tard. Elle se saisit du vieil escabeau et grimpe rebrancher la prise.

— Waouh… sexy, le petit short !

Chemise d'un blanc éclatant rentrée dans le pantalon marine, Ray-Ban sur le nez, il est si élégant qu'elle se sent comme une clocharde en comparaison.

— Richard !

Elle descend maladroitement quelques marches, finit par lui sauter dans les bras, et passe les jambes autour de sa taille. Il la plaque sur l'écran, frotte ses hanches entre ses cuisses en l'embrassant avec fougue.

— Ce que tu m'as manqué !

Son haleine la réchauffe, sa langue joue avec la sienne. Elle lui rend son baiser, dont la douceur contraste avec la fermeté de ses mains sur ses fesses.

— Et toi donc ! répond-elle dès que leurs bouches se séparent, avant qu'il la repose par terre. Alors, la Namibie, raconte…

— On a enfin décroché l'autorisation de construire notre école. Ils devraient commencer à pelleter dès la semaine prochaine.

— Super ! s'exclame-t-elle en s'approchant pour l'embrasser encore plus fort. Je n'arrive pas à croire que tu as réussi à les faire changer d'avis.

— Il a fallu négocier sec, répond-il. Heureusement que papa m'accompagnait ; avec ses cheveux blancs, ils l'ont pris pour le grand manitou de Maxwell.

Elle n'aime pas se séparer de son mari. Ces deux semaines sans l'avoir auprès d'elle – dans ses bras, dans son lit – ont été très difficiles pour elle, et il a terriblement manqué aux enfants, aussi.

— Tu as vu Matty ? Il avait si peur que tu sois en retard.

— Oui, il était d'un calme olympien.

Hanna sourit. Il veut tellement plaire à son père qu'il refuse de lui montrer le moindre signe de faiblesse.

— Il avait un trac abominable, mais il a l'air d'aller mieux.

— Et comment vont mes petites femmes ? s'enquiert Richard en la prenant par les épaules.

— Lily refait le monde avec les fils de Nathan. Molly n'a pas fini sa sieste, dit-elle en regardant sa montre. D'ailleurs, il faut que je la réveille et que j'aille mettre une tenue plus appropriée.

— Pourquoi ? T'es très bien comme ça ! dit-il en la reluquant d'un œil lubrique.

— Un tee-shirt usé jusqu'à la corde et le cul à moitié à l'air, ça risque de faire tiquer certains sponsors, répond-elle avec un rire.

— S'ils ne sont pas contents, ils n'ont qu'à aller se faire voir, lui murmure-t-il à l'oreille, en passant ses doigts sous le denim pour caresser l'amorce d'une fesse.

Ils rejoignent l'ensemble de cabanes qui abrite les services administratifs. Avant d'entrer dans le bureau où Claire veille sur leur fille, Hanna en profite pour embrasser son mari comme une folle furieuse.

Et il le lui rend bien.

Enfin revêtue de sa robe élégante, Hanna emmène Molly sur la pelouse. Sa petite dernière est très vive, d'un naturel joyeux, ses boucles rebondissent sur ses joues au rythme des pas de sa mère. Hanna adore passer du temps avec elle. Molly s'est bien laissé désirer, après deux fausses couches et un accouchement interminable. Toutes ces émotions les ont décidés : Molly sera leur dernier bébé.

Même si Hanna en voudrait d'autres.

Elle trouve Richard et Lily au milieu d'un groupe de donateurs fascinés par la fillette de sept ans, qui vante les mérites de l'école namibienne bientôt construite par la fondation – dans un futur proche, elle insistera sûrement pour aller voir ledit bâtiment de ses propres yeux.

Steven et Claire sont installés dans des fauteuils en osier tandis que Lucy étale une couverture à leurs pieds. Elle distribue des sandwichs à sa progéniture, mais Nathan en engloutit davantage que le reste de sa famille réuni.

Ruby est dans les coulisses, en compagnie de Tom et des autres membres du groupe, qui plaisantent avec Matty, histoire de le détendre. Hanna va accueillir sa belle-sœur, mais c'est Molly qui tend les bras la première. Ruby la soulève et la couvre de gros baisers sonores.

— Coucou, Mollydou, t'as bien dormi ? Ciel, elle ressemble de plus en plus à Richard.

— Et tant mieux ! répond Hanna. Et toi, comment tu te sens ?

Ruby en est à plus de trois mois, mais sa grossesse reste indécelable. Elle pose Molly sur ses genoux et se passe la main sur le ventre.

— Ça va beaucoup mieux. Tom est ravi que j'arrive enfin à rester éveillée après 6 heures du soir, il commençait à croire que j'avais été piquée par la mouche tsé-tsé.

Hanna lui frotte le bras. Elle ressent toujours cet amour quasi maternel pour Ruby, qui a pourtant la trentaine. À ses yeux, elle sera toujours comme sa petite sœur, celle qui lisait *Harry Potter* et redoutait la rentrée scolaire. Hanna était si contente quand ils ont enfin décidé d'avoir un enfant, et pas particulièrement surprise que Ruby tombe enceinte au bout de un mois. Déjà le futur père saoule tout le monde avec ses choix de prénoms et ses longs monologues sur le thème « berceau versus couffin ».

— Le plus important, c'est de te reposer. Dis-toi que tu prends du sommeil d'avance, t'en auras bien besoin.

Hanna ne sait plus quand elle a pu passer une nuit complète pour la dernière fois. Quand Molly ne se réveille pas en pleurant, c'est Lily qui fait un cauchemar ou Matty qui ne parvient pas à s'endormir. Elle n'en regrette pas une seule seconde, mais elle rêve tout de même de passer huit heures dans un bon lit sans interruption.

— J'y compte bien, dit Ruby en tendant Molly à sa mère, même si la petite se débat. Bon, je crois qu'ils vont bientôt entrer en scène.

Le groupe est en rond comme une mêlée de rugbymen, en se tenant par les épaules. Matty détonne parmi les gros bras musclés.

Elles contournent la scène et se fraient un chemin dans la foule. Nathan et Lily sont avec Richard, mais le reste du clan Larsen a levé le camp pour prendre place sur les gradins. Dès qu'il aperçoit Hanna, le visage de Richard s'illumine, il tend la main et attire sa femme et sa fille dans ses bras.

— Ils démarrent avec quelle chanson ? demande-t-il en criant presque pour couvrir les conversations des spectateurs.

— Aucune idée, ils voulaient garder le secret.

Richard se penche afin de chuchoter à l'oreille de sa sœur et en profite pour lui embrasser la joue. Ruby sourit – elle adore toujours autant son frère. Mais déjà les Fatal Limits font leur entrée, Tom en tête, qui donne une tape dans le dos de Matty quand celui-ci s'installe derrière la batterie, avant de jongler avec ses baguettes – voir son frère faire le pitre met Molly en joie.

Tom s'approche du micro.

— Bonsoir, tout le monde.

Le public l'acclame avec ferveur.

— Je voulais d'abord tous vous remercier d'être venus voir ces enfants bourrés de talent qui ont monté un concert exceptionnel. On va débuter par deux, trois morceaux à nous. Ça fait un bail qu'on n'a pas répété ensemble, alors excusez les couacs !

Hanna sourit. Les Fatal Limits se sont séparés il y a cinq ans, mais ont accepté de se reformer pour cette soirée de charité. Décidément, elle doit beaucoup à son vieux pote.

— Pour notre première chanson, j'aimerais vous présenter un ami : Matt Larsen, notre batteur et mon filleul préféré !

Il adresse un clin d'œil à son neveu, qui lui sourit timidement. Richard et Hanna tapent des mains à tout rompre et Molly se couvre les oreilles.

— Allez, Matt, à toi l'honneur !

Celui-ci lève ses baguettes, l'air concentré au maximum alors qu'il compte mentalement « un, deux, trois, quatre ». Il commence à battre un rythme lent, Tom suit avec ses premiers accords et les spectateurs se mettent à hurler dès qu'ils reconnaissent la chanson.

Des larmes picotent les yeux de Hanna. Voir son enfant jouer – parfaitement – la chanson que Tom lui a dédiée l'émeut au plus profond d'elle-même. Enregistrée en décembre 2010, bien avant que Richard n'apprenne l'existence de son fils, « Dear Matty » était restée en tête des *charts* jusqu'en 2011.

Elle ne quitte pas son petit homme des yeux. Richard lui presse la main et prend sa fille dans ses bras. Hanna est si fière. Matty joue comme un pro, précis et juste, et c'est lui qui tient tout le morceau dans le bon tempo. Elle doit se mordre la lèvre pour ne pas fondre en larmes.

— Il est génial, lui murmure Richard.

Elle est si émue qu'elle ne peut rien ajouter. C'est un jour parfait. Entourée de son mari, de ses filles, tandis que son fils joue pour la première fois en public… que pourrait-elle demander de plus ?

Le spectacle dure deux heures et Hanna pleure plus d'une fois ; les enfants du camp de vacances mettent tout leur cœur dans leur interprétation. La plupart viennent de milieux très défavorisés et n'ont jamais mis les pieds dans un théâtre ni une salle de concert, et pourtant ils chantent comme des pros. Même les plus timides ont réussi à se contrôler et à monter sur scène d'un pas mal assuré.

Une fois la fête terminée et tous les donateurs dûment remerciés, Molly dort dans les bras de son père, sa tête bringuebalant sur son épaule, sa bouche en cœur s'entrouvrant doucement. Voir sa petite dernière dans les bras puissants de Richard donne envie à Hanna de faire plein d'autres bébés. C'est un père si formidable.

— Claire a proposé de prendre les enfants ce soir, lui chuchote-t-il. Elle veut que tu te reposes.

— Tu as des projets pour cette nuit ? demande-t-elle, l'air suspicieux.

— Passer un peu de temps en tête à tête avec mon épouse, c'est tout, répond-il avec un clin d'œil.

Ils pénètrent dans la maison familiale qu'ils ont construite quelques années plus tôt.

— Et si tu remettais ton short ?

— Quoi ? Cette horreur ? C'est un vieux jean que j'ai coupé moi-même il y a des lustres, répond-elle en éclatant de rire.

— C'est ce que tu as de plus sexy ; l'image de ton petit cul là-dedans m'obsède depuis que je suis rentré.

Il pose Molly dans son lit et remonte la couverture sur ses frêles épaules.

— Le problème, c'est que mes fesses étaient plus dehors que dedans.

— Le problème ? C'est un gros avantage, au contraire. C'est comme ça que je te préfère : en tenue négligée, avec un tee-shirt rock, les cheveux détachés qui flottent dans le vent, les yeux fixés sur la scène. Ça me rappelle notre folle jeunesse, susurre-t-il en lui caressant les bras.

— Dans ce cas, enfile ton smoking, comme le soir de notre rencontre.

— Le personnel de l'hôtel nous prendrait pour des dingues. Toi en short sans ourlet et moi en tenue de soirée, j'aurais l'air d'un vieux bourré de fric qui entretient une jeunette.

— C'est tout à fait ça : tu m'offres le dîner et je te paie en nature.

Alors qu'il plonge la main dans les cheveux de Hanna, elle se met sur la pointe des pieds pour enfoncer la langue entre ses lèvres et sent son érection contre son ventre. Une onde de désir la parcourt aussitôt.

— Le deal me semble juste, souffle-t-il avant de l'embrasser sauvagement.

Ils restent un long moment à bouger l'un contre l'autre, leurs mains redécouvrant le corps de l'autre après cette absence interminable. Il lui prend les fesses et plaque son pubis contre son sexe.

— Y a des hôtels pour ça, lance Nathan en entrant dans la pièce. C'est pas vrai, on dirait deux puceaux pendant leur nuit de noces !

— Lâche-nous la grappe, ça fait deux semaines qu'on ne s'est pas vus, répond Richard en riant, la tête enfouie dans les cheveux de Hanna. Et on a une chambre, merci du conseil.

— Vraiment ? T'as pris une chambre d'hôtel ?

— Oui, Claire garde les enfants. Et j'ai demandé le premier.

— Elle n'aurait pas plus de boulot si on lui ajoutait les miens. Lucy et moi, on pourrait vous rejoindre.

Richard se renfrogne – Nathan commence à lui hérisser le poil –, mais Hanna ne peut s'empêcher de rire. Leur nuit romantique prend des allures de conseil de famille. Elle laisse son époux bouillir quelques secondes et décide d'intervenir :

— Nathan, si tu nous laisses tranquilles, je m'occupe de tes enfants le week-end prochain. Comme ça, tu peux préparer une surprise à Lucy.

Les yeux mi-clos, son beau-frère hésite un instant.

— Tu jouerais les baby-sitters deux soirs de suite, vendredi et samedi ?

— Et vous n'aurez même pas à vous dépêcher de rentrer dimanche.

— Ça marche, dit-il avec un grand sourire. Je vais tout de suite prévenir Lucy. Ça fait une éternité qu'on n'a pas été seuls tous les deux.

— Et nous, alors ? répond sèchement Richard. On va dire bonsoir à Matt et Lily, mon cœur ? ajoute-t-il en se tournant vers Hanna.

Quand ils arrivent à l'hôtel, il est minuit passé et le restaurant est fermé, mais ils appellent le service en chambre. Ils dévorent leur hamburger-frites en peignoir.

— J'ai promis aux enfants qu'on serait rentrés pour le petit déj', dit Richard en programmant la fonction réveil de son téléphone. Il nous reste six heures et vingt-sept minutes de tranquillité.

— J'adore la précision. Je ne manquerais ces vingt-sept minutes pour rien au monde.

— On peut faire des tas de choses en vingt-sept minutes, répond-il en lui massant les pieds.

Elle éclate de rire.

— Toi, peut-être !

Il remonte les mains sur ses chevilles, s'arrête un instant sur ses mollets, d'une douceur incomparable. Comme ça lui a manqué, ces moments en tête à tête, à plaisanter, à rire, à...

— Lily dit qu'elle en a par-dessus la tête que le monde soit dirigé par les hommes. Elle veut se présenter à l'élection présidentielle dès ses dix-huit ans, annonce Richard. Apparemment, on devrait passer une loi pour que les garçons arrêtent d'enquiquiner les filles.

— Elle était furieuse parce que Matty et NJ prétendaient qu'elle ne savait pas grimper aux arbres.

Il l'attire vers lui, soulève ses hanches pour qu'elle se mette à califourchon sur ses genoux.

— Elle tient de sa mère. Tu laisses personne te marcher sur les pieds, ça m'a toujours filé la trique.

— Surtout quand je suis assise entre tes jambes pour jouer à la PlayStation.

— Dès que ton cul est à moins de dix mètres, je bande comme un âne.

Et il le prouve en se collant à elle. Il adore ces vannes, ces baisers, ces caresses... Dès qu'il s'absente, il ne pense qu'à elle. Il ne se sent en paix qu'avec elle.

— Et comment penses-tu résoudre ce... gros problème ?

— J'en sais rien. J'ai l'impression qu'on a brûlé les étapes. On devrait peut-être commencer par se faire jouir sans pénétration. Un coup à sec, quoi...

Richard s'exécute : il se frotte contre son pubis, de plus en plus fort, et lui arrache un long gémissement.

— T'es gentil avec tes coups à sec mais, je te préviens, je suis déjà toute mouillée.

Il éclate de rire, en penchant la tête en arrière pour mieux sentir la langue de Hanna, qui lui lèche le cou.

— Je m'en arrangerai.

— Tu t'adaptes vite, c'est ce que j'admire chez toi.

Il lui attrape le bassin pour qu'elle cesse de se déhancher contre lui. Son coup à sec produit déjà des résultats probants…

— J'ai toujours dit qu'il vaut mieux négocier au préalable, comme ça tout le monde est content, répond-il avec un clin d'œil.

— Très content, il me semble.

Il s'empare de sa bouche. Elle met les mains sur son torse, dégage son peignoir d'un geste hâtif. Quand elle lui lèche le téton, le plaisir se propage directement jusqu'à son pénis.

— On peut arrêter de blablater et passer aux choses sérieuses ?

— C'est toi le quadragénaire. Si tu crois que ton pauvre dos ne souffrira pas de faire l'amour sur un canapé… Moi, je ne me plaindrai jamais.

Elle se débarrasse de son propre peignoir d'un coup d'épaules, et se retrouve nue avec juste son shorty. Il salive en contemplant ce corps magnifique, les seins généreux, les hanches qui ondulent. Il se demande par où attaquer.

Il choisit la poitrine, qu'il caresse langoureusement. Il renverse Hanna sur le sofa. Les cheveux de celle-ci s'étalent sur le cuir noir.

— Tu sais, tu vas passer la quarantaine dans un an, dit-il en laissant courir ses lèvres le long de sa gorge. Tu ne pourras plus te foutre de moi.

— Jamais je n'arrêterai de … oh !

Il vient de sucer son téton. Elle se cambre et il place une main sous son dos pour la maintenir contre lui.

Qu'il l'aime, cette femme ! Plus de vingt ans qu'ils se connaissent, huit qu'ils sont mariés, ils ont trois enfants adorables, et pourtant il ne se lasse pas, il lui en faut toujours plus, où qu'ils se trouvent. Chaque partie de son corps le fait saliver. Hanna, la fougueuse, la grande gueule, qui plaisante et rigole en permanence, la mère prête à tout pour ses petits, l'épouse sublime aux reparties bien senties.

— La prochaine fois, tu mettras ce short, grogne-t-il en l'embrassant.

— Oui, oh ! oui !

— Je plongerai mes doigts sous le tissu, à l'intérieur de toi, et je te sentirai te contracter sous mes coups de langue.

Il a envie de la prendre brutalement, de voir sa tête cogner l'accoudoir à chacun de ses va-et-vient.

— Si tu continues comme ça, je risque de couper tous mes jeans.

— Excellente idée.

Ils jouissent en même temps, de tout leur corps, de toute leur chair, de toute leur âme. Un sentiment de paix totale le submerge. Après deux semaines loin de sa famille, de la femme qu'il aime depuis plus de vingt ans, enfin, il est à la maison.

Et chaque seconde est un cadeau du ciel.

MIXTE
Papier issu de
sources responsables
FSC™ C003309
FSC
www.fsc.org

Composition et mise en pages
Nord Compo à Villeneuve-d'Ascq

Cet ouvrage a été achevé d'imprimer en janvier 2018
dans les ateliers de Normandie Roto Impression s.a.s.
61250 Lonrai
N° d'impression : 1705225

*Imprimé en France*